1912—1949 现代古体文学大系

词集 4

总主编　黄　霖

本集主编　朱惠国

XIANDAI

1912—1949

GUTI WENXUE

DAXI

东方出版中心

目录

邵瑞彭（23首）

邵瑞彭（1887—1937），字次公、次珊，浙江淳安人。早年参加同盟会、南社。民国建立后北上，1912年出任国会众议院议员，1914年春任清史馆协修。此后，历任北京师范大学、河南大学教授。擅长经史，工词，著有《扬荷集》《山禽余响》等。

《扬荷集》四卷，民国十九年（1930）双玉蝉馆刻本，前有郑沅题名，卷末有跋。收庚戌（1910）秋至辛未（1931）间词作二百五十一阕。是刻封内有牌记镌“岁庚午二月上旬双玉蝉馆刊”，但集内收词又有“辛未灯夕”，可能卷四是后来增刻的。《山禽余响》一卷，民国二十五年（1936）壮学堂刻本，前有牌记“丙子聚月壮学堂刊”及《山禽余响自记》。全集共收录和《遗山乐府》之《鹧鸪天》词四十五阕，皆作于乙亥（1935），虽自称为“戏作”，但其中颇能见其晚年心境。邵氏另辑有《夷门乐府》一卷，民国二十二年（1933）汴城马集文斋刻本，选录桑继芬等二十九人词为一编。

邵氏词多为感时抒怀的忧国愤世之作，其词风，夏敬观《忍古楼词话》评曰：“次公为词，崇尚清真，笔力雄健，藻采丰赡。”况周颐《蕙风词话补编》云：“《扬荷》词卷，含咀清真。厥品高华，藻采缤纷。《绮罗香》阕，金井招魂。仙云堕影，宫粉雕痕。”汪辟疆称其《山禽余响》：“缥缈箧中篇，托山禽、情寄香祖。象笔鸾笺，恁千言、难理愁绪。”（《法曲献仙音·次公寄示〈山禽余响〉，为题此阕，即用其〈和汪君刚寄词见忆〉韵却寄》）

鹧鸪天（二选其一）

西城根寓舍大雪被酒，忽得二词。

天上鸾笙不可闻。仲冬时候易黄昏。西城一夜风吹雪，十万人家尽闭门。　　金盏满，玉炉温。三更无梦不成云。银河也是伤心水，流到人间带泪痕。

西　河

金陵怀古和美成

形胜地。秦淮断梦能记。琼花唱彻后庭空，乱乌四起。布帆叶叶翦江来，寒潮流恨无际。　　画帘畔，今再倚。绿杨走马难系。青天半落六朝山，尚余燕垒。夜深莫听景阳钟，宫门香散沉水。　　板桥卖酒换旧市。有明蟾、闲照千里。念我狎鲸身世。向劳劳送客，新亭凄对。吹折刚肠箫声里。

看花回

和清真

断虹催霁残雨，候馆明洁。倦鸟定巢未稳，恣警露愁风，心事千结。红衣坠粉，长妒相思莲子滑。凝望处、蔽日秋尘，照天寒燧两凄绝。　　魂梦里、华灯替月。幻杜曲、莫春时节。无限阳阿旧恨，送弱水东流，不忍晞发。频年去国，垂柳丝丝和泪折。有何人、唱金缕，为惜西楼别。

绮罗香

晚过神武门，残荷欲尽，秋意可怜。

泛瑟烟昏，欹槃露冷，一镜愁漪低护。梦堕瑶台，长恐万妆争妒。念佳人、路隔西风，思帝子、讯沉北渚。怕相逢、恨井秋魂，月明遥夜耿无语。　　宫沟谁写泪叶，回首霓裳换叠，繁华轻误。玉簟香销，零落袜尘残步。便立尽、门外斜阳，又暗惊、晚来疏雨。问涉江、此际闻歌，断肠君信否。

蕙兰芳引

和清真

花气动帘，小池外、乱飞新鹭。正积雨初收，官柳半雕旧绿。故人梦里，定暗想、月明歌屋。恐雁书不到，永夕吹残觚竹。
送日琴尊，悲秋词赋，几变凉燠。况江表回帆，长绕逝波万曲。危楼南望，泪痕满目。更漏催、谁信此时凄独。

西　河

燕台怀古，和美成

幽州道，飘荡黄尘吹起。西风笳鼓动荒城，御沟流水。梦华人老玉京秋，悲歌长剑孤倚。　　遍野际。翻葭苇。冷落荆高乡里。千年遗恨筑声中，霸图谁记。太行山色俯雄关，枫棱分照余翠。　　论转眼、多少愁思。泻铜仙、方诸铅水。且把浊醪沉醉。拥雕鞍、万感茫茫，总是忆，古今来、沧桑事。

拜星月慢

暗月窥林，哀虫吟露，永夕篝灯绿晕。客枕生寒，觉重阳期近。画楼畔，往日、雕阑玉砌应在，马角乌头难信。惨淡星河，动谁家幽恨。　　听西风、乱叶飞成阵。关山远、旧梦如相问。记到海上蓬莱，苦游仙无分。计年光、过隙垂垂尽。珍珠泪、背榻和衣揾。且坐待、拨断筝弦，续鸾胶不忍。

夜半乐

戊辰中秋

素商荏苒行迈，青天碧落，凉露方诸泻。应令节年年，月轮飞挂。绛河卷夕，金风荡暑，望中千里清光，凤城如画。照绣陌、香尘暗随马。　　故人此际引领，刻烛吟成，弄珠游罢。帘幕外、重重仙云争迓。旧情偷药，新愁倚树，为谁起舞霓裳，广寒宫下。听吹笛、高楼怨遥夜。　　向晓怊怅，桂魄难修，翠鬟空亚。换小劫、山河又衰谢。举琼杯、深恨万古常娥寡。浓梦里、那有欢娱话。蓟门秋好终无价。

解连环

和清真

醉怀闲托。登高楼送客，倦游徐邈。费夜雨、留取残春，奈潮涨水宽，雾浓花薄。细马来时，画屏掩、隔墙红索。想芝田路绝，那有驻颜，海上灵药。　　深宫遍祠宛若。任街沉断镞，城绕哀角。望故国、千叠青山，把榆火光阴，荏苒过却。皎月无情，竟妒损、萧娘眉萼。怕明朝、燕泥旧垒，背人乱落。

丁香结

九月上旬，客有约登高赋诗者，豫作，和美成。

秋后波平，雨余天肃，林际暗蟾斜陨。见马蹄归迅，向绣陌、怒蹋香泥红润。茂陵衰病久，寻常事、过目自忍。蒹葭风起，倚恨望远阑干拍尽。　　萦引。听万户砧声，乱落霜枫阵阵。水阁吟诗，旗亭送别，岫眉寒晕。珍重迟莫岁月，要当珠盈寸。逢明朝重九，满地黄花瘦损。

兰陵王

和美成咏柳，寄遐庵江左

九街直。春水微波泛碧。龙池畔、啼遍晓莺，白马雕鞍斗晴色。浮云蔽上国。曾识。西园赋客。关山路，鸿断讯沉，零落秦娥旧刀尺。　　东风去无迹。费引泪蛮笺，萦恨鸳席。斜烟疏雨过寒食。思昨夜魂梦，故人心眼，黄河如带度郑驿。怪天限南北。
芳恻。镜尘积。正乐广肠回，樊素歌寂。连城社鼓苍凉极。盼曲岸摇橹，画堂吹笛。星辰垂地，倚树久，散露滴。

兰陵王

再约淑通同作

锦帆直。微雨隋堤漾碧。清明后，飞絮满天，十里平芜试风色。新亭望旧国。犹识。河梁送客。高城外，歧路素丝，漂泊离心四千尺。　　回波寄萍迹。叹此树江潭，前梦细席。吴蚕眠起成三食。听督护歌断，叛儿愁起，长安西去霸上驿。更谁倚楼北。欢恻。衷痕积。渐骆马踌躇，莺燕寥寂。绵绵远道相思极。待日莫传火，夜阑邀笛。青袍沉醉，把泪洒，注砚滴。

（以上选自《扬荷集》民国十九年双玉蝉馆刻本）

木兰花慢

彊村师挽词

倚阑干望远，乱山外、暮云横。讶海水禁寒，江关促梦，凄感平生。泠泠。楚歌旧谱，把商弦弹绝更谁听。过眼完人有数，到头天意无凭。　　严城。鼓角夜三更。孤月此心明。话别殿春雷，空林夏雪，一例吞声。骑鲸。归来甚日，又要离冢畔草青青。忍对琼楼玉宇，重招河岳英灵。

西　河

十八年前曾和美成“金陵怀古”，今再为之

征战地。繁华事去难记。临春殿阙委蒿莱，夜潮怒起。数声铁笛响秋风，哀歌人在云际。　　露台上，和泪倚，鹿卢古井绳系。降幡又出石头城，梦沉故垒。送他六代好江山，秦淮依旧烟水。　　蜃楼过眼散雾市。访龙蟠、羞认闾里。袖手夕阳时世。共齐梁四百僧房闲对。零落丹枫霜天里。

徵　招

客有依草窗韵挽彊翁者，要同作

雪溪西畔斜阳路，霜鸿又将愁到。故国柳初新，奈盟鸥人杳。

独弦吟最苦，泫双袖，泪痕多少。倚杵云低，落帆风紧，梦魂催觉。　　洗眼望柂棱，沧江晚、寂寞紫霞凄调。过尽义熙年，忍黄花插帽。玉楼春自好。怕难解、杜陵怀抱。笛声起、立遍林亭，伴夜蟾寒照。

（以上选自《词学季刊》创刊号）

木兰花慢

邺城怀古

渡黄河北去，鞭不起、古漳流。想万里风烟，三更灯火，残霸中州。封侯。壮心在否，听西陵歌舞使人愁。高树间栖乌鹊，空阶长卧貔貅。　　平畴。落日下荒丘。忼忾看吴钩。问倾泪移檠，沉沙折戟，谁记恩仇。回头。汉家宫阙，剩鸳鸯瓦冷雉堞秋。欲唤南来王粲，为君重赋登楼。

（选自《词学季刊》第1卷第3期）

蝶恋花（六选其四）

十二楼前生碧草。珠箔当门，团扇迎风小。赵瑟秦筝弹未了。洞房一夜乌啼晓。　　忍把千金酬一笑。毕竟相思，不抵相逢好。锦字无凭南雁杳。美人家在长干道。

东去伯劳西去燕。织女黄姑，岁岁时相见。玉露无声银烛短。有人遥夜停针线。　　二十四阑闲倚遍。河汉盈盈，争似红墙远。井上朱弦牵不断。中庭谁唱双蕖怨。

目极梁王台畔路。千里浮云，一夜西窗雨。倘使行人留得住。不辞化作长亭树。　　弹绝幺弦声更苦。红蓼花残，河水东流去。锦带吴钩携手处。小屏山上燕支暮。

冉冉中原歌舞地。叠鼓垂灯，夹道车如水。把酒劝君须著意。人生难得花前醉。　　看遍千门桃与李。牵动游人，隔岸抛莲子。一路秋虫啼未已。汝南遥夜鸡声起。

（以上选自《词学季刊》第2卷第2期）

鹧鸪天（四十五选二）

太液秋深菡萏残。觚棱北望路漫漫。人生未合闲中老，山色空余画里看。　　茶灶稳，笔床安。松风吹面鹤巢宽。宁知一夜沧江雪，只有唐花耐得寒。

免就身名较重轻。待调黄犊事春耕。连宵灯火看难足，历劫关山画不成。　　云外塔，水边亭。新年刻意望承平。街童齐唱臻蓬曲，一夜东风满禁城。

（以上选自《山禽余响》民国二十五年壮学堂刻本）

齐天乐

南海木棉花瓣作鞓红色，榆生赋小令见示，报以此解。

天花飞下兜罗手，朦胧绛云盈岸。梦蝶新巢，呼鸾旧里，匀作珠房娇面。关河路远。听刀尺高楼，唾茸缄怨。泪逆征袍，故人心事岁寒见。　　江南柳绵渐少，乱山烽火里，虫语凄变。镜槛凝尘，机丝引月，禁得回肠千转。珊瑚捣遍。怕弹彻哀筝，洗多红浅。待叩通明，为君晴到晚。

（选自《词学季刊》第3卷第2期）

汪国垣（8首）

汪国垣（1887—1966），字辟疆、笠云，号方湖，江西彭泽人。卒业于京师大学堂，曾入同盟会，后历任江西心远大学、中山大学、江苏大学、中央大学、南京大学教授。为著名目录学家、藏书家。著有《方湖词剩》。汪氏诗词稿件多毁于“文革”期间，现存作品载于《方湖诗钞》《广箧中词》《词学季刊》《南风》中，《方湖诗词补遗》《二十世纪中华词选》《词综补遗》据录。《方湖词剩》未见，叶恭绰《广箧中词》收录其名。

倚风娇近

读映庵、众异《观舞诗》，如社诸君有谱此调继声者，因亦戏和，依草窗四声。

珠箔春酣，夜阑歌缓金缕。敛灯时起、回鸾舞。鸣屧响倾城，倚玉转云屏，都惜婷婷，点素凝脂添妩。　　归梦重寻，长结眉峰低处。人隔蓬山无据。倦眼纤腰翳香雾。翻鸳谱。问谁更浥金茎露。

红林檎近

暮春虎丘作，和清真

莺老声初软，雨余花更香。散策出闾阖，挈衣度山塘。遥见峰缯岫绮，几处蕙阁兰窗。晓塔如泫啼妆。铃语胜笙簧。　　商略招楚客，萧索老吴乡。双栖燕子，任他歌发雕梁。但生公石上，真娘墓畔，忏情莫惜千举觞。

瑞龙吟

白下饯春，和清真

台城路。还见小径吹香，丽花飘树。凄凄倦客停车，暮山翠紫，销魂是处。　　悄延伫。容易故宫芳草，翠迷庭户。留连往日芳菲，定巢燕子，呢喃自语。　　堪恨长条难系，几番眠起，随人低舞。追想旧时欢娱，情抱非故。狂春艳迹，休写缠绵句。伤心见、梅冈瀹茗，江干微步。忍舍前盟去。为伊消损，茫茫万绪。空有丝千缕。清泪满，宵深哀弦风雨。梦歌怨叠，鬓惊飞絮。

洞仙歌

黄　梅

繁华歇尽，忽香飘庭院。水榭风来送清远。画帘开、十里乍吐寒苞，人一笑、缃阁轻黄鬓绾。　　夜来双袂冷，庭户无尘，暗影疏香最清软。蜂蝶未曾知、自抱檀心，芳园里、不妨墙短。且醉把、涪翁好诗吟，更莫道、初春额黄犹浅。

鹧鸪天

由高楼门至神策门，空旷幽窅，迥绝尘境。时春雨初过，嫩绿如洗，偶出小步，不觉至郭外矣。归涂倚声，曷胜怅罔。

春隐江南作暝阴。空明一径地初临。林峦过雨寒塘迥，山路穿云翠岛深。　　烟澹宕，意飞沉。赏幽真入短长吟。篔筜几处留鸳迹，留与他年旧梦寻。

曲游春

燕

一桁珠帘外，正柳昏烟暝，朱户凝碧。翠尾红襟，认差池还是，那时相识。泥爪经年隔。猛记起、社分时节。傍故国、掠地分飞，添得一庭春色。　　倦客。新愁如织。看娇小全身，轻俊双翮。芳信天涯，似呢喃待话，别情无极。花妥莺梢蝶。算未抵、雕梁栖息。好任它稳住红楼，旧家巷陌。

法曲献仙音

次公寄示《山禽余响》，为题此阕，即用其《和汪君刚寄词见忆》均却寄。

高柳吹绵，丽花烘昼，玉雪尊前初遇。唳咽清商，曲迷烟水，沉吟乍过停午。念镫火樊楼远，微吟夜深度。　黯无语。叹梁园、旧时宾客，人意懒、离思又添几许。缥渺箧中篇，托山禽、情寄香祖。象笔鸾笺，恁千言、难理愁绪。愿云龙相逐，待听蕒洲新谱。

（以上选自《词学季刊》第3卷第3期）

鹊踏枝

春　闺

杜宇声声春欲暮。小立花前，占断春归路。却忆去年花下语。愿花长与人同住。　莫向墙东看柳絮。满地飘零，认取分携处。枕上佳期方细数。梦中身已随欢去。

（选自《南风》第2卷第3期）

汪浣沄（9首）

汪浣沄（1887—1945），里籍不详。据汤恩伯《瘦梅馆诗词钞序》，汪氏系出名门，幼娴经史。夫早亡，其独力抚孤，并任女校教席以资生活，暇则以吟咏自适。著有《瘦梅馆诗词钞》。

临江仙

夏夜偶作

记得昨宵新雨后，纳凉并坐回廊。疏林一带隐斜阳。鸟栖云树隐，风送鬓花香。　　小榻横陈亭一角，联吟兴趣偏长。烹来雀舌沁诗肠。凉生翠袂，新月上纱窗。

满江红

秋夜有感

瑟瑟西风，又到了、早秋时节。见几处、梧桐庭院，萧萧落叶。丛树参差云影淡，闲阶凄切虫声咽。问蟾光、何故至宵深，清辉绝。　　思往事，愁重叠。怀故里，向谁说。叹秋来两鬓，渐添新白。楚水吴山千里梦，慈萱姣女经年别。念数番、买棹未能归，空悱恻。

浪淘沙

和寿宜原韵

无奈别君行。离恨沉沉。闲拈湘管谱新声。昨夜梦中曾把晤，记不分明。　　深院隔重门。顾影凄清。欲图永聚计难成。一幅琼瑶无限意，感我知音。

菩萨蛮

赠许德芬

有缘半载亲风雅。襟怀磊落神潇洒。家学羡渊深。清才首让君。　　闲云难久住。转眼分飞去。何以慰离情。新诗反覆吟。

如梦令

浔阳舟次忆友

岸上琼瑶片片。水面沙鸥点点。极目不胜情，深念故人日远。缘浅。缘浅。一日回肠千转。

菩萨蛮

连宵梦入深闺里。醒来依旧蓬窗睡。从此别情浓。今生可再逢。　　离怀何处托。欲与长江说。可肯载离愁。江空水自流。

满江红

感　怀

四载离乡，久不见、故园城郭。叹亲族、风云四散，天涯海角。满眼流离家已破，浮生如赘身萧索。盼得来、鸿雁数行书，多零落。　　梦不离，旧池阁。家何在，隔湘鄂。况萍踪无定，雁足难托。有子长征音信少，使吾倚闾心焦灼。羡田家、妇织子耕耘，餐黎藿。

沁园春

有　感

忧患余生，鄂渚金陵，几度浮槎。忆陵园谭墓，花房曲折，秦淮玄武，画舫横斜。黄鹤楼空，抱冰堂寂，风景萧条叹暮鸦。犹堪恨，是华楼大厦，付与谁耶。　　年来两鬓霜华。叹雁字、分飞各离家。念从军孺子，终年跋涉，知心良友，在天之涯。寄迹深山，恍如隔世，已过重阳未见花。荷锄去，向竹林掘笋，松径烹茶。

江城梅花引

春雨即事

连绵春雨苦经旬。雾笼云。白昼阴。几树桃花，一霎变落英。寄寓荒山亲友远，女入蜀，儿赴秦、我孤身。　　峰峦隔断掩柴门。幽怨深。百感深。乍暖乍寒，难对付、病魔相侵。目断衡阳，雁足也难凭。茆屋雨多常带漏，床帏湿，日无宁、睡无成。

（以上选自《瘦梅馆诗词钞》民国三十五年排印本）

俞锷（9首）

俞锷（1887—1938），字剑华，号一粟，江苏太仓（今属苏州）人。早年参加同盟会和南社，曾任福建省立图书馆馆长，后病逝。著有《翩鸿记传奇》《荒冢奇书》《蜚景集》《剑华集》等。

鹊桥仙

七夕约匪石、可生同赋

针楼人杳，星槎路隔，空忆钗钿私语。南飞有翼替填河，却不管、人间愁苦。　　凉蟾浸水，乱蛩啼露，瓜果尚怜儿女。箭河催晓彩云空，别泪洒、一天疏雨。是夕夜半雨。

惜秋华

中元月蚀

海宇澄秋，早盂兰献节，霏烟如雾。碾玉镜空，云軿渺归何许。笙楼月正清圆，蓦一搭、煤炱横叙。凄迷，看金轮渐缺，空喧官鼓。　　搔鬓悄无语。倚阑干只欠，此肩眉妩。甚邻杵和，络纬又催机杼。仙娥纵断尘缘，也难免暗虚吞吐。清苦。暗消磨、满襟风露。

惜分钗

寄尘见慰悼亡之作，怅然赋答。

铜华掩。芙蓉面。锦弦拨尽孤鸾怨。五更钟。半床风。唤也无声，梦也无踪。空空。　　梧桐院。秋声颤。药铛经案支疏倦。薄寒笼。豆灯红。反悔从前，忒煞情浓。匆匆。

摸鱼儿

题芷畦《柳溪竹枝词》

买陂塘、紫莼乡里。十年豪气销未。南邻北里遥相望，多少旧家门第。斜照里。共涧钓山樵，闲数兴衰事。斟酣热耳。谱鱼笛蕢洲，沧桑小识，风土岁时记。　　清溪好，双桨菰蒲共舣。辞秦人忆苏李。昔年曾共令弟志成坐小艇，自魏塘至柳溪小驻。春桥杨柳应无恙，笑我鬓丝黄矣。高隐地。只让汝、搜松访石歌相继。闻君又续赋《竹枝》若干首。烟尘隔水。怕百尺楼高，天风夜度，犹是恼清睡。

菩萨蛮

九日，和小柳韵

蚊帱凉认宵来雨。雨过犹绿秋深树。游子尽天涯。何人独忆家。　　沉浮经岁梦。佳节愁中送。斜日岸巾多。招邀金叵罗。

一剪梅

和朴庵

尘鬓霜堆镜里华。病是生涯。恨是生涯。一天凉意逼屏纱。白了秋花。黄了秋花。　　不惜登临醉帽斜。人也涂鸦。雁也涂鸦。归帆数点望中赊。信又相遮。梦又相遮。

一萼红

赠一品红，继小柳作

甚天风。趁笛声牛背，吹出舞妆红。步障惊鸿，歌梁妒燕，弓弯擎掌玲珑。小眉共、斜波学语，笑打鸭、何事闹乌龙。窥镜迷离，横刀扑朔，谁认雌雄。　　应惜天涯轻絮，堕西湖梦里，梦也惺忪。豆蔻春才，樱桃泪远，奈他狂蝶游蜂。最苦是、萧萧暮雨，误空阶、人立梵王宫。是夕雨不能往。老我金尊能共，肯怨飘蓬。

倦寻芳

送小柳还歇浦，并示朴庵

暝堤滞雨，衰柳摇寒，人共秋倦。去去愁君，难更看花吴苑。惜别山留青满眼，分携樽阁霜侵面。暮潮催，趁西风一舸，五湖天远。　　漫约取、吟鞍重并，春到长安，尘蹋香软。海客情怀，闲逐淡云舒卷。有梦鸥寻烟浪里，无生鹤语团圞畔。只孤余，拥宵檠，数残征雁。

蝶恋花

朴庵将赴申江，赋词留别，依韵报之。

重汝行行行未住。行到江南，坠叶纷如雨。柳不禁攀秋易暮。断魂又逐潮来去。　　万里吟声先雁度。胜侣高阳，杯酌应争具。雪软香蹄春著处。一枝芳讯休迟误。

（以上选自《南社词选》,《南社丛选》民国二十五年国学社排印本）

曹咏絮（9首）

曹咏絮（1888—?），字悲秋，江苏吴县（今苏州）人，同南社社友。曹纫秋之妹。

桃源忆故人

人间自古销魂处。何况落红无数。怕向花间重去。天远吹笙路。　　杜鹃声里斜阳暮。更著芭蕉细雨。不道风流恁苦。惆怅谁能赋。

生查子

咏白秋海棠

绮罗娇不胜，束素腰肢细。金屋悄无人，只是沉沉睡。　　春魂何处苏，满地霜花碎。吹上玉栏杆，点点相思泪。

菩萨蛮

惜花无奈春将去。好从梦里留春住。帘外落花飞。梦醒春已非。　　春归将泪送。春去翻无梦。不是被春欺。自家梦太痴。

疏　影

题左侬《拈花微笑图》

花天证梦。问此误了，前生谁种。一卷楞严，说到摩登，抵是小儿私哄。诗魔酒债消除否，也将就、痴符诊空。仗卿卿，解语怜侬，醒唤几番懵懂。　　况复绿阴如画，秋容重换却，挂出么凤。灵药年来，窃去无憀，玉杵错声珍重。泪痕偷揾轻衫角，防迸裂、藕丝衫缝。且倒提、闷里胡卢，闲与月风嘲弄。

卜算子

题道一画帧

野径少人行，古寺还依旧。时有孤舟容与来，几树梅花瘦。　　结伴入深山，春意冲寒透。芳草天涯衬夕阳，风冷香盈袖。

贺新凉

感　怀

野渡潮流急。乍惊人、西风扫尽，一林黄叶。记得香车曾过处，犹是绿阴似叠。算只有、几遭圆月。一洗秋光浑不剩，更那堪、目断千岩雪。伤往事，徒咽咽。　　愁云惨淡繁华歇。我曾经、几回折挫，百般磨灭。昔日风流都消尽，输与西山铁立。依旧是、形容森密。枫叶有情能解语，趁斜阳、洒出斑斑血。似恋恋，伤远别。

（以上选自《同南》第六集，民国六年排印本）

喝火令

旅　况

最是无情月，教侬太瘦生。夜阑扶影下帘旌。越是要人调护，越是冷清清。　　何处弹长铗，无聊剔短檠。寒蛩絮月到天明。越是瞋伊，越是一声声。越是要寻乡梦，越是梦难成。

点绛唇

奉题烟桥词友《回首烟波第四桥图》

烟水茫茫，有人放棹松陵路。玉箫何处。遮断垂杨树。　　第四桥边，好共词仙语。载花容与。不醉休归去。

卜算子

柳

娇眼试东风，绀玉钩帘处。一尺裙腰瘦不禁，镜里参差舞。　　鹦语软于绵，商略黄昏雨。不是苏堤也皱眉，泪滴黄金缕。

（以上选自《同南》第七集，民国七年排印本）

何遂（8首）

何遂（1888—1968），字叙甫，祖籍福建福清，出生于侯官县（今福州）。早年参加反清革命活动，入中国同盟会，为辛亥革命元老。北伐战争后，曾任黄埔军官学校的代理校长。抗日战争时期主张统一战线。平生好书画，嗜收藏，1949 年后图书文物捐献给故宫博物院以及各地图书馆。

著有《叙圃词》，又名《词梦楼词》，分甲、乙稿，刊于民国三十七年（1948），卷前有商衍鎏、林庚白、柳贻徵等序。林庚白序云：“其词于平易之中，一存其真。以性情之人，宜有性情之词。”柳贻徵序曰：“叙甫将军词自运机杼，不落恒蹊。”皆道出其特点。

平调金缕曲

登青城山作

古洞访天师。唤篮舆、老杉排道，修竹横枝。岚翠雨余飞入袂，归云更自多姿。况娇红、点缀相宜。万树鹅黄成掩映，有丹崖、百丈蔚雄奇。飞逸兴，悔来迟。　王父当年作宰时。先祖砚劬公曾宰灌县，有《青城蜡屐图》。理蜡屐、披图作记，选壁题诗。卅载游踪依旧在，山光绿上须眉。任石头、道滑何辞。绝顶高高看落日，又诸峰、遍与白云期。侣猿鹤，莫猜疑。

一络索

星邮今日烦毫素。语语邀郎顾。这回花样又翻新，道梦里、还相慕。　渺渺美人何许。靳琼浆甘露。旧枝肯为惜余芳，不解买、长门赋。

鹧鸪天

黄花冈纪念日，回忆辛亥春仲，将有广州之役，时方声洞、陈与新、严汉民、王印芗诸君集桂林福棠街二号予所，现改江南街三号，在江苏会馆对门。比首涂，予与方韵松、刘昆涛、杨子明送之大圩而返。及三月廿九日，广州事败，予等未及发而罢，诸君中有生还者，复来桂寓予所。门外侦骑四集，予驱走之。再接再厉，遂有八月十九日武昌之役。予分道北走，于九月十日率十二混成协至石家庄，与晋革命军合。九月十二日，吴公禄贞至，予衔命赴娘子关，约阎百川来会。十四日，阎、吴既定策。十六夜，吴公忽被刺。翌日，晋燕军举，予为燕军都督兼燕晋联军副都督，以继吴公。已而清军大集，阎遂不出关，事竟无成。抚今追昔，感慨系之。

履险如夷自在身。气惊户牖夙谈兵。仙城碧血侵三纪，士垄黄花动九垠。　　怀旧句，感前尘。落花如雨遂人行。林时爽旧句，余甚赏之。英雄各有文章在，圣义应教性命轻。

祝英台近

更阑灯，孤影冷，尽辗转无睡。犹有余香，最记旧滋味。数残虬箭丁丁，蛙笙阁阁，只一夜、教侬心碎。　　须料理。才差几日春归，有约人来未。泪化相思，迸出心窝里。更须梦挟飞仙，峨眉绝顶，共尔汝、置身天际。

满江红

汉中韩信拜将台

抔土荒台，消得我、浊醪几斗。溯中原纷纷逐鹿，争夸身手。时至封侯看马上，途穷讲食羞牛后。便千金、一饭岂能酬。君知否。　　坛前树，风霆走。坛中土，尘沙吼。想兵多益办，英灵如旧。尽海而东堪自帝，逡巡钟室终烹狗。悔当时、不听蒯生言，忠何有。

法曲献仙音

过郎当驿

古驿郎当，凄凉舞袖，粉黛六宫黄土。遗事能谈，卌年天子，闻声怆然行处。较见月还酸楚。终夕淋铃雨。　　漫怀古。叹萧郎、渐疏鬓影，钿合约、银汉隔年又阻。咫尺是蓬山，怪衔书、青鸟无路。幽绪如丝，封灯花、苦共谁语。有瓮头酒在，邀取影儿同煮。

探春慢

庚辰元旦扬州军次寄内

教写桃符，献成椒颂，又逢开年时序。壁垒萧森，风云苍莽，让与何郎独步。文酒从容宴，半付与、军书旁午。誓扫胡虏纵横，布衣还问吾土。　　闲杀画眉彩笔，记帘底花前，曾惊鹦鹉。更开东阁，便过西郊，留得彩云同驻。竹里登楼暇，唤林下、清风同语。好托微波，先将此意归去。

浣溪沙

由桂林飞重庆道中作

顷刻云光豁大千。凭虚冲破万重山。不知高处不胜寒。　　虮虱微臣朝下界，鱼凫古国辟青天。轰轰差拟响雷鞭。

（以上选自《叙圃词》民国三十七年排印本）

胡小石（10首）

胡小石（1888—1962），名光炜，字小石，号倩尹，又号夏庐，晚年别号子夏、沙公。江苏南京人，原籍浙江嘉兴。曾任金陵大学教授、中央大学文学院院长、南京大学文学院院长、南京大学图书馆馆长。擅书法，工诗，曾从李瑞清、陈三立学书作诗。其诗玄思窈想、清朗劲健。词作不多，但其小令颇有宋人风致。

鹧鸪天

建功招饮黑石山，即送其之昆明。

潇洒秋光静宇开。笋将端合看山来。林花映日犹飘雪，瀑布无云亦作雷。　　思远道，覆深杯。客中送客此徘徊。清滇旧识支筇处，云片波潾梦几回。

踏莎行

秋夜白沙看月，同冀野、介眉、阿柱，同用白石韵。

承露江平，褰宵风软。年时练色天涯见。孤光寸寸客心悬。荒波脉脉秋痕染。　　蓬鬓添丝，罗襟绽线。举头未必天涯远。感音林燕漫惊飞，高楼只是闲歌管。

踏莎行

钟麓云开，淮桥波软。凤城蟾魄何时见。夜珠终向僰溪明，素娥也怕蛮烟染。　　攀阙扶筇，钓桁沉线。梦边能去休辞远。流入萍迹愤东西，新来天遣青山管。

踏莎行

宫燕花明，陌骢尘软。梦华十载思重见。东风划地尽能狂，凉晖界汉应无染。　　急峡铜锣，斜街绒线。婵娟虽共愁人远。是谁哀郢顾长楸，白头一夜楸羌管。

（以上选自《沙磁文化月刊》1942年第2卷第1－2期）

浣溪沙（四首）

翠壁苍涛展海图。飞楼霞起镜天虚。滇池佳丽九州无。　纵壑扬帆人附芥，攀高入隧蚁穿珠。登临何事说西湖。题三清阁。

处处惊龙破壁飞。奇肱真自日边来。何人倚柱不闻雷。　粉碎霆空成坐啸，风波忠信与忘机。今番铁鸟是空回。鸿寿每遇警报辄坚卧不出，词以咏之。

夏浅春残病起时。东阳带孔又新移。药炉烟飏日迟迟。　生色青红明壁画，分香窈窕换瓶枝。暮寒竹影过墙垂。

溜马冈西水接天。吴船信断过三年。何人今夕理巴弦。　传恨无声风剪剪，写愁有影月娟娟。阑干温彻不成眠。

玉楼春（二首）

人生情味风翻叶。万里相逢如电抹。未成归计苦思归，待得归时还恨别。　清滇照酒波生缬。作鲙银刀娇发发。酡颜莫惜比花红，明日巴山千万叠。饮高峣，别以中、鸿寿、舜年。

高城灯火听笳客。饮罢屠苏同太息。天涯东望我无家，君纵有家归未得。　　倚闾鸠杖头如雪。笑弄诸孙欢绕膝。来朝买马向彭州，百岁斑衣休更出。昆明除夕酬季伟，时季伟将还西川省亲。

（以上选自《文史杂志》1942 年第 2 卷第 1 期）

周麟书（3首）

周麟书（1888—1943），字嘉林，号迦陵，又号笏园，室名小匏叶龛，江苏吴江（今苏州）人。长年执教于中小学，曾任江苏省立吴江乡村师范教员。南社社员，以诗名。著有《笏园词钞》。

《笏园词钞》，民国三十年（1941）刊，附于《笏园诗钞》四卷后，标明卷五，共二十二首。作者《金缕曲》一阕有小序云："生平素不作长短句，己卯（1939）岁暮，偶自效颦，四十日中，积成二卷，长歌当哭，忘乎其为词之工不工也。"可见其词皆创作于抗日战争时期。

百字令

王晓庵先生墓年久失修，日就荒废，元直县长斥赀规复，严禁樵苏，并葺祠宇，岁时祭祀，特成此解，藉表景行。

白杨萧飒，掩荻花塘畔，孤坟三尺。中有崚嶒奇骨在，撑住东南半壁。龙去桥陵，鹤归华表，空效新亭泣。晦冥风雨，江山回首如墨。　　剩有南国文章，西山薇蕨，浊世标清节。重向金鲍征逸史，忍使长埋荆棘。菊荐丛祠，名题短碣，灵爽其来格。天心难问，一丝还系华发。

诉衷情

世间何物是清秋。催老少年头。寂寞夜阑人静，倚遍十三楼。　　凭倾耳，更凝眸。总离愁。一窗月色，满阶虫语，几叠更筹。

买陂塘

廿九年一月四日事，涧秋、咫天各填《满江红》见示，别成此解奉酬。

莽天涯、三年一别，故乡风物如许。九衢灯火明于昼，照彻琼楼玉宇。回望处。正花月春风、犹是江南路。凭栏自语。念岁月侵寻，江关萧瑟，凄绝子山赋。　　难为我，历尽凄风寒雨。忍随胡虏终古。骊山烽燧渔阳鼓。惊破酣歌恒舞。留不住。叹周殿唐宫，大半成焦土。思量太苦。只掩泪吞声，抽琴命操，有恨向谁诉。

（以上选自《笏园词钞》民国三十年排印本）

过耀桂（6首）

过耀桂（1889—?），字瑶珪，江苏无锡人。同南社社友。

一剪梅

客里有感

秋气成围笼淡烟。云也缠绵。月也缠绵。海棠零落菊花残。天亦阑珊。人亦阑珊。　　冷雨敲窗心自酸。枕上斑斑。襟上斑斑。乡思入梦当真看。家里平安。客里平安。

唐多令

白秋海棠

肠比柳枝柔。怀同三径幽。采将来、装点红楼。莫买胭脂输与艳，还本色、已风流。　　酸味透心头。临风却忘忧。叹一生、来去由秋。漂泊红颜同一例，任洒脱、终烦愁。

菩萨蛮

游芙蓉山

芙蓉顶上萧萧寺。金钟玉磬挥尘秽。剩有古龙潭。游人著意探。　　悠悠环翠月。残照前宫阙。松柏送风声。错疑山鬼鸣。

百字令

题萧子伯逢《寒闺展卷图》

天香深处，有乘龙萧史，求凰弄玉。吹澈箫声重展卷，艳史艳情同读。踏雪吟诗，消寒斗句，不羡神仙福。帘前鹦武，无烦歌懊侬曲。　　尽看博学凝之，多才道蕴，好合成图幅。旖旎风流称绝世，孟頫仲姬堪续。松竹为邻，梅花与伴，斗室何嫌促。文光四射，更添春在华屋。

（以上选自《同南》第六集，民国六年排印本）

虞美人

题《秋窗雁讯图》

阶前花影知多少。谁比侬颜好。轻衫窄袖薄寒时。风动帘波缕缕是相思。

支颐兀坐凝神久。懒把鸳鸯绣。诸般滋味在心头。欲问个郎底事系归舟。

（选自《同南》第七集，民国七年排印本）

满江红

次韵简淡雨

柳眼舒青，桃含笑、无边春色。猛想起、浦桥词客，兴同畴昔。气概未因江水壮，墨缘惟向文章结。检青衫，点点染诗痕，襟常湿。　看劳燕，分南北。愁似锦，思成织。幸半年离绪，了于三日。畅叙浑忘身作客，赋归恨煞潮偏急。问可来、同赏莫愁青，秦淮碧。

（选自《同南》第八集，民国八年排印本）

黄云程（1首）

黄云程（1889—?），字逸霄，江苏淮阴人。同南社社员。

一剪梅

胭脂狼藉百花残。月过栏干。影上栏干。支离病骨怯轻寒。欲缓归鞍。难缓归鞍。　　杜鹃声里报春阑。云也漫漫。夜也漫漫。巫山真个在邯郸。遥忆姗姗。仿佛姗姗。

（选自《同南》第五集，民国五年排印本）

王易（3首）

王易（1889—1956），原名朝综，字晓湘，号简庵，江西南昌人。1907 年考入京师大学堂。20 世纪 20 年代初，与汪辟疆同执教于心远大学。后执教于中央大学，与汪辟疆、柳诒徵、汪东、王伯沆、黄侃、胡翔东被称为“江南七彦”。1940 年起，在中正大学任教，为文学院院长。1949 年后为湖南文史馆馆员。多才博学，著述甚丰。工诗词，有《镂尘词》。钱仲联在《近百年词坛点将录》中谓其词：“持律谨严，渊识可诵。”

绕佛阁

秋宵读《鹜音集》，慨题卷端，兼寄彊村、蕙风两翁。

雁程乍回，灯乱夜阁，流恨湘绮。哀凤慵理。更闻露洒，西台纵孤泪。暗尘又起。垂暮望眼，惊燧千里。欢意无几。定中怕有，城乌唤愁至。　　故国梦寥落，谩抚荆驼重陨涕。还向旧山、渔樵堪把臂。对麦秀西风，肠断何世。楚兰心事。尽付与词仙，空外歌吹，小红娇、画船潮尾。

金缕曲

东湖感旧

一棹江南去。乍归来、湖壖风色，暗惊前度。湖水看天如白眼，乔木阴阴非故。记往日、承平箫鼓。画鹢轻鸥春似醉，认穿林莺燕都欢侣。罗绮梦，雨云赋。　　沧波旧影愁重数。趁朋尊、白社寻盟，紫霞传谱。台馆已空王谢宅，芳草更迷行路。又何况、天寒日暮。便乞阳春施步障，倚东风十万垂杨树。人静也，为谁舞。

水龙吟

集彊村词句，吊彊村先生

白头心事飘萧，天涯惟有啼鹃苦。觚棱梦坠，五湖计熟，残年倦旅。老泪柴桑，义熙题遍，哀时词赋。怅新歌散雪，迷阳唱倦，凄咽断，蘋洲谱。　　只有高台歌舞。素心难、旧盟谁主。支离病骨，惊飙吹幕，风灯摇暮。身世浮云，人天孤愤，低头臣甫。又西风鹤唳，酸声噤月，近连桥路。

（以上选自《词学季刊》第 1 卷第 3 期）

向迪琮（15首）

向迪琮（1889—1969），字仲坚，号柳溪，四川双流人。早期为同盟会会员。专业为土木工程，曾任职天津海河工程局局长。1949年后为四川大学中文系教授、土木工程系主任。1954年以后，为上海文史研究馆馆员。诗词兼擅，喜藏书画金石。与陈匪石、乔曾劬、邵瑞彭等词人交厚，是如社成员。有《柳溪长短句》及《柳溪词话》。

《柳溪长短句》一卷，收词109首，民国十八年（1929）刊。前有朱祖谋、邵瑞彭、王履康、乔曾劬序。朱祖谋以为："其词清峻婉密，若吐若茹。虽植体先宋，要其深情奥思，实时时有夔巫间峰回峡转、纡曲幽邃之意。"（《柳溪长短句序》）乔曾劬亦在序中概括其词云："盖取径尧章、公谨，上及闲斋、小山、无咎诸家，声情兴象，要眇清异，卓尔有以自名。近益规取苏柳贺周，朴茂重大，渊然北声。"

八声甘州

梦瘫《闻妙香室词》题辞

数平生马足遍天涯，江山助清哀。向花时溅泪，枫林感旧，多病登台。俯仰十年前事，晓梦落宫槐。惟有昆明水，犹凝残灰。　　寂寞秦川叔夏，吊柧棱落月，怨曲新裁。问知音能几，愁抱若为开。况如今、浮云玉垒，挂片帆、何计赋归来。还携手、访元真去，吹笛江隈。

鹧鸪天

一夜西风殿影寒。笳声凄咽度重关。人间马足何从觅，天外龙髯讵可攀。　　凝泪睫，倚阑干。霜芜尽处接狂澜。浮查莫讶风波恶，平地人人感路难。

江城梅花引

癸亥除夕，效竹山体

三更笑语展芳筵。恰辞年。又迎年。盼到新年，依旧怯新寒。香袅兽炉灯转彩，对良夜，念亲知、忆故山。　　故山。故山。烽火间。霜满天。月半弯。望也望也，望不见、肠断眉攒。试倒琼钟，一醉换千欢。休道无因酣客梦，罗帐暖，锦屏春、客梦酣。

绛都春

大壮以西陵纪游词见示，爱其神似觉翁。忆癸丑、甲寅间，于役崇陵，往来频数，今陵木已拱矣。感念前尘，继梦窗韵。

梁栖语燕。对玄隧暗扃，灵旗长卷。苔湿枭蹄，花结鱼膏灯光短。当时冠珮鹓鸾伴。叹劫后、和云都远。茂陵秋老，凉萤吊月，夜深谁见。　　亭馆。重寻旧迹，沈郎恨、未了通天闲盼。莫话废兴，三度曾经蓬莱浅。而今衰帽尘生面。背辇路、松楸婕看。梦中风雨无多，暮钟又散。

兰陵王

顾巨六寓斋秋兰一穗双花

锦堂侧。花影参差漾碧。黄昏近，丰鬋淡妆，月下依依共幽寂。西风过雁急。应惜。灵根秀质。瑶阶畔，双袖暮寒，空谷何人伴晨夕。　　潇湘念陈迹。记彩系孤芳，珠映离色。沧波千里伊人隔。嗟解佩谁赠，汉皋回首，琴丝和泪诉怨抑。又愁满香国。
词客。思无极。谩别墅闲开，秋禊方集。蛮薰黯黯生瑶席。看玉露初洗，暗香轻袭。鬟云相对，倚倩影，认旧识。

解连环

送大壮之沪，和梦窗韵

雾沉云结。甚残年短景，荡愁无极。正雁侣、沙际呼群，忍携手路歧，暮天寒色。怨笛关山，恨吹裂、苔枝南北。料吴头楚尾，听水听风，有情须忆。　　年时旧欢顿掷。叹朝来镜里，黏鬓霜白。便过江、纵酒惊人，怕酒醒梦回，断芜销碧。海涨尘荒，想心折、孤帆归汐。傍官程、傥逢驿使，练裙寄得。

隔浦莲近拍

秋荷，和彊村翁

湖天新展素景。入鉴余霞冷。细雨生秋怨，盈盈隔，凌波影。繁艳移玉井。愁妆靓。误了吴娃艇。　　忍重省。鸳鸯梦破，南楼残酒初醒。歌尘满地，望处不禁凄哽。池上西风带泪听。愁迸。红衣零乱千顷。

菩萨蛮（二首）

北　海

妆台春去胭脂冷。平湖曾照惊鸿影。斜日荡金波。兰桡闻笑歌。　　晚风欺绣幕。露袭罗衣薄。咫尺是红墙。重来空断肠。

宝帘斜挂圆蟾影。屏山曲曲兰薰冷。秋迥夜如年。虫吟金井寒。　　谁家年少子。日日笙歌里。何事不归来。庭阶生绿苔。

长相思

大连旅居，感赋

地近麟洲，图开蜃市，海角偏占繁华。层楼万叠凤瓦，朝涵岚翠，暮障冰霞。倦客天涯。试寻芳古戍，买醉村家。绣陌蛮花。惹行人、到此停车。　　漫重访、玄黄阵迹，云窗雾阁，几换虫沙。夷歌四起，皂帽何人，揽鬓空嗟。飞潮晚涨，送楼船、凄引胡笳。剩水边无数，杨柳春时，只恁藏鸦。

六州歌头

丁卯岁暮感怀，拟东山

少时拂袖，曾著祖生鞭。登古栈。临绝巘。涉长川。揽群山。蹑足凌霄汉。晴岚展。明霞烂。鸾凤远。龙蛇见。浩无边。朱草紫芝，岩壑森奇观。十里仙源。甚尘劳不了，匹马踏人寰。雨雪萧关。铗空弹。　　尽惊烽乱。笳声怨。楼阁换。戍烟繁。歌鼓散。行人断。血痕殷。锦貂残。日暮高城畔。增凄惋。促愁颜。携酒盏。当孤馆。送流年。驿柳江梅，渐举东风眼。为我留连。笑兴亡俄顷，往事不堪言。客燕飞还。

（以上选自《柳溪长短句》民国十八年刻本）

倾　杯

冻萼融酥，惠风催暖，池塘暗缀春色。禊饮俊约，九陌醉踏，涉水乡烟驿。江山不尽愁难寄，惹玉楼横笛。浮生梦影，嗟旦晚、刻骨烦忧如织。　　倦忆。前欢别意，晓烟昏雨，何处双飞翼。尽钿毂寻春，花时弹泪，感离人羁客。小阁琴尊，西园词翰，极目皆陈迹。念乡国。斜月迴、断云莹碧。

绮寮怨

津浦道中

醉里车驰如电，酒醒山万重。亘柳驿、败垒荒城，层云掩、泰岱诸峰。年年投南向北，征衣敝、阮籍途路穷。对四天、树色苍茫，争知道、过客归兴浓。　　壮岁赋才尚雄。纱笼旧句，愁中怕付玲珑。故国凄烽，耿残照，断书鸿。行行暗惊时序，抚病羽、奋飞慵。飙轮又东。烟钟夜起处、鹃泪红。

玉蝴蝶

乙亥中元，与二三友人泛舟玄武湖，月明如霜，荷香欲醉。和乐章此解，示同游诸子。

望处水天无际，新秋短棹，一舸孤光。浦溆宵深，风动芰叶生凉。小蟾斜、颜酡凝紫，叠巘远、眉额愁黄。尽堪伤。岁华迟莫，烟景苍茫。　　休忘。名湖此夜，羽杯浮碧，晓鉴凝霜。浅酌低吟，醉来身似在江湘。纵游兴、思寻采钓，惹旧情、难托邮航。喜相望。酒徒犹是，莫问高阳。

惜红衣

和白石

柳老垂阴，楼高障日。自怜筋力。倦倚危阑，沉云暗空碧。征鸿过尽，因甚事、年年为客。凄寂。孤馆早凉，促离人将息。
三条广陌。飞骑红尘，酣歌剩狂藉。平生放浪去国。水云北。断曲后庭犹唱，别梦几时重历。料谢堂今夜，愁说石城山色。

（以上选自《如社词钞》民国二十五年排印本）

许豫（6首）

许豫（1889—1953），名豫、豫曾，字康侯，也作康由、亢由，号太平，江苏吴江（今苏州）人。南社社员。曾与陆鸥安、沈昌眉等发起成立分湖诗社。创办半月刊《芦墟报》，任编辑主任。1924年，与弟弟许半龙创建芦墟红十字会。1927年赴上海参与创建中国医学院。一生除医学专著外，著有《池上小筑诗稿》《两京游草》（与许半龙合著）、《石鼓考略》等。

金缕曲

同震泽张润之夜饮某酒家，醉赋

只被诗书误。记年时、酒垆击筑，头颅如许。却喜逢张颠海量，投辖风怀容与。拚痛饮、形忘尔汝。日日长斋如泥惯，更刘伶、荷锸觅豪侣。斗兼石，气吞虎。　　人生几得良宵聚。怅征涂、五陵裘马，有怀谁语。醉纵不醒吾也欲，何当半酣便拒。任霸陵、止诃归路。两足蹒跚鬼窃笑，月匆匆、遮莫斜东庑。且暂住，为君舞。

清平乐

秋夜宿五路堂

朱飞枫掌。丰山鸣霜降。何处声来清梦妨。风入松林嘹亮。
更明星窥幽檐。分明月伴人眠。不是爱他难解，当头转觉寒添。

南浦月

题史剑尘女史《海棠轩诗存》，似同社印子水心

琴断弦哀，镜边重叠伤心句。生香何处。谁忍黄门谱。　　海棠轩前，依旧云容与。愁如许。比肩人去。更梦魂无据。

菩萨蛮

题周天愁为王翠芬所作《懊恼词》

少言细事心多恼。恼多心事细言少。真意属愁人。人愁属意

真。　好花偏落早。早落偏花好。指原诗“好花偏惯坠”句。惊梦奈深情。情深奈梦惊。

丑奴儿

题盥孚《武林游草》

痴哉余季诚何意，不到苏州。即到杭州。一叶西湖十日留。　六桥三竺诗魔扰，高处风飕。低处清流。背后奚囊一例收。

（以上选自《同南》第八集，民国八年排印本）

严既澄（5首）

严既澄（1889—?），原名锲，字既澄，以字行，笔名严素，广东四会人。文学研究会会员，新文学运动中从事编辑工作，有翻译、散文、儿童文学创作。1921 年进入上海商务印书馆。曾任教北京大学、中法大学。1945 年后在肇庆日伪机构任职。词作存五十余首，有民国十三年（1924）刊《初日楼少作词》、民国二十一年（1932）刊《驻梦词》，二集作品多有重复。俞平伯跋云：“其佳处往往如良金美玉，自发精英，摇人灵魄。”

虞美人

垂杨着意萦莺燕。陡觉春心浅。新来浓绿替嫣红。人在絮花堆里饯东风。　　残鹃未省新愁重。犹作芳菲梦。羁迟尘海负春光。留得晴丝空与系斜阳。

临江仙

一线秋魂无泊处，暝灯凉夜萧然。九重丹阙锁飞仙。不知银汉远，空拜月华圆。　　见说愁心殊未决，是谁寸折丝莲。不祥身世奈何天。梦回千蝶帐，情尽五湖船。

金缕曲

庚申秋节

了了年时月。画秋心、雾明星淡，夜光如雪。落抱珪琼天咫尺，初信人间清绝。休便向、圆时伤缺。叱咤风云良已倦，倚清凉须胜嘶尘热。依薄酒，酹佳节。　　三年积意禁磨灭。对芳辰、低回昨梦，旧情新揭。南北去来随瘁雁，烽火苍黄倦阅。漂泊处、流光挥忽。醉梦不辞歧路远，近中年去住悲难决。谁与共，坐寥泬。

高阳台

清夜读《断鸿零雁记》，凄感无已，为填此词，恨不能寄示曼殊大师于泉壤也。

南国缄魂，东洲诀梦，断肠人太匆匆。灰尽心香，依然怨叶凄蓬。蛾眉并世恩难绝，是枯兰、不耐春风。遁寒山，憔悴行吟，拼耗幽衷。　　琼楼月暖知何恨，恨萦裙柳弱，不系游骢。能几低回，朱颜又褪春红。冥冥岁月驱人逝，怅仙山、茫邈难通。剩沉沉，怨雾愁云，长伴孤鸿。

浣溪沙

春宵闻笛

昨梦低回眷绮年。闻歌愁对落花天。绿阴阴地月初圆。　　尚有风情怜肉竹，未教春色荡心弦。夜凉闲玩一庭烟。

（以上选自《驻梦词》民国二十一年排印本）

袁克文（15首）

袁克文（1889—1931），字豹岑，别号寒云，河南项城人。袁世凯次子，“民国四公子”之一。精擅书画、古玩收藏，也工诗词。在当时词坛与张伯驹并称“中州二云”。著《洹上词》，收录《寒云词》《豹龛诗余》《庚申词》三种，张伯驹谓其词云：“寒云词跌宕风流，自发天籁，如太原公子不修边幅而自豪，洛川神女不假铅华而自丽。”

蝶恋花

绕市繁灯寒欲坠。夜未三更，遍是凄凉意。依约旧时歌舞地。何当重识金银气。　　又到秋风愁梦里。白酒黄花，拚却今宵醉。何处楼高容小睡。闲枝挂眼都憔悴。

浪淘沙

昔予梦中得“春风万杨柳，明月一梅花”句，曾足成一律，兹拈明月句谱此阕，题自画梅月便面，犹存梦中思也。

明月一梅花，春在谁家。东风枝上著些些。红到人间春有几，莫漫横斜。　　香雪烬无瑕。且自妍华。疏寒可许遍天涯。道是江南花更好，不向尘沙。

少年游

冰庭铺水，珠帘泻露，灯火隔飞寒。篆气嘘云，研思吸月，偎梦近阑干。　　更声迭、宵来宵去，春又一回残。榻暖鸳痕，帐沉莺语，合眼看江山。

疏　影

题下赛印，次愚公韵

千秋一物，便香残脂腻，初褪温泽。鼓罢桐徽，兰影轻挥，曾传画角颜色。柔枝袅娜冰花争，试认取、朱丝纤侧。恁板桥、旧院风流，付与玉筋钤出。　　凄说珠帏玉几，美人笑未彻，山已埋骨。坠印空圆，系壁长淹，锦树荒寒谁识。黄绝绿绮都消歇，算只有、寸痕留得。任万千、海变桑沉，不减怨浸愁渍。

浣溪沙

一掬兰汤排鬓丝。轻持柔絮腻香脂。不留手处荡人思。　　微夜静于花睡里，好春浓过梦回时。波痕无力颤腰支。

金缕曲

示七来

眼底无余子。任峨峨、雄冠剑佩，望之非似。虎帐销沉英雄气，肱箧穿窬流耳。遍鼙鼓哀鸿千里。天下都无干净土，笑鸡虫蛮触纷如此。荣与辱，一弹指。　　中原立马情何止。且休论、重瞳项羽，斩蛇刘季。纵有丹青千秋在，败贼成王而已。又几度冲冠裂眦。无限江山休别去，待回头收拾君须记。长啸也，叱龙起。

尉迟杯

尘沙起。镇无语、独坐愁如水。惊飙渐入帘旌，还隔瑶窗十二。层台未隐，堪纵目、寥天黯无际。但阴阴、巷陌人家，夜凉庭院深闭。　　依稀树色江南，凭追思、东风小阁沉醉。断梦飘零天涯惯，空觅向、烟云画里。登临久、星稀月淡，照无寐、鸡鸣却未已。尽低回、怨笛声声，一回欢又成坠。

蝶恋花

有　怀

尽夜西风吹未觉。一枕寒蛩，往事思量着。梦到江南愁隐约。无言但忆人如昨。　　寂寞阑干堆碧幕。幕自垂垂，不管花开落。花外琵琶弹又却。何时重醉楼西角。

浣溪沙

星斗阑干罢晚妆。冰肌玉骨自清凉。微风直裛锦衾香。　　渐许相思通宛转，偶从残梦说荒唐。当时已是九回肠。

踏莎行

到枕思量，当门踯躅。冰魂空绕云屏曲。帘栊知未上银钩，斜阳黯黯窗纱绿。　　小醉为欢，长歌当哭。闲踪谁更怜幽独。归车及早远嚣尘，回头忍见楼高矗。

好女儿

登墙子河外市楼

独倚高寒。去住无端。遍尘封、雾迴阴阴见，有当涂市井，几家帘幕，到处阑干。　　难得楼台如此，更谁省、惜丛残。认空郊、渐与斜阳远，但秋波不断，板桥依旧，烟树弥漫。

兰陵王

海云立。深树阴阴望极。寥天外，依约旧时，打桨吹帆送归急。飙风黯未歇。谁惜。南回倦翮。凭阑处，春去到秋，多少团圞照离别。　　无端问消息。念柳巷凄迷，江水呜咽。回肠今更何从说。怅几回望断，几番音杳，空教迢递数故迹。恁人远天隔。

寻觅。恨千迭。渐乱叶堆黄，芳草凋碧。登临又自惊寒色。记玉勒当门，秋雨连陌。而今何处，纵万里，梦咫尺。

雨淋铃

戊辰七月十七日书事

秋风呜咽。正开帘处，徙倚人怯。深云渐涌天际，又惊雷起，凉尘吹迭。远树萧萧弄晚，更寒响凄切。恁黯黯、飞雨如潮，不见当楼旧明月。　　河东一往何堪说。算这回、信息应长绝。无那转思前事，愁病里、怎禁摧别。早遣柔肠回向，而今好共摧折。但此去、何地归魂，碧草空凝血。

蝶恋花

放眼寥天天欲坠。一寸山河，一寸伤心地。不尽离人弹别泪。黄昏到处春憔悴。　　梦逐江潮惊万矢。剑啸鸡鸣，慷慨东风里。几见长鲸吞海水。更谁叱咤龙蛇起。

西江月

珍重昔时情绪，梦惊昨夜东风。一回春到一回浓。听取鸡声催送。　　荒戍频闻断角，深庭又住闲踪。相逢不是梦魂中。赢得清尊愁共。

（以上选自《洹上词》民国二十七年油印本）

黄复（3首）

黄复（1890—1963），字娄生，号病蝶，江苏吴江（今苏州）人。与柳亚子为总角之交，清末曾任国史馆总校。1914 年加入南社，1917 年赴京，历任清史馆协修等职。后在北京教私塾多年，参加稊园、蛰园等诗社。抗战胜利后，在北平电信局秘书室主编月刊。著有《明史考证补》四卷、《清史考异》六卷、《戊申大丧述闻》二卷等。

湘　月

莘安凌三自分湖驰书燕市，以紫云楼图属加题咏。紫云楼者，君所新葺与其夫人琬雯女士倡和之居也。因填此解张之，即以寄怀。用定公韵。

分湖灵秀，莽芦烟菰雪，合生英丽。弱冠文章惊海内，后起光芒无际。纸阁琴尊，高楼灯火，销尽才人意。新居颇好，偕隐平输尔奇计。　　别后正忆江南，鱼信传来，蓦地闲愁起。指点丹青添一笑，幽绪终怜谁寄。画舫联诗，萧斋话雨，回溯年时味。鸥盟判践，傥相负者如水。

水调歌头

亚子结客十数辈，雅集柳溪之水月庵，有书见告，附以新诗。念景怀人，感拈此解，用宋人丘宗卿韵。

豪彦荟吴浙，雅集白蘋洲。醉看斜阳萧寺，还触水边愁。端合清狂小住，酹得英灵余怨，惊起几寒鸥。胜会屡辜负，愧我等羁囚。　　思故乡，怀良友，恸神州。沧桑惹泪，远书遥寄雁来秋。剩有新诗沈俊，慰可水魂山梦，吟罢韵悠悠。游侣半无恙，谓十眉、大觉、莘安、悼秋、盥孚诸人。行役复何忧。水月庵在分湖南，地介江浙之交，水木明瑟，烟波浩渺，为数百年古刹，曾载《嘉善县志》。明季鼎沸，东南义士创水师以拒虏军，事败有亡命于此者。病蝶附识。

高阳台

寒夜怀太侔丈

吟社联诗，歌场载酒，春明几度淹留。老矣休文，逃禅强续狂游。卅年涕泪挑灯尽，者沧桑、都化清愁。有何人，玉珮琼琚，比汝风流。　　一家客里圆鸥梦，便芦帘纸阁，也算温柔。说剑调筝，平生心绪堪酬。相逢怕问闲消息，溯余怀、渺渺灵修。甚天工，作就严寒，好句难搜。

（以上选自《南社词选》，《南社丛选》民国二十五年国学社排印本）

任援道（8首）

任援道（1890—1980），字良才，号豁庵，江苏宜兴（今属无锡）人。民国时期著名政要。毕业于河北保定军官学校，后赴日本留学，入日本陆军士官学校。抗战爆发时投敌，为汪伪政权的重要成员，历任苏浙皖三省“绥靖”军总司令、江苏省长等军事与行政要职。抗战胜利后逃往加拿大。

学词于蒋兆兰。有《青萍词》一卷，民国二十九年（1940）刊于金陵。集中多白雪词社社课咏物之作。赵尊岳以为《青萍词》诸体“莫不合于古人”。

念奴娇

题卢忠肃公象升玉印。印二皆刻其两端，曰：“大夫无境外之交。”曰：“迫生不若死。”曰：“取彼诸人，投畀豺虎。”曰：“孝者俟忠而成。”印为嘉兴钱映江先生所藏，先生钦慕忠肃，特举以归之宜兴。印中之语，系崇祯十年戊寅秋冬间在勤王军中，因杨嗣昌、高起潜而发。篆刻则幕客许德勤所作。经火微损，则在清兵焚攻贾庄之日。

煌煌天汉，痛贾庄一役，金瓯轻掷。双印传情还刿恨，臣节坚贞如石。锈遍苔纹，烧残虫篆，血染苌弘碧。神灵呵护，劫余犹是完璧。　　生恨境外私交，和戎误国，义凛春秋笔。贝锦萋菲胡太甚，豺虎腥膻不食。赢得词林，研硃摹拓，玉带同珍袭。灵祠长度，惯看虹气千尺。

高阳台

牧之水榭

云涌金波，烟笼寒水，乾坤俯仰悠悠。分韵传笺，吟声萦带溪流。琼筵敞处湘帘卷，有才人、缓带轻裘。任优游。把酒临风，还看吴钩。　　茫茫谁继风流后，算溪山胜处，曾系渔舟。一缕茶烟，鬓丝禅榻勾留。谈兵岂是生平志，傲儒冠、兼笑兜鍪。爱当前，满目莺花，全胜扬州。

（以上选自《词学季刊》第2卷第3期）

绛都春

春　水

鱼波细腻。看天外画船，和云飘起。浪卷落英，倒浸楼台清无底。斜阳明灭风光丽。问南浦、销魂曾几。鸭头新绿，迷将略彴，旧时遗址。　　还记。芳洲柳岸，小娃正、晒网临流梳洗。更忆旧游，罨画溪边藤花紫。迢迢暗动江湖意。感不尽、天涯行李。那时柁尾春灯，听风听水。

木兰花慢

风阻水西，梦中用《破阵子》调，仿稼轩作壮语，既醒忘之，感赋此阕。

水村风味冷，数往事，感流年。况斜日昏昏，平林漠漠，暝色浮烟。清欢。暗随水去，倩东风扶影上归船。今夜魂飞鸥渚，昨宵梦到吟边。　　流连。有泪湿征鞯。曾记旧时缘。把玉笛横吹，青萍细看，傲骨依然。无言。倚篷悄坐，笑词仙底事苦缠绵。拌却君王天下，酣嬉儿女镫前。

湘春夜月

白雪词社第四十集，春魂限"鱼"韵

醉瞢腾，昨宵人困酴酥。况是雾锁林昏，漂泊正愁余。梦被蜀山拦住，问杜鹃啼苦，望帝归无。算庄生化蝶，蘧蘧栩栩，毕竟模黏。　　回头绮约，音沉断雁，书渺双鱼。牧笛声中，还记取、一

林红杏，隔绝征途。旗亭贳酒，悔那时、烟雨停车。怅此际、只东风料峭，濛濛絮影，吹上轻裾。

（以上选自《青萍词》民国二十九年刻本）

木兰花慢

友人以和吴眉生放翁生日词见示，触余新痛，依韵和之。

小楼人去远，分鸾镜、辍鹍弦。怅海国冠裳，神州鼙鼓，仆仆征鞭。平安。梦回逝水，数欢愁辜负几流年。一霎生离死别，何如朝暮云烟。　　凄然。斗酒月斜偏。手泽荐青毡。又藐藐诸雏，麟游凤戏，感我华颠。川原。更怀旧迹，似孤鸿重到沈家园。试酝平生恩好，酿来血洒灯前。

（选自《同声月刊》第1卷第3期）

燕归梁

为叔雍题《高梧轩图》

百尺凌云有凤栖。清波眼、碧峰眉。佳人胜境自相宜。更不用、怨春迟。　　西风一叶秋来早，感兴废、忆芳菲。嘉肴旨酒好同携。且醉和、小山词。

（选自《同声月刊》第1卷第8期）

水调歌头

辛巳中秋，金浩亭兄以和苏髯词见示，龙榆生兄亦有所作，赋此答之，即呈府主汪公。

举手邀明月，明月在中天。照遍千山万海，已历万千年。一片芳姿清影，不是冰肌玉骨，争奈此高寒。俯仰几今古，哀乐感人间。　　看盈缺，对良夜，镇无眠。人生莫似流水，愿似月初圆。不苦沧桑寒暑，永伴花边帘底，人月两双全。月共人长好，人比月婵娟。

（选自《同声月刊》第1卷第11期）

汪东（15首）

汪东（1890—1963），初名东宝，字旭初，号寄庵、寄生、梦秋，江苏吴县（今苏州）人。早年就读于上海震旦大学，1904年东渡日本，在早稻田大学毕业，结识孙中山，入同盟会，鼓吹革命，任《民报》主编。后从章太炎习文字训诂，为中央大学文学院教授、院长。抗战时任重庆的复旦大学中文系教授。有《寄庵词》《梦秋词》。汪东词宗清真、耆卿，唐圭璋论其词云："控纵自如，顿挫有致。舒徐绵邈，情韵交胜。"

探春慢

对雪感怀用玉田韵，与季刚同作

岁晚登楼，寒深拥几，羁怀零乱无绪。风翦琼瑶，云昏天地，顿觉销沉平楚。南雁音书少，但梦趁、江乡归橹。最怜笠泽苍茫，樵青心事谁付。　　旧著烟蓑在否。甚锁却松筠，空闭柴户。庾信生涯，梁园宾客，愁动黄昏钟鼓。况值萧条极，似阴积、龙沙深处。赖有天工，妆点梨花千树。

点绛唇

一棹横塘，藕花隔断红尘路。锦鸳宿处。凉气浓于雨。　　重忆前游，已是他乡住。欢盟误。暂来还去。冉冉流光暮。

（以上选自《词学季刊》第1卷第2期）

琴调相思引

闻继湘有鄂渚之行，病不及送，因用贺方回韵成此，并寄敬之武昌。

风动狂尘飞九陌。堪叹漂流两萍迹。又昨日轻帆浮楚泽。岸树色。皆秋色。岸树色。皆秋色。　　斗柄横斜凉拥席。病卧客。思行客。病卧客。思行客。待促膝倾螺歌缓拍。愿永夕。为佳夕。愿永夕。为佳夕。

（选自《词学季刊》第2卷第2期）

倾　杯

秦淮夜集，赠半樱及同社诸子。

屑玉霏谈，注金倾酿，羁怀顿觉消释。岸柳乍沐，水阁过櫼，恰步邻邀笛。蛮笺蜡苣分题处，倒百尊休惜。南朝旧恨，都付与、历历归鸿云翼。　　鬓白。从难却少，酒襟诗本，依旧狂心迹。想再缉荷衣，啼猿争怪我，如何消得。楚泽行吟，西州沉醉，莫学当时客。故山北。还只要、草堂相识。

倚风娇近

春寒酿雪，花讯屡愆，倚草窗赋大花韵催之。

南陌春迟，翠盘萦惹愁缕。乱琼时倚，回风舞。辽鹤返江城，缟翼展为屏，一发新亭，浅露青山眉妩。　　浮梦空华，前约春相逢处。消息今都无据。步底香尘荡轻雾。催花谱。但余绛笔浓如露。

红林檎近

今年三月梅始盛开，与桃、杏、樱桃相错，蔚为奇观。然有沦于绛灌之悲，违其素操矣。因念虎丘冷香阁植梅数百本，无杂树。乡邦人士每于此时，极游宴之乐。羁旅都城，怅不获与，用清真韵作此，示瞿安。

春景方融暖，乱花时送香。散策度前圃，袷衣映回塘。遥想层丘翠麓，正傍雾阁云窗。玉蕊初褪宫妆。莺语啭新篁。　　头白嗟倦客，心怯老殊乡。输他燕子，衔泥犹宿雕梁。但珍珠桥畔，鸡鸣埭口，劝君聊复欢此觞。

绕佛阁

中夜不寐，有怀汉江诸弟。依梦窗声韵。

乱红碎锦。都换暗碧，春谢机杼。愁思万缕。夜阑付与、幽人铸幽句。寸阴逝羽。孤雁吊影，分散吴楚。顿惊倦旅。羁情摇荡、随风堕轻絮。　　镜里看华发，回首机云偕隐处。声似动人、春雷方启户。甚梦觉邯郸，利名炊黍。履霜纤屦。叹自警荒鸡，谁伴宵舞。暗徘徊、泪零如雨。

诉衷情

湖尾。花里。风渐起。转兰桡。霞袂举。私语。暗魂销。紫陌绣骢骄。明朝。谁家红袖招。莫相饶。

女冠子

双眉微斗。浅浅黛螺描就。暮春时。并槛鸳鸯宿，穿帘燕子飞。　　郎行留密语，花发是归期。看到荼蘼了，信音稀。

（以上选自《如社词钞》民国二十五年排印本）

山花子

金谷空余陌上尘。玉门难返笛中春。只有台城杨柳色，一番新。　　大帝山河留霸迹，小乔夫婿是前身。却笑景阳宫井内，又何人。

碧牡丹

季刚殁后，欲述哀词，久而未就。今秋卧病经旬，追感旧游，始成此解。

阵阵边笳起。暝色共，愁无际。斗酒狂吟，似续三闾遗制。佩袭芳兰，更唾壶敲碎。伤今时，有谁继。　　泪难制。冠盖长安市。偏容个人憔悴。月黑枫青，梦中此夕来未。试托巫阳，赋大招哀只。且归魂，楚江水。

八声甘州

雁

又霜钟警梦夜凄清，雁阵破空来。自榆关风紧，芦沟月冷，秋思难排。应羡六朝金粉，嘹唳度长淮。铁索沉江后，楼殿成灰。　　本是随阳信鸟，甚浅洲远渚，不肯徘徊。历间关烽火，毛羽屡惊摧。倘遭逢、青冥矰缴，剩衔芦、孤影亦堪哀。何如共、泛沧溟去，游戏蓬莱。

醉落魄

倦怀将息。一声飞起邻家笛。飘萧最感平阳客。柳已无多，商管未须急。　　沉沉细雨朝连夕。织成愁网千丝密。思归难借晨风翼。心似残蕉，身似半黄叶。

贺新郎

借问西飞鹊。问金陵、凤凰台下，水流如昨。虎踞龙蟠终形胜，微恨湖名燕雀。是几辈、酣嬉危幕。玉树歌残家山破，剩啼鹃、声里花开落。风力紧，纸鸢薄。　　黄旗紫盖今萧索。绕宫沟、青磷点点，暗萤低掠。细雨骑驴诗人老，万里音书谁托。料怨绝、山中猿鹤。便与虫沙同化劫，也难偿、填海冤禽错。鸿翼举，去寥廓。

祝英台近

东南音信遏绝，而尹默作诗云："细斟竹叶酒，准拟菊花天。"殆未然也。作此下一转语。

叶遮帷，水浸盎，难减一分暑。云汉兴歌，天意奈何许。可怜伏雨阑风，商量未准，倩谁问、菊花开否。　　暗延伫。惊烽照遍关山，心期易成误。多少朱楼，怅望雁程阻。匹如前度书来，几回愁看，也则是、寻常言语。

（以上选自《寄庵词》，《雍园词钞》民国三十五年排印本）

徐桢立（5首）

徐桢立（1890—1952），字绍周，号馀习居士，湖南长沙人。画家，工花卉、人物、山水，擅长临摹古人作品。又兼书，能篆刻，精鉴赏。沤社社员。

齐天乐

和十发韵

雍门萩尽伤禽下，湘舲浪依瀛岸。泛梗身轻，还家梦熟，瘦损西风张翰。红桑劫换。话多少辛酸，稆边樵爨。莫赋乡关，废池乔木也凄断。　　相逢未归倦羽，霜天还对影，悲喜应半。石畔移巢，尘中赏寂，此味淄渑谁辨。沉冥似惯。怕华发秋心，夜灯偷见。和答霜钟，越吟怀共遣。

芳草渡

薄雾敛，漏院落斜阳，自摇清耿。讶肃霜嘉树，鸣廊碎响都尽。吴楚天渐迥。方流连萍梗。漫伫想，未了烽烟，别后乡井。　　谁分。翦淞岁晚，暗数流光惊箭迅。又催起、深闺线缕，轻痕记长景。壮心老去，料比拟、葭灰同冷。放夜月，正照林鸦梦稳。

石湖仙

题映庵藏大鹤词册

吴歈飘润。滞春庑梁鸿，风土佳令。仙梦隔春明，堕荒江、流红更冷。吟鞭风帽，载几许、踏莎幽兴。凄迥。剩素心、往事重省。　　摩挲袖中半稿，衬钤红、蝇头细认。比竹悲凉，似急山阳孤听。蠹简尘多，玉签厨尽。草堂谁问。珍断锦。人间缟纻难并。

三姝媚

叶园晨禊

江暄回昼迤。正飏丝风和，扶萌枝霁。乍减春衫，对旧辰留恋，禊觞仍洗。步软苔阶，惊乱落、夭桃如罽。莫恨匆匆，一平晌销凝，几多春事。　　芳信鞓红逾丽。任眼缬行迷，细琼重绮。浅醉笼烟，衬翠蓬金锁，总输生意。最惜妍华，问殿舞、东风何世。向晚飙车回盼，余香袖底。

安公子

烛　泪

怨湿荷心裹。暗薰交影围深坐。焰焰微明摇不定，镇穿帘风大。早拌与、春宵寸寸销磨过。偏泥人、一霎成堆垛。正露凉庭静，偷伴铜仙清堕。　　疏柝行金锁。九龙高殿方传火。肯逐轻烟飘散尽，费鲛珠千颗。试翠翦、葳蕤细剔愁无那。敲唾壶、怕遣红冰涴。更蜜盘雕凤，留映晚妆鬟鬌。

（以上选自《沤社词钞》民国二十二年排印本）

朱剑芒（6首）

朱剑芒（1890—1972），字仲康，笔名太赤、古狂、师侠等。江苏吴江（今苏州）人。早年曾协助表叔陈申伯创办平民小学，1909年加入南社。平民小学停办后，在多所小学任教，因支持学生运动被迫离职。其后，任世界书局编辑。1936年，进入国民政府审计部门工作。1945年在福建永安组织南社闽集，被推为社长。著有《南社诗话》等。

瑞鹧鸪

夜凉如水浸帘栊。并肩人在月华中。小语喁喁，风细浑难辨，应是盟心诉碧穹。　　窥他耳鬓厮磨处，柔情一脉如酥。良辰美景，销魂如此，神仙侣、恰相逢。真个鸳鸯福慧同。

菩萨蛮

回文体

柳丝垂向愁容瘦。瘦容愁向垂丝柳。红日剩楼东。东楼剩日红。　　碧纱窗寂寂。寂寂窗纱碧。弹泪怨春残。残春怨泪弹。

（以上选自《同南》第六集，民国六年排印本）

金缕衣

题茂芝玉照

莫道风骚歇。剩当年、石湖后裔，犹传衣钵。庐结樱桃湖水畔，门少辚辚车辙。尽消受、春花秋月。日拥牙签三百轴，对蕉窗、绿影重重郁。毫挥处，诗清绝。　　亭亭玉树夸风骨。深喜他、丹青妙手，画来仿佛。我恰别君三日矣，展卷目当重刮。辱没煞、题词相乞。几辈琳琅书满幅，容续貂、秃管横涂抹。聊供尔，破颜咥。

减字木兰花

西郊野步

已凉天气。试问西郊秋尽未。挈榼今朝。便乏黄花兴也饶。　　残杨几树。恰把斜阳轻挂住。容我徘徊。古刹钟声莫浪催。

貂裘换酒

赠杨子尘，因即题其《新华春梦记》

风雨凄其夕。最苍凉、浮沉身世，愁云幂𡒄。叹凤伤麟同此感，一样天涯滞客。又何必、曾经相识。我愧秋词鸣瓦釜，更无聊、皂帽欹花侧。回首处，忧何极。　　相逢恰正过寒食。早心倾、龟山丰度，升庵标格。铁板铜琶闲唱去，声韵一波三折。嵇中散、阳春白雪。块垒胸中冰与炭，慨春华、梦醒无陈迹。闲挥洒，书生色。

凤栖梧

淡月梨花春已半。却悔当初，错把同心绾。薄幸司勋成习惯。今生又负相思债。　　江上朝朝空望盼。华发飘萧，终日闲情懒。往事思量如梦幻。问天不语空长叹。

（以上选自《同南》第八集，民国八年排印本）

费保彦（4首）

费保彦（1890—1980），又名子彬、四桥，江苏武进（今常州）人。民国初年任黑龙江省财政厅厅长，齐鲁战争后，任善后委员会主任，国民政府外交部顾问。后从医。著有《四桥随笔》等。

满庭芳

春

廿四番风，春边莺燕，一任飞艳飘香。落红谁惜，多事问檀郎。绿鬓相看镜里，双娥好、恰对新妆。只帘外，年年景色，管领付韶光。　　芳尘遮远道，平波打桨，碧草褰裳。有翠钿，珠舄罗帕明珰。豆蔻梢头旧梦，蓦提起、几费参详。莫辜却，描成粉本，着意作鸳鸯。

水龙吟

夏

才看战罢风荷，溶溶香定池台晚。冰桃雪李，金刀素手，炎威乍散。只盼清辉，满襟凉露，玉绳低转。但暗萤犹向，最无人处，浑不怯、轻罗扇。　　吹送几家弦管。亦凄清、一声声慢。栏干东畔，尽侬消受，云松袜刬。树影参横，羌无情绪，任教零乱。怕流年、容易又将冷色，向枝头换。

桂枝芳

秋

江南景物。已黄叶一村，高柳蝉歇。京国镫明酒半，又看圆月。归鸿带得新凉味，到君边、相思刻骨。绮罗香里，还应记取，玉钗簪别。　　只槛外、烟鬟嵂崒。更如练澄江，绵邈萦拂。佳日春秋，小咏露花山抹。画中着个游仙侣，把纷华聊与收拾。愿将丛桂，移来长伴，素蛾瑶窟。

锁窗寒

冬

宝篆烧猊，熏笼透麝，晚妆才褪。温馨料理，熨尽侍儿方寸。卸云鬟、慵扶翠钿，生憎着意欢为近。但偷窥不禁，窗前明月，知它娇困。　　冰透、寒梅韵。正绰约仙葩，暗香细喷。阳春有脚，认是传来芳讯。更明朝、飞絮随风，雪花错咏嗤道韫。恁宵长、尽遣闲愁，倦梦惺忪稳。

（以上选自《青鹤》第2卷第3期）

马汝邺（10首）

马汝邺（1891—1970），字书诚，四川成都市人。著名回族才女，为民国西北军政领袖马福祥继室。1949 年赴台湾，1970 年病逝。著有《晦珠馆诗词稿》。

忆王孙

龙沙早春

春光疑不到龙沙。二月枝头未茁芽。儿女阶前笑语哗。唤阿爷。误拈飞絮当杨花。

虞美人

送孟清寰女士之奉天

多情枉作春蚕绕。离恨知多少。路旁柳色太凄凉。任作千条万缕莫悲伤。　纵然离别情犹在。漫把初心改。劝君珍重毋多愁。请看女辈峥嵘第一流。

采桑子（四首）

四　时

嫩绿舒芳花吐蕊，曾几何时。曾几何时。又是缤纷落满池。
春光好处匆匆去，老大徒悲。老大徒悲。愿留春住毋轻辞。

绿惨红愁春事了，十里荷香。十里荷香。携手池旁纳晚凉。
浮瓜沉李心偏冷，炎暑都忘。炎暑都忘。隔墙风送笛声长。

柳凋枫冷朔风紧，群燕南归。群燕南归。相呼共别旧时扉。
天涯羁旅孤身客，暗泪频挥。暗泪频挥。愿随燕子向南飞。

檐溜凝冰霜积瓦，彻骨奇寒。彻骨奇寒。重裘犹觉客衣单。

顷刻装成银世界，悄倚阑干。悄倚阑干。梅花不到几分残。

一箩金

寄燕华妹

空斋恹恹无情绪。鸿雁飞来，报到春又去。似水年华愁里度。千里月明各一处。　　欲写鸾笺旋又住。纵有离情，不知从何诉。往事重提愁万缕。怕见人将红豆数。

十六字令（二首）

寄马朴荪妹

望。秋水蒹葭各一方。相思意，日日九回肠。

愁。只怕梨花白了头。相思意，不与水东流。

玉楼春

春日感怀

伤心怕见飞红雨。牵愁杨柳婆娑舞。嗟予失怙正其时，每见春光心便苦。　　慈容一隔难再睹。青天碧海恨千古。年年此日泪痕涓，此恩难报终何补。

（以上选自《晦珠馆近稿》民国十七年排印本）

蔡桢（20首）

蔡桢（1891—1944），字嵩云，号柯亭词人，江西上犹（今属赣州）人。20世纪30年代初执教于省立河南大学，师从郑文焯、吴梅等词学大师，并与邵瑞彭、卢前、夏敬观等人交好。蔡桢醉心声律，撰有《词源疏证》《乐府指迷笺释》等词学专著。有《柯亭长短句》三卷，附《柯亭词论》一卷。柯亭词守律甚严，但不废词旨，洪汝闿在序中评其词曰："一语之发，咸出中诚，意内言外，自然优美。"

夜游宫

天孙告予夜泛莲塘，闻花开声，怦然心动。予曰：“此净土妙音也，非夙根人不能闻之。”为赋此解。

镜里波光漭漾。荡水月、荷香轻飏。夜静停桡听花放。似湘娥，振绡衣，送微响。　　清境成孤往。胜解语、凭阑朝赏。隔世闻根现玄想。念华池，法音宣，意西向。

徵　招

古微翁骑箕，适值“一·二八”之变，臞禅赋此调见寄，倚草窗韵答之。

乔松崩折衰兰委，神皋沍寒先到。万响正号空，遽鹤归仙杳。人间无尽苦，问悲悯、湛冥多少。一念华胥，百年孤愤，梦中今觉。　　秋意黍离深，词心远、恻恻杜陵声调。短棘早弥天，甚辽东名帽。他生何处好。更谱曲、鹧鸪凄抱。旅魂返、忍睇江山，剩晚鸦颓照。

鹧鸪天

汴京在宋金二代，为南北词人所萃，流风余韵，迄今犹有存者。辛未岁，予来河南上庠，主词学讲席，而淳安邵次公亦讲学于斯，一时词风蔚然。越岁，而有《夷门乐府》之选，其中不乏斐然成章者。学子请予题辞，爰拈此调以应之。

河水长流汴水萦。梦华还说旧东京。大晟北宋新腔续，乐府中州雅咏承。　　无益事，有涯生。詹詹聊以小言鸣。弥天风雨江山晦，忍听哀时怨乱声。

玉蝴蝶

旅次怀湘中诸友，用屯田韵

怅恨马烦车殆，重门静掩，独送流光。馆女商歌，如听塞曲伊凉。晚花香、帘风卷冷，秃树老、梁月穿黄。我怀伤。盛筵星散，人海苍茫。　　争忘。兰荣芷悴，几番春日，几度秋霜。水阔烟深，只今骚梦在三湘。记危岸、曾经游钓，想故园、难觅归航。楚天望。雁回峰远，目断衡阳。

点绛唇

真州道中

如此人间，晚花开落谁为主。楚天遥处。惨淡风兼雨。　　冉冉秋阳，可奈神州暮。冲寒去。断鸿无数。江北江南路。

三姝媚

赋宣南近事，用梦窗韵

欢场寻梦惯。甚长安重来，感怀无限。巷曲依然，奈旧香红袖，染污难浣。待月帘空，悲蕙草、终沦蓁蔓。絮语缠绵，翻在年时，殢人莺燕。　　非是良缘宜断。怪既属良缘，又何缘短。赵瑟秦箫，傍苑槐还记，暮天歌宴。映郭斜阳，春去久、风光都变。似海侯门陌路，蘼芜恨满。

木兰花慢

吴霜厓挽辞

广陵孤调绝，只弹泪，向南天。信学府清流，词中白石，曲里藏园。幽闲。殢花病酒，理丛残珍重百嘉编。玉笥云埋万里，滇池草树凄然。　　炎边。老去念家山。吴苑锁风烟。慨蓬瀛氛恶，桑田世换，魂返何年。烦冤。唱酬旧侣，忍荒春遥听折哀弦。梦断黄垆醉晚，永怀空对遗笺。霜厓赴滇前，为拙著《乐府指迷笺释》作序，于胡尘扰攘中邮至，墨痕如旧，已隔人天。犹忆如社唱酬，时霜厓有“中酒年光余几线”之句，颇讶其过于衰飒，岂谶耶？

鹊踏枝（二首）

秋怀，和冯正中韵

王气凋残歌玉树。沉水烟微，袅尽愁千缕。闲拨筝弦移雁柱。秋心远逐潇湘去。　　江上丛芦花又絮。梧叶飘时，小院三更雨。一觉空阶蛩碎语。深宵枕畔怀人处。

斜照山山山几许。浅恨深颦，烟里青无数。转石江源西尽处。惊心滟滪瞿唐路。　　霜叶离披天欲暮。锦片秋光，不为愁人住。病起支颐闲自语。分明好梦随风去。

江神子

赋红叶

霜风吹绿去人间。树浮丹。叶先殷。谩道晴霞，飞起赤城湾。

几度新寒催世换，红染就，此山川。　　停车偏怕上秋峦。楚云端。望乡关。爱晚亭荒，衡麓在谁边。洒遍千林鹃血似，无一语，夕阳残。

夏初临

仿洪平斋格，应午社作

午转槐阴，晨翻麦浪，滞萍三载荒湾。庭馆青芜，掩关长昼如年。任他芳事阑珊。火榴红、又换人间。炎尘嚣处，花都宵寂，天府春残。　　雨梅啼鸠，风柳鸣蜩，旧愁未减，新恨无端。江湖卧老，惊波误了鸥闲。寻遍桃源。苦秦苛、一例冤烦。更何堪。萎桑枯海，烈日生烟。

河　传

和飞卿韵

江上。迷望。苇飘萧。秋雨秋风怨遥。翠帘兽炉香欲销。朝朝。荡魂扬子潮。　　梦里关山归骑远。吴馆晚。千里邮程断。屋临溪。衰柳西。古堤。薄寒蝉懒嘶。

霜叶飞

赋枫叶，倚梦窗声律

万千愁绪。朝和暮，惊心都在风树。绚空青女幻春花，寒过重阳雨。算觉蝶、栖迟倦羽。荒凉谁探丛林古。念旧绿新红，冷艳不多时，醉梦独忘商素。　　因叹送客浔阳，残衫剩粉，怨曲身世同赋。楚山吴水感凋伤，雁哽空江语。忍一夕、飘烟断缕。秋芳从此随波去。似故人、萦回岸，惨别尊前，挂帆行处。

霜花腴

咏菊，和梦窗韵

醉容半侧，对晚花，何人为我簪冠。繁蕊开时，落英餐处，浮生笑口逢难。恨怀且宽。奈碎金、纷列阶前。念游踪、夜笛凄清，汉江灯火小楼寒。　　香国艳名春妒，况潮妆一抹，鬓绿侵蝉。秋月庭除，晨霜园地，天涯望绝蛮笺。谩倾玉船。想暮云、山态娟娟。算陶家、自有珍丛，卷帘和雾看。

摊破江神子

霜厓墓草宿矣，昔与同作是调，不胜人琴之感

滇池花木阻千山。艳阳天。奈何天。迤逦客程，一病卧蛮烟。酒意忽阑诗兴冷，雁声远，入琴心、有断弦。　　断弦。断弦。独流连。夜听猿。晨听鹃。梦也梦也，梦不返、桃李阴边。乌几青灯，畴昔照吟笺。莫道故人西去久，同调谱，几何时、为黯然。霜厓赴滇，殁于桃李屯途次，时在己卯春三月。

南乡子

庚辰除夕

尊酒送年涯。梦里承平醉后怀。错怪东风如许懒，春才。大地穷阴冻未开。　　蜡泪满银台。一寸红销一寸灰。笛弄梅花消息早，疑猜。可有繁香逐岁来。

浪淘沙慢

哀斗蟗仿清真昼阴重格

夜难再、幽闺诉雨，候馆鸣月。秋入商弦响彻。凉催和杵韵叶。正织罢贫家机杼绝。隐苔砌、玉管空咽。听暗里呼灯断魂杳，漂流灌盈穴。　　心裂。露寒漏永凄切。误细景亭台，雕笼住、转眼身世别。悲健斗雄姿，纤草提掇。进盈退绌。都为人争取，花枝稠叠。　　萁豆相煎同根孽。金盆冷、怨吟并歇。半闲侣、西堂论平巧拙。更谁问、触是蛮非，战祸烈。虫天也污去玄黄血。斗蟀赌筹，每枝花定值如干，胜负均以几枝花计算，今俗犹然。

八声甘州

壬午春初和谢西来韵

听秦淮玉树正酣歌，沉迷旧京华。幻楼台海气，云翻雨覆，野哭家家。出没城狐社鼠，世味薄于纱。千变残阳色，尽量烘霞。　　底事西来流水，带春光有限，春恨无涯。任寒梅开谢，谁问故园葩。几沧桑、江山陈迹，怕健儿、都尽付虫沙。闲登览、惹新亭泪，意乱如麻。

倦寻芳

甲申立春前夜书感，用彊村韵

玉虫滴冷，银鸭沉烟，壶漏催晚。黍梦人间，禁平得暮年离散。转鐾遗黎闻野哭，迎春寒雨生秋怨。意茫茫，问天公何在，九重高远。　　甚是处、阴晴颠倒，水恨山颦，终日难展。解冻期临，谁见惠风微扇。万物真同刍狗似，千金今比泥沙贱。感华颠，更芦湾、雪飞凄断。

烛影摇红

前题意有未尽，再次彊村韵

门外荒寒，昼阴连日层云蔽。雨凄风惨障春来，深墨疑天坠。依旧胡尘盖地。客心惊、悲笳四起。波涛狂涌，倒海声中，危舟难系。　龙战千场，破空今古离奇事。直叫焦土遍人间，点点哀时泪。幻境楼台慢倚。锁神州、迷漫蜃气。浇愁凭酒，酒醒愁回，予怀谁寄。

（以上选自《柯亭长短句》民国三十七年上海中华书局排印本）

陈方恪（6首）

陈方恪（1891—1966），字彦通，斋号屯云阁、浩翠楼、鸾陂草堂，江西义宁（今修水）人。近代诗坛领袖陈三立第四子，受家学影响，从小习诗词文章，师从陈锐、周大烈、王伯沆等名士，词学得朱祖谋、郑文焯等名家指点，早有文名。震旦公学毕业，做过商务印书馆和一些报馆的编辑。由徐世昌等父执推荐，得赣省执政者眷顾，任过江西图书馆馆长、景德镇税务局局长等职。后重回沪上，任教于无锡国学专修学校分校，教授古典诗词，同时又在暨南大学、持志大学等校兼课。有《殢香馆词》《浩翠楼词》《鸾陂词》。钱仲联在《近百年词坛点将录》中评曰："绝世风神，多回肠荡气之作。"

齐天乐

长夜得五兄九江书，枨触岁寒怀抱，率赋遣寄。

十年零梦浔阳岸。垂杨旧曾攀遍。断浦沙平，寒潮夜落，江堞秋笳遥怨。惊烽骤卷。又丛菊开残，故园心眼。岁晚乡关，恨波迢递素鳞远。　　天涯离思正苦，乱云回雁阵，何意吹散。筧水新阡，匡山破屋，都付书空偃蹇。孤怀自款。待同托长镵，共分兰畹。寄与瑶华，未教衣带缓。

芳草渡

韦斋、松岑诸君由吴门寄书，坚征洞庭探梅之约，以牵役人事，迄未能赴。清游兴尽，胜赏缘悭，渺渺余怀，倚声代简。

客梦醒，对坠月惊枝，并禽声细。问缟衣人去，吴宫半绕流水。西崦开遍未。抛铜仙铅泪。但漫恐、故苑华鬘，劫换尘世。　　何似。矮笻倦侣，望里遥峰雕旧翠。更怜取、湖壖步影，疏妆蘸明绮。画船荡尽，付酩酊、渔天闲醉。算后约、又自清商奏起。

石湖仙

映厂丈属题郑叔问年丈手书词册

无多烟水。尽消取词流，如许佳致。回棹濯沧浪，缅三高、天随近似。骚兰遗恨，忍更会、托根无地。何意。问义熙、几换尘世。　　年时听枫载酒，占林亭、停云旧里。泪揃西州，漫掷风流谁继。玉箫凄铭，马塍哀吹。恍移宫徵。人海底。摩挲鬓影孤寄。

汉宫春

为湖帆题仇实甫绘《长门赋图卷》

金屋妆成，甚阿娇生小，争解闲愁。多情故教易怨，无那绸缪。铜铺夜永，感微凉、团扇先秋。兰烬暗、车音坠梦，几番流水宫沟。　　漫道琼华遗恨，指回心深院，浑算恩稠。鸳机断文未抵，縏帨雕锼。蛾眉自昔，赚才人、一例离忧。还妙寄、蒲亭清翰，砑光粉熠银钩。

渡江云

吴淞江滨邓氏草堂题壁

残霞明远烧去，海天暮合，去浪涌轻沤。废堤循故垒，细路平沙，矮屋隐林丘。寒潮自落，傍岸簇、渔火初收。清露滴、野田风起，门外柳飕飕。　　牵愁。游春鞭镫，贳酒旗亭，恁江南客久。应遍识、辞巢零燕，泛水闲鸥。相看剩有当时月，又几回、迟我淹留。歛翠袖，谁家玉笛高楼。

鹧鸪天

寿讱庵六十

袖手长安罢弈棋。归来人海好须眉。赐书亲沐教儿读，家酿初斟待客携。　　呼鹤子，抗皇羲。荡胸云壑养清机。他年下潠秋秔熟，笑博新词换五噫。

（以上选自《沤社词钞》民国二十二年排印本）

黄濬（4首）

黄濬（1891—1937），字秋岳，号哲维，别号壶舟，室名花随人圣庵，福建侯官（今福州）人。博学多才，晚清诗学名家陈衍的弟子。民国初年留学日本早稻田大学，回国后在北洋政府中任职，受知于梁启超。北京政府垮台后，入南京国民政府行政院任职。1937年，因向日方出卖国家军事机密，以叛国罪处死。

著有《聆风簃词》一卷，刊于民国十四年（1925），十之八九为和韵之作，或和宋人，或和时人。风格近南宋，而尤效周清真。

秋　霁

林子有求题《填词图》，京沪道中用梅溪韵填此解。

录梦华胥，叹瓦子春声，顿换秋色。龙汉灰飞，凤巢痕扫，才人枉费心力。欲行又息。缉茅只照淞波碧。念故国。谁道、谢家双燕识归客。　　暝想海雨，岁晚飘风，竹窗冥冥，环珮摇寂。甚沉吟、笺愁蠹纸，看天惟见种榆白。老我羽商惭记得。最断肠处，日夜点鬓吴霜，窜身江渚，敛魂山驿。

清波引

吴门赏春，酒次，讱庵出示映庵、公渚此词，皆甚美，越日微明，车次龙潭，雨中望山色凝黛，辄倚白石韵抒意。

夜辞烟浦。正相送、弹鬟倦舞。独归何许。梦轻为眉妩。俊约念吴市，一晌寻春来去。晓岚顿掩云衣，似知我、断肠处。　　题笺寄与。教箫谱、幽婉自度。倚楼寒否。对菱镜谁语。绯桃正如火，可奈汀洲风雨。莫放卮酒沾唇，酒醒情苦。

蝶恋花

和公渚

别里高城消宿雾。杨柳吹绵，都作因风舞。抵死销魂能几度。为春却又伤迟暮。　　极目平芜春去路。雨外灯前，片霎成今古。零落荼蘼何足数。啼红只忆鹃声苦。

探春慢

和白石，寄蛰云析津

垂柳藏鸦，浅塘吠蛤，梅风吹潺原野。小扇翻歌，单衣销酒，谁念过江洗马。人道吴山好，奈愁入、修蛾难写。剧怜襟上缁尘，翦灯拥髻能话。　　长记东园共醉，看手洗绿桐，幽素盈把。扣铎宫移，题裙春老，莫恋旧情姚冶。轻撚凌波笛，正梦见、翩跹来下。一镜湖山，相思不待秋夜。

（以上选自《聆风簃词》民国十四年刻本）

徐光泰（19首）

徐光泰（1891—?），字平阶，号穉穉，江苏吴江（今苏州）人。与范镛一起创立同南社，为社刊《同南》编辑。

离亭燕

和烟桥代简，时客海上

梦接音容如笑。醒读离亭词调。蒙询别来无恙否，差幸顽躯蠢好。如翦是归心，又见西风吹了。　　可与人言真少。客里鬓毛催老。碌碌依人频压线，酒亦难浇愁抱。此意蕴心头，只有寒天知晓。

离亭燕

再和烟桥

我自愁中寻笑。弦柱正弹商调。回首钱塘江上住，争说飞来峰好。驹隙不停留，一载匆匆过了。　　此后悲多欢少。容易吟怀将老。君是当年刘孝绰，夙慧清思萦抱。一片冷心肠，十里繁华谁晓。

离亭燕

再和烟桥代简

读罢鱼鳞痴笑。两地衷怀都了。弹指韶光如水逝，毕竟相逢时少。何日莅淞滨，剪烛擎杯天晓。　　秋老钱塘红蓼。舞倦春申芳草。还是烟波画里客，第四桥头常到。学士上瀛洲，最要如何方好。

浪淘沙

中秋月蚀

秋月蚀相将。万丈寒芒。金乌玉兔斗琳琅。毕竟嫦娥输一着，掩敛无光。　　鼙鼓起渔阳。惊破霓裳。人间天上两沧桑。正是未消兵气日，遍地欃枪。

（以上选自《同南》第三集，约民国三年排印本）

清平乐

一宵风雨。人懒春无主。梦里低徊桥畔路。盼断盈盈十五。　　樱唇晕酒朝霞。拈余红豆天涯。输与新来燕子，任情飞到谁家。

金缕曲

有　怀

记得相逢处。转秋波、嫣然一笑，梦魂飞去。逞醉娇嗔眠向月，总觉含情无数。露玉臂、笼纱轻御。倦眼惺忪斜溜水，懒腰支、倩栏干扶住。眉似柳，黛烟吐。　　樽前小别佳期误。对残阳、桃花依旧，重来崔护。仿佛珊珊鬟影瘦，盼煞萧郎前度。又生怕、绿阴成树。一片相思深比海，趁东风、吹到红楼诉。多少恨，苍苔路。

卜算子

隔个水晶帘，偷看梳头好。细雨濛濛苦恼人，树上莺啼早。　　髻挽凤鸦匀，眉借烟云扫。嘱咐东风说与春，春比人先老。

（以上选自《同南》第四集，民国四年排印本）

鹧鸪天

寄怀翰青昆仲

十里风光拂小桥。深红一尺柳千条。客中才唱梅花落，如此春寒病未消。　　愁叠叠，酒难浇。帘织细雨更今朝。玉峰山色知何似，仿佛登临忆昨宵。

过秦楼

哭刘无咎

玉树春埋，长淮流绝，回首草桥魂断。君真善病，我更工愁，一例绮罗秋扇。犹忆别浦离情，申志悲谅，话残更箭。叹消沉信杳，风尘奔走，梦随人远。　　空见说、眉白才犀，穆子聪睿，今日恨留吴苑。诗吟艳奁，字赋珠玑，为问遗编谁管。毕竟茫茫，梦中旧事风流，前尘云散。只黄垆怕过，剩有泪痕点点。

（以上选自《同南》第五集，民国五年排印本）

菩萨蛮

春愁和梦沉香院。落红舞絮窗前乱。听去不分明。鹁鸠断续声。　　画桥杨柳懒。流水樱桃浅。新月破黄昏。梨花雨打门。

少年游

萋萋芳草遍天涯。开了牡丹花。一庭蕉雨，春魂欲去，不化蝶回家。　　支颐抛绣阑干外，蟢子上窗纱。婴武呼茶，鸳鸯戏水，瞥眼溜波斜。

一剪梅

寄味韶

料峭天寒坐小楼。雨里归眸。风里归舟。试听鹦鹉话前头。垂柳枝柔。新笋芽抽。　　最是韶华不易留。月也如钩。水也如油。云帆何日到苏州。数日清游。一片春愁。

踏莎行

题惊鸿影

金粉南朝，胭脂北地。春申更说多佳丽。环肥燕瘦入时无，琵琶老大秋纨弃。　　腮晕香浓，眉痕翠腻。缠绵如有相思意。飘茵堕溷感天涯，最难觅个风流婿。

沁园春

春　感

红绽樱桃，绿舒杨柳，十里艳春。更黄莺啼破，烟笼蜀锦，东风吹透，月满雕轮。冒雨横塘，探梅邓尉，回首依稀见屐痕。斜阳里，只天涯芳草，涤尽吟魂。　　情怀撩乱如云，每叉手、耸肩独出门。看燕穿帘下，来寻伴语，鸟衔花落，去与僧分。一样瞢腾，几番枨触，剩此因缘懊恼身。而今后，愿吹箫吴市，觅醉江村。

百字令

先父见背忽忽一月，元宵笙歌入耳，反添愁绪，神游遗桂，泪余赋此。

岁寒时节，忽灵椿凋谢，悲深风木。逝水匆匆将一月，日对灵帏椎腹。未答春晖，先歌陟屺，哀我茕孤独。凄凉身世，从今多少劳碌。　　难解老母垂怀，朝啼暮泣，眼泪昏双目。回首儿时恩罔极，惟有仰天号哭。缅想生前，都从忙里，未享清闲福。伤心千古，鲜民此后谁育。

（以上选自《同南》第六集，民国六年排印本）

踏莎行

题《香痕奁影录》

梦入巫山，踪留洛浦。风流佳话真难数。粉香脂腻久销沉，芳魂一缕招何处。　　花月依然，黛螺几许。幽兰白雪娇无那。回肠荡气赋高唐，多情慧业传千古。

虞美人（三首）

题唐左侬《双冤魂》小说

团圞月照情天透。两意双双逗。乍逢还怕别匆匆。不爱生公石畔露华浓。　　郎心妾意如鱼水。况是多才子。几番罗带证同盟。从此白头缘法订三生。

堤防恨有高堂母。凄切鸳鸯偶。书空咄咄小斋中。恰似林间么凤锁籓笼。　　罡风蓦地沉双鲤。最是无情婢。香魂和泪镜心池。梦里多情痴子正相思。

泪人梦醒还如梦。旧事多悲恸。清明时节雨纷纷。路上行人那个不销魂。　　杜鹃血染红于火。同命卿和我。年年枝上一声啼。只有陌头翩舞纸灰飞。

（以上选自《同南》第七集，民国七年排印本）

陈祖壬（9首）

陈祖壬（1892—?）字君任，号病树。江西新城（今黎川）人。咸丰时礼部尚书、兵部尚书、书法家陈孚恩之孙。关于陈祖壬的生年有不同说法，据《沤社词集同人姓字籍齿录》，生于清光绪壬辰年，即公元1892年；陈巨来《安持人物琐忆》说的更为详细，是清壬辰十一月五日。陈祖壬曾拜桐城古文家马其昶为师，向其学习桐城派古文，所作文为陈三立所赏识。后再拜于陈三立门下，与袁思亮、李国松合称“交门三杰”。陈氏师从陈三立后始学诗，也填词，为沤社成员。

齐天乐

飞车掠眼江南树。和愁尚萦千缕。叶败芦沟，枝颓易水，回首婆娑如许。冤禽最苦。任芳薄灵修，此寒谁诉。永夜灯知，玉溪肠断落花句。　　萧然乍归倦羽。等闲迷五里，窗阁云雾。斥鷃猜人，刑天学舞，商略巢痕何处。相逢俊侣。又传恨空中，懊侬新谱。有客攒眉，着腔惭硬语。

芳草渡

生日书感

莫怅惘，便四十功名，未伤迟暮。况白头亲在，莱衣肯换三釜。茵溷随分住。饶弥天飞絮。任笑我，吏隐都非，百辈容汝。　　初度。左戈右印，壮志而今成屡误。且休问、一钱不值，乌衣旧门户。但留倦眼，待海水、桑田回注。更万劫，看尽朱三郑五。

石湖仙

与蘉庵同诣彊村先生，小楼听雨，景物幽蒨，归后要蘉庵同作。

寒鸦凄敛。正听雨高楼，吟望愁掩。相对石湖仙，系归心、苕溪远泛。谁家庭院，肯乞与、绿阴侵簟。霜染。映小窗、尚自幽绀。　　谁知郑公妩媚，破当时、千奴共胆。换劫觚棱，底处重攀栏槛。八表停云，十年看剑。带围轻减。空荏苒。新词唱遍村店。

石湖仙

用白石韵，题忍古楼藏大鹤词卷

蘅皋烟浦。问吴苑行吟，多少佳处。风月忒无情，把春人、匆匆老去。王孙芳草，漫错认、翠偎红舞。天与。算布衣、有此千古。　　而今少游已矣，卧藤阴、空余好句。剩得方回，独对江南梅雨。擘尽蛮笺，织成霜缕。泪凝冰柱。谁共语。韩陵怆绝开府。

三姝媚

调颐水

闲愁抛不去。又层楼华灯，醉邀仙侣。瘦损潘郎，对似人新燕，较量缣素。一寸兰薰，教领略、相思心苦。泥说清宵，毬仗分曹，柳腰慵舞。　　不想相逢迟暮。怨片纸箫材，报侬频误。画里云山，也宛然多事，那容卿住。且慰飘零，差有笔、平分眉妩。莫便匆匆忘了，尊前软语。

渡江云

愁人天不管，新烟旧月，阑入绣帘中。笛声和梦断，数遍阑干，独自损芳悰。寻常怕见，是从前、一半东风。何况又、闲庭开谢，轻换几番红。　　匆匆。长绳难系，薄暝无情，便韶光偷送。拚付与、参差莺燕，寂寞鱼龙。池塘又皱当时水，隔蓬山、扶起春慵。春未远、尊前万一重逢。

安公子

同社诸公拈此调赋“烛泪”，讱庵坚索同作，聊为侧艳之辞，用寄无涯之恨。

人定铜街候。半笼翡翠禁风逗。一寸相思烧不尽，任抛残红豆。更点滴、甘心守到成灰后。堆玉盘、忍涴纤纤手。杂酒痕难认，试检前宵襟袖。　　芗泽薰微透。夜深花睡春知否。似水柔情谁管领，负馨香三嗅。却不分、遗簪堕珥轻消受。输唾绒、近得樱桃口。待晓妆慵起，持较落英肥瘦。

被花恼

留园感旧

回环曲径绾修廊，阑入半窗斜照。矮菊篱边绽花少。庭柯叶下，霜红未染，景物迟秋老。帘幕畔，认新题，换巢容易流莺笑。　　何况倚阑人，温梦惊鸿镜中杳。而今付与，絮影萍根，点缀闲池沼。纵长条似旧傍章台，也憔悴、多应被花恼。独立久，暝色催人归去好。

石州慢

携客所饷趵突泉，与苍虬、立之小楼会饮，两君有词纪事，余亦继作。

石鼎春雷，空外送声，相伴今夕。灵泉一勺无多，万斛客愁轻撇。依稀旧梦，尚认一角危栏，明珠跳满方塘雪。珍重在山情，为何人芳冽。　　休说。中书置务，野寺分符，向来痴绝。地老天荒，换了焙春时节。懒龙醒未，底事海水枯年，为霖大愿从销歇。分泪付幽人，解诗肠千结。

（以上选自《沤社词钞》民国二十二年排印本）

潘静淑（10首）

潘静淑（1892—1939），名树春，江苏苏州人。出身于世代簪缨的“贵潘”家族，为画家吴湖帆夫人。能倚声，兼擅绘事，著有《绿草集》。

千秋岁

清　明

梦魂惊觉。一片纱窗晓。春风暖，芳菲早。梁间双燕语，阑角群蜂闹。酬佳节，及时莫负韶光老。　　正好抒怀抱。休惹闲愁恼。红杏艳，夭桃笑。清明新雨后，绿遍池塘草。拼醉也，酡颜任教花前倒。

点绛唇

己巳冬至夜对雪

吹紧西风，满空齐把吴盐洒。积檐飘瓦。顷刻无高下。　　遥望前村，一片琉璃界。相将话。明朝晴也。堆个狮儿耍。

清平乐

晴窗幽洁。课罢黄庭帖。呵手漫将金兽拨。倦绣消寒时节。　　呼鬟试展帘栊。庭前雪白梅红。更有翠禽飞语，画图点缀天工。

如梦令

满目垂杨飘絮。又况落红如雨。迟起懒梳妆，独倚画栏无语。凝伫。凝伫。何计将春留住。

满江红

云　栖

初涉云栖，路羊肠、逶迤曲折。正好是、后春天气，清明时节。流水琤琮堪悦耳，寺钟隐约声清绝。谩携筇、闲眺立江干，尘襟涤。　　千秋梦，还瞬息。图王霸，成陈迹。望隔江山影，淡拖残碧。人世茫茫如梦幻，怒潮滚滚何时歇。映斜阳、红底一帆风，休前急。

浪淘沙

春

乍雨又还晴。香暖风轻。满园飞絮扑帘旌。正是画梁新燕语，绿树啼莺。　　春倦倚银屏。午梦初醒。忽听深巷卖饧声。烂熳侍儿频笑问，何日清明。

浪淘沙

夏

绿盖舞风香。十里银塘。白蘋深处睡鸳鸯。擎露衣轻娇欲滴，仙珮明珰。　　曲槛小桥旁。独立邀凉。远山遥翠映红妆。试对南薰歌一曲，音韵悠飏。

点绛唇

题《隋董美人墓志》，次李女士韵

故垒长安，夕阳芳草谁为主。断碑如许。赢得销魂语。　　不道江城，历劫无从诉。明珠露。沈文忠公题吾家《崔敦礼碑》，引孙退谷所云“真如颗颗明珠也”之语。墨华凄楚。月吊离宫古。

踏莎美人

同前次陈女士韵

树影依稀，鹃声呜咽。绿杨摇怨花如血。南朝旧事且休论，仁寿宫中不尽、惜余薰。　　洛水惊鸿，韩陵断碣。奇文小字称双绝。玉钩斜畔溯前因，试看月华眉妩、恰三分。

点绛唇

庚午十月，题曹墨琴书改七芗画《列女图卷》。

古往今来，粉红黛绿知多少。画中人渺。怎及书中妙。　　渊雅堂深，翠管纤纤绕。玉壶笑。先登峰泖。更放沤波棹。

（以上选自《绿草集》，《梅景书屋词集》民国二十八年排印本）

乔曾劬（25首）

乔曾劬（1892—1948），字大壮，号壮殹，号波外翁、伯戢、劳庵、桥瘁、瘁翁、乔病，四川华阳人。毕业于北京译文馆，精通法语，工金石，擅诗词。曾任北京图书馆管理员，国民政府实业部秘书，中央大学艺术系教授，国民政府经济部秘书、监察院参事，台湾大学中文系教授等职务。1948年返回中央大学，因流言所伤，自沉于苏州梅村桥下。有词集《波外乐章》四卷，自序云："岁乙巳（1905）、丙午（1906）间，始事声律。"曾加入如社，与吴梅、汪东、陈匪石等人交好。乔曾劬有《手批片玉词》，心慕手追，其《波外词》浑厚绵婉，唐圭璋评其词云："深婉丽密，烂如舒锦。"

花　犯

城西见桃花作

此门中，亭亭弄影，无言二三树。帽檐攲处。酬风女颠狂，呼酒无数。信风未暖繁英吐。苔蹊晴又雨。梦远别、一春啼倦，阑枝双翠羽。　　熏香坐来唤更衣，妆成许几辈，斜簪遥妒。残照里，垂鞭过、看忘前度。明年怕、送春更早，红泪洒、桥边闲院宇。到洞口、若逢刘阮，胡麻能劝否。

定风波

试望平原百草腓。见无余语但思归。酒入深杯容易醉。蕉萃。半衾秋冷泪双挥。　　昨过杨村桥上路。桥柱。炼来寒铁也生衣。纵是朱颜无恙在。其奈。镜中情事自然非。

解连环

辛酉十月将之海上，用觉翁留别石帚韵答赠柳溪。

泪和冰结。甚檐端瘁叶，怒飘天极。向画省、时霎无言，黯屏上乱山，镜中离色。过眼长安，暗尘蔽、夕阳西北。恁风栖露宿，短后制成、几番寻忆。　　年华未消手掷。恐骊歌乍阕，人鬓都白。遣对花、对酒闲愁，到月堕漏残，雁过云碧。焰蜡成灰，换一枕、温潮寒汐。噤荒鸡、岁阑路远，梦来便得。

浪淘沙（二首）

眉萼带愁描。人过红桥。花丝衫子木兰桡。玉镜不知春色故，绿上裙腰。　　村外酒旗招。醉也无憀。斜阳一抹葬寒潮。料理花前双鬓雪，休待明朝。

江海远相从。云外冥鸿。弟兄佳节最难逢。须为高堂开口笑，金盏教空。　　往事问天工。断梗飘蓬。中年不与少年同。明日挂帆天际路，愁水愁风。

临江仙

少日山眉深浅，去年云髻高低。夜来微雨湿春泥。五更鸳枕上，千里凤城西。　　引镜斜红旧褪，缄书澹墨新题。江南自好自凄迷。柳花随处起，鹎鹅尽情啼。

祝英台近

水边林，风里路，砧杵唤商籁。尽日辞枝，扫罢又还在。故山松桂留人，人今不见，背寒照、驿楼都改。　　堕樵外。过眼青子光阴，黄金就谁买。一片题红，咫尺御沟界。阵云缺处盘鸦，烧残枯树，忆衰草、际天穷塞。

六么令

语儿东畔，临水纱如雪。晚凉暗生宫沼，数语花前别。一线飘飘去影，错认来时节。钿梁珠镊。新眉绿换，最不胜梳卫娘发。　　初夏蚕眠未茧，到死丝方绝。经爨桐尾全焦，变徵弦重拨。风定红鳞又起，除是芳尊竭。西楼弦月。依前如梦，梦醒闲云絮千迭。

木兰花

倚楼人倦游丝起。手把去年书一纸。酒痕全透镜边衣，花露半垂巾上襚。　　拥衾重试残春睡。检点旧欢除梦里。斜阳不是不多情，移过玉窗三十二。

新雁过妆楼

题《春华倚醉图》，用彊村韵

柳市尘黄。深杯畔、匆匆过客流光。试灯风起，飘散艾纳都梁。玉女来时三里雾，绛仙去后五更霜。遍春场。兔葵燕麦，谁念闲郎。　　山庭吟蝯怨鹤，为倦游赋笔，老去迷阳。醉归甚处，依旧石径荒凉。音书乍通又绝，任天末飞鸿千万行。扶头醒，对故家图画，难割柔肠。

拜星月慢

秦淮秋夕，和清真

桂楫乘潮，罗衣凝露，咫尺波明烛暗。笛里飞声，落银屏深院。醉醒未，可惜、庭花入破初谱，水叶题诗红烂。往事前朝，有何人亲见。　　镜奁中、画出新妆面。蘋风起、又过青溪畔。漫恋左界斜河，把双星惊散。被清商、占却闲亭馆。回舟去、竟夕闻长叹。似梦遇、玉手箜篌，拨朱弦欲断。

满江红

九日集清凉山，得“必”字

秋禊携壶，周遭处、山围故国。开笑口、重阳簪佩，六朝裙屐。阑外黄花香有信，眼中白雁飞无迹。叹髯参、短簿共桓公，风流寂。　　人来去，今又昔。佳丽地，清凉域。念明年谁健，此欢难得。快翦须裁东逝水，长绳好系西趖日。对牛山、风景泪沾衣，君何必。

倾　杯

半樱、霜厓、倦鹤三君饮席

淮水通潮，蒋山藏雾，春城付与裙屐。画堂漏永，银烛泪尽，触薄寒帘隙。酒酣细说旧京事，见铜驼荆棘。吟风弄月，重记省、南部烟花犹昔。　　劝君莫弹金缕，定场声里，年少今头白。惹病旅闲愁，扬空无力，似晴丝千尺。早雁来时，晚莺飞处，回首关河隔。到寒食。听怨宇、催归又急。

归朝欢

锦帕圆兜云鬓发。石黛开眉黄点颊。玉纤解了五铢衣，裲裆遮遍凝脂滑。楚腰刚一搦。影娥池内捞明月。弄潮儿，踏摇声起，争逐银山没。　　佳节湔裙春浪发。万顷桃花漾红雪。闲云绊惹渚宫疑，酒狂禁忍糟丘渴。金沟题怨叶。稿砧去后音书绝。白狼河，十年征戍，谁问死生别。

南歌子

野水丁沽路，平沙八里台。材官战马避春雷。幕府清秋零露、上衣来。　　独宿江城冷，临风蜡炬灰。中天月照阵云开。荒埭暗鸡声里、钿车回。

绕佛阁

海南七夕，和清真

桂旗稍敛。桥外喜鹊，飞报珠馆。良夜何短。梦回对影、闻声倚虚幔。绛河涨满。回望大庾，人共天远。星会幽婉。世间海水，如山渡无岸。　　故国上弦月，照尽金针穿彩线。料理翠尊、红鳞生酒面。任逝水年光，催下更箭。此情谁见。正露悄烟收，潮退风乱。锦书缄、背镫重展。

法曲献仙音

明烛楼台，暗尘帘幕，寸刻千金难换。露脚斜飞，桂轮高揭，江风度来丝管。认起舞伊州变。罗裙藕丝浅。　　彩云散。镇分明、大罗天上，残酒在、回首众仙去远。打鼓叠渔阳，改宫商、料理并剪。四尺屏风，画图前、红豆拈遍。感黄粱一枕，梦里踏歌新怨。

秋宵吟

九月望夕，不寐闻笛作。

锦屏虚，绛蜡皎。凤管声来云表。谁人手、恁换羽移宫，画梁飞绕。倚高楼，俯大道。望极千门人悄。徘徊处、尽漏滴频催，睡香孤袅。　　露冷衣单，听第一、霓裳变了。梦阑湘水，泪落山阳，晚岁恨多少。吹彻梅花小。树色难分，鸡唱又早。度长风、万里天山，明月如雪雁阵杳。

霜叶飞

和清真

暮烟秋草。沙场外，征鞍催去江表。就人磷火自然青，向夜阑更悄。渐落落、参辰耿晓。清淮东注彭城小。伴雁绳飞过，又路入、衡阳旧戍，一带斜照。　　蕉萃故宅江山，荒台云雨，宋玉何意重到。锈余雄剑尚龙鸣，对远游孤抱。写蜀魄、新声未了。琵琶无此伤心调。纵永夕、瞢腾醉，惊起荒鸡，梦来时少。

曲玉管

宜　昌

楚雨连天，秦灰入市，夷陵草木荒凉久。昨夜何人横笛，吹动龙愁。倚江楼。锦鲤东征，青禽西上，谪居过此空搔首。晻霭层云早晚，遮断神州。泪难收。　　万顷烟波，指三五、斜帆明处，羽书两岸飞来，教人慷慨中流。几时休。近黄昏灯火，杜宇深山啼罢，白蘋风冷，水墨屏前，一片沧洲。

吴音子

和东山

月子初弦，小舟似箭穿银浦。千顷白浪来时，飘摇听邪许。驷马题桥，洛阳行贾。意气钱刀，风卷细语。　　锦江路。花发处。丛祠远，木末沉箫鼓。群山连岸，子规声里片时雨。酒澹更深，剪灯裁句。水墨罗巾，何计赠与。

蝶恋花

头上玉绳西北转。一叶随波，冲破烟如练。海水自加前度浅。月华终让今宵满。　　舶趠风轻吹酒面。阑外鱼龙，待与然犀看。孤剑十年游已倦。人间不了闲恩怨。

生查子

舵楼东逝波，鹢首西沉月。何似一心人，自此无期别。　　犯雾剪江来，打鼓凌晨发。君去骨成尘，我住头如雪。

齐天乐

碧云如水愔愔地，枝头护花铃簸。夜雨苔钱，朝阳菜甲，寒食清明新火。葳蕤暗锁。任阶药香翻，禁樱红堕。梦断吴天，乱莺啼处翠衾裹。　　妆成回照镜里，笑人憔悴，甚头上钗朵。病酒今年，伤离去日，油壁惊逢道左。通词未可。对录曲阑干，绮疏青琐。送了春归，渡江招画舸。

苏幕遮

和谷音

暖风吹，寒雨滴。白发花前，前路从头觅。昨夜铜龙鸣太急。

窗外鱼天，一派鲸涛碧。　　酒鳞生，帘影隔。明日阴晴，未敢寻消息。床上四弦曾裂帛。拨也无声，断也无人惜。

（以上选自《波外乐章》民国二十九年成都茹古书局印本）

姚鹓雏（5首）

姚鹓雏（1892—1954），原名锡钧，字雄伯、宛若，另署鹓雏、红豆词人，江苏松江（今属上海）人。早年肄业于京师大学堂，主笔《太平洋报》《民国日报》《春声》等。后从政，曾任民国江苏省教育厅记室。抗战后，入蜀任监察院主任秘书。1949年后，任松江县副县长。为南社成员，著有《苍雪词》《红豆书屋近词》。

《苍雪词》三卷，有1965年油印本及2009年《姚鹓雏文集》上海古籍出版社排印本，卷一约收民国二十七年（1938）至三十七年（1948）间所作；卷二收1949年前后作品；卷三收1950年至1952年间作品。《姚鹓雏文集》另从各报刊、书籍中辑录出于《苍雪词》之外者数十首。1965年油印本为作者自定，“皆戊寅后所作”，仅印数十本。前有双勾题签“苍雪词”及夏承焘题词，后有其二女明华、玉华《苓雪词跋》。跋语称其“早年词刊于《南社》诸集及尔时杂志者，不下五六十阕，未为附益”。《施蛰存日记》之1963年2月25日云：“阅鹓公手稿……词一卷，曰《苍雪词》，凡一百数十阕，多晚年所作。忆《南社集》有其早年词，似均未存稿，可补录也。”

《红豆书屋近词》，未见，高燮有《减兰·鹓雏以所著〈红豆书屋近词〉见示，赏以小词》作于民国三年（1914）前后。据此，《红豆书屋近词》所收作品及成集时间当在《苍雪词》前。施蛰存先生并姚氏二女当时或亦未见。

浣溪沙

题庞檗子遗集，即呈古微词长

嗅遍江梅更惘然。灯楼筝语黯相怜。回车腹痛是今年。　　谁写江南肠断句，落红门巷雨如烟。又吹愁讯到鸥边。

（选自《民国日报》1917年3月5日）

浣溪沙（二首）

碧玉青溪宛宛流。夕阳风软柳丝柔。红栏几曲水边楼。　　浅阁茶烟帘半卷，微熏花气雨初收。红桥画舫似扬州。

绕郭青山一带斜。水云深处见人家。二分明月一分花。　　柳样长眉螺子黛，柴窑小盏女儿茶。风窗雾阁太寒些。

（以上选自《民国日报》1917年10月30日）

减　兰

五月十日即事

珠歌翠舞。消尽沉雄春已暮。颠倒衣香。料理闲回一段肠。　　春衫涴酒。旧梦重寻春熨透。乞取云仙。整顿图书上范船。

（选自《民国日报》1917年12月7日）

满江红

束檗子

几两湖风，吹词客、清哀如许。教打叠、迂倪稿子，数峰烟雨。松麈茗瓯清话了，残阳烟柳寻诗去。看冷香、咳吐满人间，君旧句“冷香借诗吐”。谁和汝。　　人间事，总无语。孤山侣，俏延伫。算匆匆游袂，兴亡休数。选弩谁征吴越记，骑驴难觅韩蕲墓。蕲王墓在苏州灵岩。借鸥夷、一舸送君归，黄歇浦。

（选自《民国日报》1917 年 12 月 31 日）

李思纯（9首）

李思纯（1893—1960），字哲生，四川成都人。早年入四川法政专门学校，后任《川报》记者。后又赴法国留学，就读于巴黎大学文科。回国后历任南京东南大学、成都高等师范学校、辅仁大学、四川大学、华西协和大学、浙江大学等校教授。1949年后任四川省文史研究馆研究员。精通史学，亦工诗词，曾加盟《学衡》。著有《元史学》，译《史学原论》等。

水调歌头

寄呈尧帅荣县

天外大峨秀，佳气郁葱葱。有人万松深处，神秀与天钟。魏阙旧时鸾凤，江海今时猿鹤，百世下闻风。京国一回首，心事十年中。　　人间世，空吟望，泪珠浓。并入雪龛诗卷，云水荡层胸。头白横溪阁上，心逐烟蓬渔艇，野鹿养香茸。窈窕列仙子，目断妙高峰。

高阳台

柏林西郊多湖沼，人家因水为台榭。轩窗掩映，花木扶疏，颇极佳胜。凭眺兴感，为词纪之。

缀绣琼林，藏花水榭，依依碧净芳洲。月幌风帷，画船烟浦同收。西台驻马停车夜，照明漪、灯火红楼。隔人间，翠舞珠歌，一曲瑶流。　　无端鉴影青青鬓，送华年羁旅，宛洛嬉游。镜槛文窗，凄凉遣尽春秋。南枝倦鸟营巢拙，卜溪山、何地长休。尽裴回，短翼天涯，信美难留。

虞美人

夜步色仑河岸

澹红匀碧春星点。拂水珠镫远。鱼龙曼衍沸残宵。照见星眸玉频度河桥。　　重楼半角轻寒锁。对影成孤我。镜鸾钗凤未全孤。打叠心情检读近来书。

（以上选自《学衡》民国十二年总第13期）

南乡子

暮春风雨中独游卢森堡园，拈梦窗“风雨春娇”之句成此。

风雨洗春娇。心上春愁似乱潮。独自翠微亭上立，萧萧。淡抹云情午未消。　　萍絮一池飘。身在天西万里遥。欲寄相思何处寄，无聊。归问乡园数叶蕉。

浣溪沙

十一月二十五日，为圣加陀邻节，巴黎女郎年届二十五者，彩衣簪花胜，踏歌市中，戏为小词纪之。

雾縠迎风彩胜斜。踏歌联臂逐钿车。瑶筝锦瑟怨韶华。　　二十五弦弹未了，年芳如水送桃花。懊侬心事满天涯。

采桑子

向晚车马声中，独坐道旁小园，黯然兴感。

六街雷动钿车过，华屋风清。珠箔灯明。罗帕仙裾引笑声。　　凭谁省识天涯味，碧树无情。暗水疏星。寂寞花前独坐听。

（以上选自《学衡》民国十二年总第15期）

采桑子

去年三月，居巴黎，为小词，有“散作天涯萍梗，不知何处明年”之句。今年三月，果来柏林。追念前词，若有预征。复为小词纪之。

一年前事浑如梦，同是人间。何处明年。今日回思倍黯然。　　莱茵河上重三月，春意遥天。人意谁边。但化浮萍莫化烟。

菩萨蛮

帝耶尔湖夜坐

黄昏月子纤云角。空青入夜成幽绿。游艇满平湖。星星灯火疏。　　望中烟与树。不辨愁来处。一晌坐凄清。愁生白发生。

南乡子

秋日游西郊凡瑟大湖，独饮酒家。

霜降水痕收。碧净湖波叶满洲。日力熹微风力紧，飕飕。一抹寒晖画澹愁。　　京洛少年游。强把金尊断送秋。萧瑟孤怀无片语，休休。凋尽朱颜白尽头。

（以上选自《学衡》民国十二年总第 16 期）

王蘅芳（1首）

王蘅芳（1893—?），名静芬，著名诗人陈仲陶之妻，浙江永嘉人。为瓯社社员。

八声甘州

辛酉季春，孤屿文丞相祠祀事礼成，集慎社同人澄鲜阁禊饮。

共长天一色水澄鲜，春阴澹无痕。趁芳辰孤屿，招携裙屐，跌宕琴尊。绝胜永和人物，俯仰迹成陈。着意沧桑外，看取松筠。　　正气长留天地，比日星倬汉，河岳维坤。占名山千古，落日吊忠魂。爇心香、低徊不尽，把赵家、遗事曲中论。催归去、听钟声暮，花落无言。

（选自《瓯社词钞》民国十年排印本）

王芃生（2首）

王芃生（1893—1946），原名大桢，别署曰叟，湖南醴陵人。早年为同盟会会员。留学日本，对日本问题深有研究，曾任驻日大使馆参事，是著名的外交官。后任国民政府交通部次长。抗战时期，受蒋介石命，组建国际问题研究所，任中将主任，开展对日情报工作。1945年，当选国民党“候补中委”。不久病逝于南京。

有《莫哀歌草》一卷，刊于民国三十四年（1945），以词纪事，颇具特色。作品按年编排，每词皆有小序，词后多有自注。附录《白话词》，乃二十二首连章叙事体《蝶恋花·新闺情》，亦见新颖。

清平乐

春日感事补序，癸丑作于北平

孙大总统让位后，袁氏益无忌惮。三月刺杀钝初先生于上海，噩耗传来，全国震动！当时不得直书，聊作短词志感。

才逢春半。何事成分散。千缕柔丝浑欲乱。忽被狂风吹断。　　是谁妆就春容。更怜几树嫣红。荒径落花无主，一任雨洗烟封。

减字木兰花

赠瀛洛寓主，丙寅首夏作

幽人何许。只向绿阴深处住。翠色当窗。修竹乔松蔚作凉。　　小楼闲话。煮黍浮瓜消永夏。偶为停车。共道当年是一家。

（以上选自《莫哀歌草》民国三十四年油印本）

徐礼辅（7首）

徐礼辅（1893—?），字隽村，广东中山人。早岁经商有成，后客居北平时，从邵瑞彭学词，以“渌水词人”为号。其词集名《渌水余音》，有不少词作后附以邵瑞彭同作，邵瑞彭也曾将他的词寄示于朱彊村、叶恭绰等人，可见邵瑞彭对其教导之尽心。叶恭绰在序中云：“次公（邵瑞彭）之道无他，不令学者读宋以后词。犹学诗者从风骚入，习字者从篆籀入，虽芜言累句、拙体败笔，犹为风骚篆籀，而非俳谐、钉铰馆阁体也。”《渌水余音》词胜在构思精妙，美中不足的是略滞涩，不够灵动，且偶有出韵之处。

菩萨蛮（二首）

秦时明月传眉语。汉家飞将听歌舞。芦笼咽胡尘。渭城杨柳春。　　黄河千万曲。粉面于阗玉。河北凤凰窠。河南金橐佗。

唐宫宝镜江心白。三千粉黛无颜色。韩虢入朝来。洞房朱鸟开。　　歌长嫌夜短。情重知波浅。窈窕月中人。回身娇若云。

齐天乐

南楼夜坐

高吟鞍马纵横处，靴刀拂空谁倚。故驿枯桑，长亭蔓草，踪迹浮云千里。天风海水。送林燕年年，画堂秋垒。掩面惊魂，凤城宫漏更迢递。　　江南花信几换，断烟残照冷，人意无会。蹙恨山移，雕颜镜折，禁得元规尘起。鸾笺漫理。听遥夜歌声，酒醒何世。凭遍纱窗，玉珰难远寄。

望海潮

岁晚索居，有怀中江旧游

城低天远，月明星暗，危帆渡绕金焦。流水半江，青山万叠，楼前玉漏迢迢。王气打寒潮。藉夜船灯火，凝望南朝。倦客多情，倚阑无语听吹箫。　　春风不忍萧骚。有参差细雨，梳洗夭桃。沉醉步兵，怀人杜牧，频年梦断纤腰。满地乱萤飘。送古今来往，铁瓮城高。记否英雄老去，瘦马为谁骄。

扫地游

和美成

绮云护月，任镜锁轻烟，道分吴楚。泪痕断缕。望江干浪急，柳绵促舞。堕粉惊鸿，故里春心细雨。凤城去。送寂寞乱雅，孤棹归处。　　芳讯频枉许。记谢朓高楼，阮咸歧路。夜堂宴俎。望澄波太液，暗香流素。万叠秦筝，未必秋娘意苦。晚风伫。翦灯花、沸天鼍鼓。

解连环

月　夜

桂堂香湿。悬愁蛾晕月，梦魂无迹。系万缕、心绪缠绵，试微步锦街，夜游天色。遍倚东阑，恨深锁、烛房风急。恐征鸿路阔，旧讯易沉，引镜难识。　　重弹汉宫宝瑟。自河阳送别，垂泪千尺。诉怨入、觚竹惊尘，任银海光摇，树底吴质。断续云烟，要费我、明珠狂掷。听残更、绣床傍枕，醉吟顿息。

意难忘

庚午新岁

箫鼓城东。趁明灯夜色，胜彩暄风。桃蹊春耿耿，梅苑晓重重。停钿毂、泊乌篷。挂十里流虹。凭画阑、波澄太液，满地花丛。　　圆菱澹碧秦宫。喜黏鸡绣户，斗鹦金笼。墙头天似镜，池底月如弓。歌企喻、舞玲珑。听隔水疏钟。碎锦坊、谁家倦客，醉眼相逢。

（以上选自《渌水余音》民国三十三年影印本）

严文黼（10首）

严文黼（1893—1997），又名文虎、文父、文慈，字琴隐，以字行。浙江永嘉人。瓯社社员。1923年，与诸同学倡办慎社，以文会友，发刊诗文。长期从事文史工作，曾任旧温属六县公共图书馆馆长。晚年为浙江文史馆馆员。

百字令（二首）

和梅伯仙岩纪游，次梅伯韵

青山依旧，任扁舟江上，客先归去。鸡犬声遥云汉迥，人世空劳延伫。丹井云封，苍苔壁立，静趣函千古。重来何日，染衣多少尘土。　因念胜境寰中，游踪隔绝，柯烂留樵斧。此地去天真不远，应有仙人飞渡。壶峤遥通，乔松可偶，咫尺吹笙路。旧题休问，碧纱何处笼护。

胜游如昨，只风尘客倦，朱颜难驻。九十韶光今过半，旧恨新愁何许。著屐探云，移篷载雨，空想神仙侣。尊边拈韵，一时谁号诗虎。　堪叹天意苍茫，啼鹃声里，几处闻鼙鼓。醉晓吟昏成底事，催得斜阳归去。冷眼看人，愁心送客，流水随征橹。青山依旧，一江花絮无数。

满江红

西湖白文公祠附祀樊谏议，敬赋。

春在明湖，有前代、名公旧祠。斜阳外、柳丝低拂，檐额重题。白傅清名谁与共，绵州风范系人思。历千年、香火证因缘，神未离。　诗龛筑，清酒酾。拜先哲，仰前徽。念文章涩体，节折昌黎。尘世沧桑悲坠绪，湖楼风雨飐灵旗。荐山椒、一寸爇心香，修颂辞。

鹧鸪天

茶山桃花

疏影林扃梦已稀。春风还为惜芳菲。花开应自悲无主，烟雨龙潭冷不支。　　芳事去，又斜晖。洞门深锁最凄其。飞红历乱随流水，流到瓯江是几时。

绿　腰

雪澄以姜石帚像贻铁尊师，并题一词，梅伯、薑门先有和作，余亦继声。

垂虹桥畔，一舸载风雪。飘然倚篷心事，无限烟波阔。休道新词解唱，只恐箫声咽。赏音今绝。天寒如许，犹有嵌空旧时月。　　如见清歌自放，鹤氅烟轻拂。还又诗句留题，旧题有张太尊、郭别驾《次石帚自题画像韵四绝句》。异代音尘接。都向孤山印影，韵事无休歇。崚嶒风骨。高枝独倚，除是梅花肯腰折。

八声甘州

辛酉季春，孤屿文丞相祠祀事礼成，集慎社同人澄鲜阁禊饮。

俯空江旧阁敞澄鲜，难寻浩然楼。步兰亭前轨，和风初扇，宿雨全收。莫问鱼龙曼衍，杯酒尽消愁。击楫一回首，渺矣无俦。　　风景依然如昨，问新亭挥涕，多少清流。剩东南半壁，正气压神州。莫空珍、锦囊佳句，怕等闲、白了少年头。阑干外、有斜阳处，怎忍凝眸。

高阳台

题《半樱簃填词图》

云水乡关，梅花眷属，天然位置吟身。曲按红牙，风怀拜柳师秦。扬舲三见蓬瀛浅，看樱花、依旧青春。问谁知，别有伤心，气荡声吞。　　江山不改年时景，只无栖紫凤，羽倦风尘。画里家居，依然醉晓吟昏。阑干拍遍嫌宵短，任虞渊、影息羲轮。办归篘，作计休迟，接踵彊村。

虞美人

和彊村先生韵

轻寒恻恻东风起。锦绣群芳地。嫣红宜上美人簪。章奏通明同是爱花心。　　韶光荏苒人催老。满目繁华恼。相逢梦里恰如真。蜡照香薰无限玉楼春。

虞美人（二首）

题《莼菜》《鲈鱼》《隐囊》《纱帽》画幅

莼鲈记得秋风起。桂子飘香地。携朋呼酒共投簪。蟾影明河双桨漾波心。　　关河多少征人老。总为浮名恼。角巾藜杖乐天真。羡尔萧然一室自生春。

霜天昨夜闻鸡起。托足知何地。相逢散发懒重簪。人海茫茫谁识白云心。　　扬舲已见红桑老。触绪纷成恼。鱼龙曼衍画难真。回首楼台犹是帝城春。

（以上选自《瓯社词钞》民国十年排印本）

杨铨（5首）

杨铨（1893—1933），字杏佛，江西清江人。曾留学美国，回国后历任国立东南大学教授、中央研究院总干事。1932 年 12 月，协同宋庆龄、蔡元培、鲁迅等组织中国民权保障同盟。1933 年，在上海被反动特务暗杀。

贺新凉

送芾煌返蜀

杜宇催归去。正长安、枇杷结子，绿杨飞絮。同学英才多不贱，子又群中钟吕。肆雄辨、折冲尊俎。同是浮萍飘大海，莽征途、无意还相遇。天下事，多如许。　　群雄逐鹿忙争据。惨中原、干戈水火，可怜焦土。衽席苍牛男子事，肯把千秋自误。但行矣、何须凝伫。愧我庸庸徒哺啜，只随人、俯仰谋升黍。祝子去，功名树。

满庭芳

复生归蜀，赋此赠别

博浪椎空，嬴秦朝换，男儿生入乡关。头颅依旧，心志肯阑珊。料理琴书归去，游云倦、且暂还山。长亭路，离愁无那，为唱大刀环。　　艰难。伤此日，薰莸莫辨，蔼芷投闲。纵青莲化舌，难喻痴顽。且把英雄岁月，消受他、云鬟烟鬟。纱窗里，清狂宜减，着意偎红颜。

念奴娇

罗花山中，用东坡韵

蔓天衰草，望山光岚气，幻成云物。十里焦原生意尽，满眼蓬蒿颓壁。寂寂寒林，萧萧耕马，雀啄山头雪。一声长啸，古今谁是豪杰。　　自笑作客年年，情怀渐减，幽恨因风发。红豆抛残清泪冷，往事心头明灭。鸿雁南飞，大江东去，闲尽冲冠发。凭高无语，前村又见明月。

贺新凉

题亚子《分湖旧隐图》

一勺分湖水。问年年、扁舟选胜，俊游能几。乱世不容刘琨隐，满眼湖山杀气。更谁辨、渔樵滋味。莫便声声亡国恨，运金戈、返日男儿事。风与月，日丢起。　　征尘黯黯中原里。四千年、文明古国，兴亡如此。燕子东飞江潮哑，儿女新亭堕泪。何处是、扶危奇士。不畏侏儒能席卷，怕匹夫、不解为奴耻。肩此责，吾与子。

贺新凉

吊季彭自溺

九地黄流注。叩苍穹、沉沉万象，当关豺虎。呕尽心肝无人解，惟有湘灵堪语。忍独醒、呻吟终古。眼见英雄成白骨，好头颅、未易苍生苦。心化血，血成雨。　　一泓浊井埋身处。赋招魂、胥潮呜咽，蜀鹃凄楚。河汉精灵归华岳，谁向清流吊取。但冉冉、斜阳西去。试向中原男子问，有几人、不欲臣强虏。生愧死，死无所。

（以上选自《南社词选》，《南社丛选》民国二十五年国学社排印本）

姚天亶（11首）

姚天亶（1893—1938），原名姚朕，字天亶，号民哀，江苏常熟人。早年曾参加光复会、中华革命党。是鸳鸯蝴蝶派作家，南社社友。他才思敏捷，新体文章、旧体诗词皆擅。

满江红

题澄江越茂苑《鼎彝殉难记》

大好河山，一霎是、警传光复。最难堪、疮痍千里，群雄争逐。易水凄凉寒风紧，伤心子夜愁成斛。吊遗踪、野庙峙江沙，春波绿。　　傲不过，东篱菊。击不破，西台竹。笑草间偷活，梅村芝麓。屈子葬身湘水冷，夷齐耻食周家粟。叹金川、门外壮怀同，筹之熟。

（选自《同南》第四集，民国四年排印本）

蝶恋花

粉墙回忆秋千影。触拨情怀，哀雁过寒井。今夜相思和月冷。红绡暗指胸前镜。　　杜牧扬州成薄幸。咫尺天涯，转觉蓬山近。幽怨满腔言不尽。如云好梦何时醒。

满江红

酬拙巢

鹤唳猿啼，遍地是、风凄云澹。最难忘、群龙战野，抱才未展。流水高山真可羡，黄钟瓦釜同鸣敢。叹新亭、热泪洒秋风，苍苍暗。　　望燕云，荆棘满。谈天宝，肝肠断。蒙泽润枯株，相逢恨晚。楚炬秦灰犹未烬，回肠荡气情无限。笑登场、优孟十年馀，弹丸转。

大江东去

剑华、一民行将作客天南，握手沪上，凄然成此，时东邻要求甚亟也。

转瞬春残，听杜宇声声，不如归去。摇落江干憔悴甚，回首家山何处。往事空烟，酒痕狼藉，半是聪明误。闻钟清夜，恩怨从头细数。　　唱彻阳关三叠，云树苍茫，莫辨长亭路。楚歌四面动悲笳，忍令梅欺杏妒。相国和戎，少保含怨，此罪终难恕。中原已矣，九州铸成大错。

（以上选自《同南》第五集，民国五年排印本）

金缕曲

感赋赠华亭墨仙社友

把臂从前诉。慨当年、趋庭承训，岁星更度。我辈飘零成习惯，尝尽酸风苦雨。拚再惹、莺嗔燕妒。身后事非谁管得，正无聊、镇日求章句。常懊恼、儒冠误。　　喉间格格终难吐。怅后生、南辕北辙，独悲失路。几度江南争一著，回首筝琶如故。空惆怅、渡头鸥鹭。控马澄清空有志，望中原、谁是留人处。知黑白，甘寒素。

（选自《同南》第六集，民国六年排印本）

被花恼

春宵最是不胜情，枝上小禽啼晓。岑寂离怀恨多少。瘦沈凄凉，病潘憔悴，竟有三分肖。愁叠叠，冷清清，羡他鸳梦生池沼。　　怜影更怜伊，相见已难别又早。红情绿意，瑶想琼思，出处商量到。问西湖春色近如何，怅天涯、莽荡心魂绕。挑灯写，这番鹃啼麟泣稿。

夜行船

密意幽怀谁共语。怕宵来、最销魂处。寡雁翱翔，孤鸾漂泊，只怅煞钱塘路。　　湿透青衫愁几许。端为著、一声杜宇。沙上鸳鸯，花间蝴蝶，反双宿双飞去。

柳梢青

小草朱门。几更寓主，苔印芳尘。亚字栊帘，梨花院落，月上黄昏。　　归来依适微醺。恰正是、茶熟香温。小立低头，无言相对，此际销魂。

浪淘沙

花气袭雕阑。路怅重山。绮思琼想一番番。最是杜鹃催好梦，细雨春寒。　　往事已无端。恨到香残。明朝蜂蝶定成团。今夜茜纱窗外月，泪眼相看。

后庭宴

题《水村第五图》呈芷畦

十里江村，三间白屋。好山好水消清福。重烦高士补丹青，诗人感喜新题目。　　萍迹海上重逢，羡老夫家树独。对花行酒，笛引沧浪曲。烟雨色低迷，思潮闲涨落。

蝶恋花

寄笑云

落月屋梁怀旧雨。地角天涯，梦也无寻处。燕子年年来复去。肯为递送殷勤语。　　江上朝朝添意绪。盼断鳞鸿，写出相思句。崔九堂前问几度。江南杜老知何去。

（以上选自《同南》第七集，民国七年排印本）

叶麐（22首）

叶麐（1893—1977），原名祥麐，字石荪，四川古宋人。1911年加入同盟会。1914年赴上海考入南洋公学。1917年考入北京大学哲学系。1921年留学法国，师从著名心理学家瓦龙。历任清华大学、北京大学、山东大学、四川大学、西南师大等校教授。著有《文艺心理学》等，有《轻梦词》六十余首，收入《雍园词钞》。

醉花阴

澹薄幽光宠玉宇。襟袂飘风举。依约见金城，万点星灯，冷落无人主。　　凭虚直上层空去。去广寒深处。惆怅问姮娥，可泛秋河，不信风波语。

长相思

风也清。月也清。要驾兰舟顺水行。逍遥不计程。　　一鸡鸣。二鸡鸣。梦醒西窗灯半明。模胡闻市声。

生查子

湖上雾空濛，远树依稀认。凉月放微光，照见乌丝鬓。　　夜气浸裳衣，脉脉相偎近。天末陨双星，木叶辞枝殉。

忆秦娥

多情月。殷勤照遍天南北。天南北。伊人何在，汝当能说。　　料知世外音尘绝。素衣独坐青灯侧。青灯侧。相依圣母，仲春时节。

鬲溪梅令

削腰柔弱醒回初。枕函扶。似味前宵情事、更斯须。沉吟披绣襦。　　凝眸悄对镜中姝。懒妆梳。不道窗前朝日、满平湖。荡舟还欲无。

减字木兰花

恓惶情绪。欲寄此心无寄处。漫把书翻。不道翻书意更烦。　　今年又了。坐看落梅空悄悄。且待来春。只恐春来笑旧人。

应天长

朱颜偷改惊临镜。屈指交亲三岁尽。青春影，飞何迥。幸得两心相守定。　　洞房闲自隐。香袅花眠人静。愿置功名不省。伴卿消昼永。

采桑子

骄阳缱绻东风懒，莺燕翩翩。追逐花前。春色撩人似旧年。　　低徊往事凭阑立，暗展心编。细数婵嫣。一例悲欢付弃捐。

河　传

风小。花袅。淡烟缭绕。寂寞堂深。欲翻新谱意沉吟。相寻。倩魂愁不禁。　　画栏斜倚娉婷影。低垂颈。依旧交罗衽。半含羞。一回眸。夷犹。无言粉泪留。

浣溪沙

林末依稀见月华。银镫明透绿窗纱。阶前来去影孤斜。　　隔院清歌输玉笛，枝头零露泣残花。此时情思落天涯。

踏莎行

柳弄轻丝，桃匀浅晕。装成大地千般俊。少年孤负好韶光，今回莫任芳春闷。　　旨酒多携，佳人谩引。东城绮陌繁华趁。可堪依旧绕花丛，心情不似当时韵。

山花子

大地沉沉入睡乡。但闻村犬吠声长。凄恻无眠空辗转，尽思量。　　世事苦艰精力短，几人垂老志行强。明日太阳重起处，又登场。

忆少年

斜阳如血，川原染遍，遥侵村落。凄风拂群树，恁枝条萧索。　　舟子劳生歌断续。伴橈声、落沉心曲。船头试前瞩，只荒江寥廓。

瑶池燕

凄凉漫步。归家路。去去。好将蒲柳维护。天迟暮。乌鸦十数。都栖树。　　入帘帷、才知又误。悄无语。灯前漠漠同聚。伤情处。艰辛欲诉。还藏住。

鹊踏枝

嫩紫娇红初著树。一阵狂风，零落知何处。极目天涯愁不语。低昂但见苍鹰舞。　　漫道来春都复故。重伴芳菲，同把春光度。恐对花颜心更苦。一年年是人迟暮。

鹊踏枝

斗室沉沉终日锁。掩卷思量，作计由来左。闲眺小窗千树裸。临空更有山横过。　　拟泛汪洋乘小舸。从此无家，万里惊涛破。闻说蓬瀛宫阙夥。四时常见奇花果。

滴滴金

严霜压折庭中树。暗云深、气凝沍。室内金炉映红处。听琴音款诉。　　盆梅冉冉香成雾。破柠檬、作鲜露。忽地胡风撼窗户。把梦情惊寤。

夜行船

忆南京

梦到南朝佳丽地。东风过、草昏花醉。似画江天，群莺乱舞，妆出晚春明媚。　　不道兴亡来眼底。欢游处、尽成愁悴。无恙新亭，有谁相对，空向夕阳垂泪。

浣溪沙（三首）

余留学法兰西甚久，自其灭亡后，哀之不已，冀其恢复，为赋三章。

其　一

坐对青山放户开。松声无赖涧声哀。绮窗珠阁总萦怀。　休向梅堂愁索寞，起看云影正徘徊。春魂何事不归来。

其　二

堤上垂杨又弄春。迎风闲步暗伤神。临流无复去年人。　痴绝黄鹂空献曲，怜深芳草漫成茵。旧欢新梦不须论。

其　三

昨夜东风过柳堤。今朝花落絮黏泥。倚阑遥望海天西。　闲读旧笺香尚腻，漫寻罗帕色犹绯。一回私忆一凄迷。

夜行船

再忆南京

日落轻车流似水。华镫上、一天横紫。金屋名娃，娇歌曼舞，深夜尚留欢会。　一旦旌旗全改易。徘徊处、不知何世。废苑荒台，空壕残垒，沉恨子规声里。

（以上选自《雍园词钞》民国三十五年排印本）

白采（4首）

白采（1894—1926），原名童汉章，字国华，改名白采，笔名瘦吟，江西高安人。少年时即酷好诗歌，1922 年离家出走上海，毕业于上海美术专门学校。当过教员、编辑，又为上海立达学园教授。曾入创造社，为新文学时期著名作家。

有《绝俗楼遗诗》，附词四十六首。陈南士《题记》论其诗词云："天才逸发，意境独绝，中情郁勃，故多真声。"

玉楼春

眉尖敛尽遥山碧。千里柔情轻诀绝。曲中长自唱相思，不道相思真入骨。　　迢迢野寺钟鱼歇。柳暗花重归未得。归来一样是多情，蕉叶翻风天满月。辛亥游某园，长句“蕉叶翻风满天月”。又修学城北时，所居窗外有蕉，月夕尤佳。

陂塘柳

旅泊海虞，访拂水山庄，东风夕照中，绘河东君墓

问前朝、几编青史，纷纷毁誉休数。紫袍乌髻初相访，便抵卫公奇遇。时非主。算空老、庾郎萧瑟江南赋。归来闲住。剩吾谷霜林，尚湖烟艇，曾是共吟处。　　千秋恨，都付绛云一炬。才人身后酸楚。新孀况遣逢豪族，一死尚书知否。空惜取。向荒径、蘼芜小冢传缣素。桃花低护。正夕照铺红，东风袅翠，肠断更无语。

南歌子

小孤山

将西泛洞庭，月夜过小孤山下，水枯见沙，江流几断矣。

却见仙人影，应销旅客魂。蓬莱水浅更休论。只恐凌波微步、袜生尘。　　玉佩何曾解，云璈不可闻。怨他江月与江云。梦里不知何处、吊湘君。

长相思

忆梅，寄孤山大休上人

云满湖。水满湖。记取千株玉不如。湖头酒自沽。　　鸦嘴锄。鸭嘴锄。和月和烟种得无。空教雪压庐。

（以上选自《绝俗楼词》民国二十四年排印本）

范烟桥（15首）

范烟桥（1894—1967），名镛，字味韶，号烟桥，后以号行。江苏吴江（今苏州）人。生于书香门第，多才多艺，诗词、小说、电影、弹词、小品文等均有涉及。与友人结同南社，发行社集《同南》十集，社友达三百余人。又和赵眠云等结星社，办《星报》，编《珊瑚》杂志。著有《中国小说史》《鸱夷室杂缀》《吴江县乡土志》《范烟桥说集》等。

霜叶飞

题《天籁平波渔隐图》

黄金紫绶，都无味，蜉蝣身世难了。貂裘换酒醉莺湖，博得湖神笑。便记著、桃源故老。乾坤网里嫌小。更一种秋心，在一角、秋光垂柳，乱鸦残照。　　想是绍述陶朱，继承成大，数典不忘原好。秋来莼嫩蟹儿肥，须一苇先到。尽尘俗、万千都掉。斜风细雨新腔调。钓小星、铒明月，人世生涯，如侬多少。

百字令

自题二十初度化装小影

华严弹指，看圆颅方趾，俨然似我。莫笑衣冠涂炭尽，游戏尘寰差可。杜牧诗狂，刘伶酒圣，二十蹉跎过。江山如此，鸡鸣风雨无那。　　况是仆仆天涯，频年遭际，眼底乾坤污。收拾闲情千万缕，拼与蓬莱仙舸。止水禅心，浮萍行脚，何处莲花座。还须小住，奇书多未翻破。

湘　月

有　赠

春阑珊矣，看莺梭柳线，回文成绮。仔细落花如雨处，怎辨嫣红姹紫。难诉衷情，何堪心事，一种酸滋味。文章憎命，生涯不忍说起。　　寄语汉殿青帷，谢庭白雪，消遣应如此。芳草萋萋蝴蝶路，百六韶华似水。司马悲歌，步兵痛哭，多少英雄泪。念家山破，闲情付与字里。

（以上选自《同南》第三集，约民国三年排印本）

蝶恋花

南湖小步

寒食清明都过了。骀荡东风，只觉欢情少。纤柳斜阳春不老。徐娘犹令人颠倒。　　如画青山较画好。乱树云帆，绝妙倪迂稿。痴似阿侬花欲笑。莺声燕语还相诮。

（选自《同南》第四集，民国四年排印本）

金缕曲

听庞子琴声，鼓潞王中和琴

家国丁阳九。叹王孙、飘零老去，江上依旧。幕府当年多风雅，弦柱于今空有。想此日、黄梅时候。意倦风雏耽禅悦，庞子学琴于西园住持。尽诗书、正好消长昼。庭院静，茶香久。　　声声风雨潇湘骤。更龙堆、平沙万里，雁来秋又。是日作《潇湘夜雨》《平沙落雁》两弄。安得轻舟移家去，明月吴淞江口。再倩个、青衣行酒。便是神仙无以易，数烟波、白石屯田柳。穷措大、可能否。

菩萨蛮

春

平心总觉春光好。绿杨未减徐娘老。只有乱红知。清明丝雨时。　　莺啼圆带腻。燕语轻而细。省识个温存。东风吹上门。

渔家傲

同稗稗游留园

芳草粘天山远举。馆娃十里初停舞。一溜轻车冲细雨。留人住。园林如此偏归去。　　已是春寒三日旅。明朝人海知何所。两岸垂杨真楚楚。花飞处。画楼珠串流莺语。

百字令

题《海棠轩诗集》

人生如梦，尽流年美眷，镜花水月。离恨欲填无精卫，第一伤心死别。客梦三更，旅愁千斛，顾影空呜咽。堕欢叹拾，回肠十二团结。　　更惜道韫才华，灵芝锦绣，归宿成磷屑。多少缠绵情意见，寄外诗词重叠。辜负聪明，堪怜夭折，赢得海红血。问天何语，啼蛩秋夜饶舌。

（以上选自《同南》第五集，民国五年排印本）

满庭芳

棠泪垂红，蕉心卷绿，一般染上帘钩。初三下九，几见月当头。门外疏疏丝柳，绾不住、嘶马歌喉。亚阑畔，啼蛩带涩，仿佛怕深秋。　　悠悠。怀抱窄，回肠荡气，顿起闲愁。忆昨宵客梦，谁与温柔。恍惚惺忪忐忑，醒时候、风正飕飕。听檐漏，敲金碎玉，风雨拥孤楼。

（选自《同南》第六集，民国六年排印本）

长亭怨慢

南湖散步

过一带、荒烟笼处。菜绿新畦，稻香蓬户。流水弯环，因风激楚有琴趣。板桥虚驾，可通到、来时路。画境妙如何，只恨著、青山无语。　　停伫。顿花枝碍帽，仰见孕梅无数。年年辜负，南湖滨有老梅数株，翠竹成林，余未之前闻，今偶游得见之。尽错却、落红如雨。待春至、重约吟俦，好载酒、竹间同去。想和靖风怀，输我豪情几许。

满江红

张鸭荡

张鸭荡在八测之南，相传为张士诚首丘之所，以避忌，谐张王为张鸭云。

一抹湖光，王业已、泯然无迹。凭槛处、寒林霜染，殷红如昔。渔唱声声聊慰藉。白云片片成相识。剩曝檐、村子话当时，空消息。　　颔珠碎，鲛人出。龙脊断，皇裔绝。尽九思香爇，七月晦日家家插香于户，纪念九思。年年纪忆。秋老梧桐黄叶落，劫灰城郭青磷湿。到如今、张鸭水连天，流还急。

桃源忆故人

秋暮寄澧兰

衡阳雁信催归急。黄叶地芦花白。只有离愁赢得。难使泥无迹。　　关情多分随书出。字尽簪花丝格。顿记当时初识。相思几时息。

卜算子

和澧兰见赠韵却寄

千里独关情，望断伊人目。霜罩寒林泪样红，落雨堪盈掬。　　春去渐归来，水暖吴江曲。可惜年华将又加，惆怅君依各。

金缕曲

赠别瑶珪

万种襟怀语。忆当初、相逢一笑，恍然如故。烂贱文章何足算，偏有嗜痂爱我。灯似豆、狂吟几度。强酒欲浇多傀儡，每酡颜、舒纸题新句。常太息，羁人误。　　从今一去三千路。望长安、不如日近，关山连阻。端正春来行脚健，瓜艇西湖划去。销妄想、只能禅坐。旧事心头犹历历，更难堪、骤使相分手，诗不尽，词重吐。

惜分飞

再赠瑶珪

南浦送君无意绪。相对心灰懒语。眼看轮驰去。不堪回首依归处。　　云树关山多几许。未必邮书可诉。欲话巴山雨。别离容易难团聚。

（以上选自《同南》第七集，民国七年排印本）

胡先骕（3首）

胡先骕（1894—1968），字步曾，号忏庵，江西新建人。著名植物学家。两度留学美国，获植物学硕士、博士学位。民国时曾任中国植物学会首任会长，历任东南大学、北京大学、北京师范大学、中国大学植物学教授，1940年任国立中正大学校长。1949年后，任中国科学院植物研究所研究员，1968年病逝。为南社社员。1922年与吴宓、梅光迪等创办《学衡》杂志，提倡古文。论诗宗宋，有《忏庵诗稿》。

齐天乐

鸦

暮林如荠苍烟淡，翩翻万鸦飞舞。画堞笳哀，连营马动，极目荒寒如许。枝头对语。似惯说兴亡，坐观今古。塔影沉沉，半山残照又西去。　　中原劫灰见否。认隋堤怨柳，飘尽风絮。老柏鸣鸱，颓垣噪鹊，迸入乱离情绪。天涯倦羽。恐遍绕南枝，定巢无处。只羡冥鸿，五湖堪寄旅。

（选自《学衡》民国十一年总第 7 期）

宝鼎现

“双十节”溢城箫鼓甚盛，感赋

飙轮云骑，漏刻初转，光回灯市。听一派、秋城箫鼓，远近飞扬歌浪起。残月夜、看繁星千点，照得家家扶醉。笑语和、天风四坠，缭绕软红尘里。　　记否前度伤心地。剩斜阳、沉寂如睡。笳鼓怨、旌旗鲜丽。转眼青磷闻鬼语，待把酒、酹黄花冈底。掩泪招魂剪纸。最痛绝、血痕殷紫。换得神州破碎。　　依旧舞扇歌纨，算暂赏、年时欢事。只惊心、野哭千家，绕湘云楚水。画烛暗、拥衾无寐。旧话能酸鼻。奈撩梦、人影车声，摇兀宵来恨思。

（选自《学衡》民国十一年总第 10 期）

木兰花慢

重九日作

倩横空雁影，写难尽，此时情。正病菊飘香，丹枫焕彩，霜岫浮青。寒江榜歌送晚，迸疏砧、怨笛入秋声。休说龙山落帽，近来欢事飘零。　　金尊。看取玉山倾。醉了莫教醒。算艳冶当年，如今尽付，智井沉瓶。登高漫穷望眼，怕西风、吹泪满江城。消得题糕锦字，词仙知属何人。

（选自《学衡》民国十二年总第 18 期）

刘麟生（15首）

刘麟生（1894—1980），字宣阁，笔名春痕。祖籍安徽庐江，生于安徽无为。早年毕业于上海圣约翰大学政治系，曾任南京金陵女子文理学院教授、商务印书馆编辑、中华书局编辑、圣约翰大学教授等职，后定居美国。编有《词洁》，选唐宋人词。词集有《春灯词》《春灯词续》，多记游之作，夏敬观在《忍古楼词话》中以“清婉”评价其词。

玲珑四犯

梵渡钟声

响彻青松，是几度鲸铿，撞破清昼。嫩日新晴，怕到催妆时候。还听细细传餐，甚不似、碧纱笼后。恨晚来瞑色敲残，百八西溪记否。　　带烟含月声初透。隔林花、景阳迟扣。遥怜断续寒风里，乡梦频惊依旧。为问渔火眠愁，可是枫桥回首。渐夜阑更静，镗鞳击，蒲牢吼。

风入松

乒　乓

清风吹送小球声。劈拍两边生。珠罗障出鸿沟界，看金丸、脱手遄征。十五初过未碍，第一次误拍为十五。再三误触须惊。　　倦余笑语赏新晴。何事苦相争。斗名斗利吾何敢，有儿时、斗草心情。他日试君身手，不教学剑无成。

临江仙

东沟待月

波底晚霞如抹，两余残月偏明。喧阗灯火隔江横。东皋如有约，小筑破愁城。　　尘世欢娱恒少，便教稧饮成声。醉疑梦里醒疑醒。更阑风渐紧，相伴水琤琮。

离亭燕

与铢庵、含章登钓台

台石东西争霸。相对嶙嶒如话。今古兴亡谁与问，贞介千秋相射。世乱复登临，莫道溪山堪画。　　输与榜人呕哑。忙了征夫游冶。痛哭空山忘却钓，应妒子陵闲暇。载酒过扁舟，剩有幽情难写。

唐多令

首夏随鹤柴先生谒朱古微宗伯墓

晴软雨余天。风和似旧年。悄郊原、新绿溅溅。过了晚春都是怨，莫忘却、在山泉。　　谁识旧霜弦。文宗地下眠。写秋词、凄绝幽燕。肠断鹧鸪天一阕，人世事、太淹煎。

生查子

沧浪亭闲眺

风掀粉菊妆，雨湿芙蓉泪。闲度石阑桥，便有沧浪意。　　画稿写吟情，是日美术学校陈画甚多。园居惜清吹。寂寞步秋阴，此是平生味。

渔家傲

陶谷秋兴

霜后园林秋似织。池塘柳拂浑如昔。三载幽栖成久忆。驹过隙。只今惯作天涯客。　　藻井雕梁金幻碧。空濛山色朝还夕。叶舞回风终著席。愁无极。尊前笑语纵教惜。

庆春泽

观故宫古物展览，即步至水上试茗

丝雨笼寒，春坰滞暖，韶华一去如烟。尤物倾城，中朝往事谁怜。银钩虿尾宣和墨，剪冰绡、应哭吟笺。徽宗书翰，纸墨如新。且细看，多丽人行，万里江边。宋画《丽人行》，人物纤细。又夏珪《长江万里图》，俱为时人所称道。　　千年结缕浑疑画，似樊楼灯火，竟日喧阗。鸟鼎奇觚，夺鲜终属窑镌。深宫睿赏淆真赝，乾隆鉴赏之物，世人多讥其滥。话兴亡、一例潸然。去游船，茗碗分香，如此山川。水上茶寮设于舟中。

木兰花慢

重五前五日偕依林游香山

喜晴岚晻霭，烟渺渺，树濛濛。看绿遍郊坰，香萦池沼，隰有游龙。相逢。洗心胜处，问此心应系碧云东。洗心停在碧云寺内。茗碗试浮翠影，竹筇好拄花丛。　　园菘。野簌醉匆匆。谈笑气如虹。想当日、山坳酒浓。北府车骑从容。征蓬。自嗟身世，算人生长在乱离中。归去吟荷屋里，清华水木葱茏。归过清华园访雨生，雨生自题其书室曰“藤影荷声之馆”。

浪淘沙

登西天目山

叠嶂苦难登。翠篆青青。天高地迥一身轻。怪石崚嶒山压寺，脚底云生。　　万壑走松声。爱此秋晴。丹枫黄叶画初成。溪水喧豗苔雪涨，一片晶莹。

浣溪沙

茶罢归来语尚温。春衫应检旧啼痕。一天烽火日斜曛。　　灯影依稀人影散，车声隐匐乐声纷。相逢谁写乱离文。

烛影摇红

寓居半山中宁养，台屋西向，夕阳幻变，所览独多，因有此解

残暑欺人，素秋还未愁风雨。粉云骀荡不成阴，留作胭脂谱。日日西山远眝。傍明霞、沧波似诉。娇红凄紫，蓦地苍茫，应怜眉妩。　　倚遍高楼，夕晖千变浑无据。绮罗山色属他家，泪眼伤今古。丽水南天唤渡。趁凉飔、渔灯欲舞。开帘迎月，翠海珠尘，鱼龙休怒。

（以上选自《春灯词》民国二十八年排印本）

风入松

谢[illegible]

黄梅时节坐江城。才雨又还晴。扁舟渡海情犹怯，待归来、事事堪惊。尺简欣传妙句，西窗孏赋新声。　　书空我亦一般生。愁咏发星星。漫天兵气无穷雾，睡蒙蒙、难计秋程。弹泪都成绝调，伤心仍托丹青。筠叟近画益臻苍逸。

齐天乐

谢蠡甫画箑

江山憔悴饶才思，重逢更伤怀抱。栈道艰虞，涛音怨抑，都是惊魂萦绕。清愁便扰。画一片沧波，异乡情调。馈我秋林，忍疏班扇惓衰老。　　烟云终寄浩渺。恨溪风浪雨，难渡深窈。翠屿盟心，霜厓觅句，应为伊人写照。何时共眺。绘抱病哀蝉，倦飞孤鸟。翰墨纵横，十年吟啸了。

南柯子

清风园紫蓝绣球

平野萋芊绿，斜阳蹴鞠天。恨蓝愁紫自蹁跹。招得薰风来衬、旧山川。　　有色疑无色，轻圆肯太圆。莫凭辗转向人怜。百结齐心好与、月同妍。

（以上选自《春灯词续》民国三十八年影印本）

王德愔（19首）

王德愔（1894—1978），字珊芷，祖籍福建长乐（今福州）。著名词人王允皙女，著名西医方声濬室，桐城派古文家何振岱女弟子。“福州八才女”之一。著有《琴寄室诗词》。

忆旧游

同声濬郊外寻梅

乍沿堤照影，隔岸闻香，人意修然。引得看花兴，指前村一树，笼水凝烟。恰逢试花时候，数点傍荒田。爱陡出孤枝，斜依翠竹，春意娟娟。　　娉婷。并行处，有古藓黏寒，瘱石增妍。那日成偕隐，便移根锄圃，接笕通泉。与子尽消尘虑，捧斝荐癯仙。更细诉前游，孤山不啻当眼前。

卖花声

本　意

楼外雨霏霏。燕子归迟。倚栏独自数芳菲。一半好春轻过了，惆怅谁知。　　听卖好花枝。试启朱扉。几声风送过墙西。早有邻娃先我起，双鬓青垂。

满庭芳

赋报岁兰，寄坚庐燕京

绵雨添寒，低云弄暝，忽惊如水流年。晚花香里，风信到樽前。写上鲛绡淡墨，朱帘影、半卷炉烟。关情处，盈盈素佩，几箭茁幽妍。　　春前。融冷意，黄昏秉烛，入夜裁笺。似楚江瑶瑟，弹怨流连。为报天涯远信，有客子、遥忆乡关。沉吟久，招携共醉，摇影宝奁前。

南乡子

新寒社集

风色转虚廊。黄入疏林叶叶霜。正是瘦人天气也，徜徉。自去添衣掩茜窗。　　寒气逗银釭。炉火微温意更长。知道梅花消息近，思量。春隔江南水一方。

卜算子

帆　影

只向水边过，来去情常静。掩映斜阳几叶中，羽燕栖难定。　掠苇带微阴，随月生初暝。岛屿烟云写不成，一幅秋江景。

南　浦

烟江社集

凝望但濛濛，傍柳阴，江光万里无畔。点点不分明，寒鸥外、波影夕阳俱远，遥峰耸翠，蘸愁眉黛都凄断。别情渐远。看一片迷离，雁程难辨。　　征帆几叶参差，指客路东西，空劳心眼。伫立耐思量，层云叠、安得好风吹散。村鸡更唤，梦回渔火芦边乱。此情怎遣。且展生绡，图成长卷。

夺锦标

寄怀浣桐

雁影层霄，蛩吟废圃，瑟瑟西风消息。满目桑田换泪，烽讯惊晨，角声凄夕。问元戎妙略，可重整、关河南北。祝阳和、蓦地春回，细把乾坤收拾。　　还忆莺堤柳陌。事逐烟消，觅梦曾移吟屐。旧日芳盟何在，金篋书疏，玉樽尘积。剩朱栏独倚，对澄蟾、空伤寥寂。盼归来、再续清欢，一线诗心重织。

水龙吟

燕溪客次寄念娟

千丝离绪黏人，夜阑无梦披衣起。商声易警，柝残空巷，蛩喧苔砌。寒雨初停，青灯依壁，此时愁最。正天宽鸿杳，江长鱼少，音书断，谁相慰。　　总拟秋来归计。黯云阴、这般尘世。高城画角，遥天烽火，兰舟休舣。回首当年，衔泥社燕，都营新垒。愿升平、再倚梅花林下，共春风醉。

鹧鸪天

寄浣秋

客里逢君事太奇。杯前甚事忍重提。端相鬓影秋同瘦，追话离肠日九回。　　欢未已，赋将离。阳关弹泪十三徽。江边路尽车儿远，天半书沉雁字稀。

踏莎行

闻大儿贤毅明岁当归，书寄并示女子丽清。

帆影遥飞，车轮暗转。归心早逐南来雁。弟兄共识倚闾情，家山久恨看云远。　　瘦竹疏栏，高花小院。别时翠色如今满。从兹游子息羁愁，手中我也闲针线。

蝶恋花

有悟却寄道之

千劫浮生无定数。怕转风轮，又被浮生误。死里重生生复去。生生死死谁为主。　　闲听深秋残夜雨。静对莲缸，未觉人间苦。一瓣心香西去路。金台不负慈光度。

琐窗寒

灯魂社集

翠焰轻摇，银花斜展，旧情何许。销到蚖膏，黯黯黄昏闲度。便瞢腾、付与暗蛩，隔帷咽断空阶雨。念梦来塞远，枫林宵黑，有谁调护。　　无据。轻招处。尽宋玉才多，楚词难赋。曳风坠叶，一瞥芳踪来去。倚梨云、和暖偎人，澹红朵穗天未曙。怨孤更、炙尽离愁，倩影猜张女。

南歌子

题竹韵轩

韵远诗相引，阴疏意易消。箨龙吟写紫云箫。肯学西风乱叶、响芭蕉。　　眉谱谁堪画，心香只自烧。蟫鱼岁月正迢迢。未让从征女子、马蹄骄。《竹韵轩词》有“当年空羡，从征彤史。盼归来、共度蟫鱼岁月，作千秋计”之句。

台城路

游方广岩

盘盘小磴随林转，危峰插天如立。履蘚防虚，攀萝怯仄，路滑筇枝无力。钟声渐密。看邃宇弥烟，凸岩悬石。法雨添泉，古檐垂溜日千滴。　　荒凉禅意更寂，问空山隐者，何地堪觅。箧里词篇，屏间画稿，留取颓云踪迹。沧桑暗易。念世外桃源，几人曾识。一片斜阳，暮蝉喧细翼。

意难忘

梅叟师有《虫伤盆兰既而复花》之作，诸友多奉和，余亦赋此。

如幻惊真。是花中倩女，蓊爱留根。芳情牵楚雨，冷梦压湘云。闲自领、暗相存。风外旧香温。对月明、苔凉径曲，小屧频巡。　　新妆映绿盈盆。念护暄分暖，忍负深恩。幽心调玉色，碧叶润珠痕。帘影细、短檠昏。阑夜熨吟魂。任满阶、桐飙怨接，金井蛩闻。

鹧鸪天

怀蕙愔剑津

南剑峰高雁字稀。怎教远梦入罗帏。照君颜色宜溪水，引我离情似茧丝。　　红树畔，小桥西。临分双泪湿春衣。早知恁地相思苦，却悔妆楼识面时。

临江仙

寄仲兄

记得吹篪花满室，恰如雁泊寒塘。孤帆别后水天长。看云知有泪，对月倪回肠。　　昔日金汤今小劫，当春定转青阳。银河会见洗欃枪。家江千里梦，客驿一炉香。

西江月

同道之游百梅书屋

几簇风篁院落，一泓碧水阑干。谈诗品茗到更残。斜了凉蟾天半。　　往事声传弦外，新愁茧锁眉端。中流谁与挽狂澜。商略勤修昏旦。

瑞鹤仙

送剑言之贵阳

端居含逸思。只闲愁，索抱谁同料理。芳庐可遥指。看帘波窣地，阑干凭水。经过取趣。爱飞斝、陶然共醉。又怎知，唱罢阳关祖道，故人千里。　　心拟。霜桥蟾冷，驿店灯昏，相依母子。黔峰信美。问何似，乡山翠。便登高，怀往汉家铜鼓，可奈秋声变徵。怕吹尘客里。风多画楼莫倚。

（以上选自《琴寄室诗词》，《寿香社词钞》民国三十一年刻本）

吴湖帆（9首）

吴湖帆（1894—1968），初名翼燕，字遹骏，又字东庄，号梅影书屋主人，江苏吴县（今苏州）人。清代著名书画家吴大澂嗣孙。工山水画，早年与溥儒并称为“南吴北溥”，也好古玩收藏。与其妻潘静淑合著《梅影书屋词集》二卷，又有《佞宋词痕》五卷。吴湖帆中年开始学词，与朱祖谋、吴梅诸人均有交游，其词以美成、梦窗为宗，风格清丽婉约，内容多为题画、作跋，喜和宋人词。

齐天乐

钱松壶画《辋川图卷》为潘博山

玉关风露铜驼劫，湖山恋人如故。碧院苔浓，红桥水暖，多少柔情芳绪。开奁看取。想雪里芭蕉，尚余吟趣。领略春光，浒东渔父笑容与。　　烟波云树缥缈，待殷勤细写，应伴仙侣。凤阁才多，鸳帏韵美，三十功名尘土。樊山夫人三十岁，樊山以松壶画册为寿，夫人答以此卷寿之。团圞夜午。正花满河阳，黛眉重妩。凭展兰窗，画梁双燕语。戴文节公曾为潘星斋少宰及陆夫人绘《兰窗读画》图册，博山为少宰曾孙。

芳草渡

庚午十月望日，步李长蘅古漪园有感。

极望里，认蠹壁尘空，画屏烟绕。听玉阑谁亚，相思雁柱声杳。霜下枫自好。拚残阳红闹。废院冷，问讯曾无，拾翠人到。　　堪笑。傍池偃柳，映水丝丝犹系棹。旱船有额曰“柳带轩”，为明黄陶庵先生书。暗凝想、当年燕语，如今乱鸦噪。暮云四合去，渐眼底、繁华都扫。待信息，又怕湖山倦晓。

瑞鹤仙

自题《梅影书屋图》。集梦窗句，图作于宋刻《梅花喜神谱》册前。

洞箫谁院宇。《齐天乐》。带明月自锄，《扫花游》。评花索句。《满江红》。柔香系幽素。《祝英台近》。正梁园未雪，《扫花游》。雾朝烟暮。《齐天乐》。闲愁换与。《水龙吟》。写不尽、《柳梢青》。几番风雨。《莺啼序》。照黄昏、《声声慢》。丽景长安，《丹凤吟》。重省旧时羁旅。《喜迁莺》。按，黄荛翁跋云：此书原由五柳居归于王府，赠以京米十挑，鱼肉一车，诗云："书林佳话传闻得，尚说长安担米时。"　　凝伫。《绛都春》。乌丝润墨，《宴清都》。宫粉雕痕，《高阳台》。画眉添妩。《江南好》。江梅解舞。《水龙吟》。苕溪畔，《瑞鹤仙》。记前度。《西子妆》。按，宋伯之，字器之，霅川人。伴兰翘清瘦，《解语花》。遥山羞黛，《莺啼序》。相间金茸翠亩。《烛影摇红》。甚年年、《探芳信》。春屋围花，《度宫春》。夜温绣户。《绛都春》。

（以上选自《沤社词钞》民国二十二年排印本）

华胥引

为遐庵题《梦忆图》

秾华朝露，今昔低回，怨怀似说。画角黄昏，青灯黯淡愁万叠。忆到斜日西山，付野烟低抹。寒食东风，断肠芳草啼鴂。
花外魂归，问离情、甚时凄切。小帘摇曳，惊听敲窗乱叶。可许今宵重梦，剩半弓残月。偷理相思，凤笺和泪盈箧。

（选自《词学季刊》第3卷第3期）

少年游慢

天平山观枫，次张子野韵

孤舟曾泛月。梦断晴波乍歇。樵路盘蛇，邮堤驰马，穿云阙。迷眼流霞落，洗雨燕支发。霜酒秋浓，俊游合趁时节。　　破钵。

泉听彻。休误桃源仙窟。一线通天，千寻悬壁，棱山骨。容易秋华老，冷落吴江阔。寄语东皇，重来约钓香雪。

永遇乐

登北固，次稼轩韵

多景楼前，凭高穷目，空怆神处。几度登临，欹歔酒酹，两点金焦去。南朝往事，东都旧迹，还被断云遮住。走江城、麾兵白下，健儿尽说擒虎。　　吴钩且倚，摩洪厓肩，浮玉横江一顾。浪拍矶边，浩茫天际，遥指归舟路。米颠如此，鹤林图里，客况愁听堠鼓。重相问、僧房可许，岸巾醉否。

齐天乐

次夏吷庵韵，题寐叟画册

夕阳莎岸无涯处，凄凄怨怀难理。老树擎霜，孤帆挂雨，多少余痕凝纸。云移梦徙。听商女歌声，隔江流涕。一片秋心，此情休着义熙字。　　危楼残夜北望，海天偏系恨，肠断频倚。思训图工，阳明石兀，只许郑兰齐指。文章信美。怕哭笑无凭，谩留人滞。事往尘空，不堪谈旧史。

被花恼

杨铁夫《桐阴勘书图》

梧桐碧影印阑干，娇绿殢人清簟。隐约帘花乱铅椠。牙签密护，金题细写，谩得淫名染。忆钱遵王有“书淫”小印。千墨里，二难间，夜深留取朱黄勘。　　名利任双抛，闲伴孤灯此心敛。茶余铸史，酒罢镕经，笑傲年时赚。怕浮云、过眼负平泉，便重见、新图旧家范。勘书在天一阁中。不独是，倚月吹笙情易感。

（以上选自《梅影书屋词集》民国二十八年吴氏欧堂铅印本）

绿盖舞风轻

己卯十月十日，题先室静淑遗画《华鬘倩影图轴》，依草窗韵律。

玉立自亭亭，翠珮凌波，红情映罗绮。新绿溅溅，迎人犹似说，槛袂谁倚。忍苦芳心，记纤手、丝丝曾系。到而今、独暗伤神，空怅幽蕊。静淑画时，遗漏花蕊粉点。　　奁底。旧约星期，索旎把魂招，粉镜重洗。小劫华鬘，莫闲辜、倩影洒飘花泪。点点相思，总肠断、音书难寄。梦回时，香雾还绕仙气。

（选自《午社词》民国二十九年排印本）

杨无恙（1首）

杨无恙（1894—1952），江苏常熟人。原名元恺，字冠南，号无恙，别号让渔。擅诗词绘画，词“淡雅中时出古艳”。抗战中，坚持民族气节，拒与日伪往来。1949年后，任上海市文物管理委员会顾问，后回常熟。著有《无恙初稿》《无恙后集》《无恙草窗词意画册》等。

千秋岁

将返虞乡，别拔翁海格路病院。予亦病肺初起，因检己卯小画为赠，寿君兼自寿也。

几年秋久。蓬梗飘流久。甘谷菊，东篱酒。登台天海阔，结社沧桑后。星聚处，光风霁月人文薮。　　念昔龙山会，病枕今消受。卢鹊砭，华陀剖。明年同健在，此日先分手。人散也，天涯地角青云友。

（选自《同声月刊》第 2 卷第 10 期）

叶圣陶（6首）

叶圣陶（1894—1988），原名叶绍钧，字圣陶，江苏苏州人。曾与沈雁冰、郑振铎等成立文学研究会，历任上海商务印书馆、开明书店编辑。1949年后曾任出版总署副署长、教育部副部长。著有《叶圣陶文集》《叶圣陶诗词选注》等。

水龙吟

举头黯黯云山，秋心飞越云山外。风陵渡口，洞庭湖畔，捷音迟至。战士无衣，哀鸿遍地，西风寒厉。听连番烽警，惊传飞寇，又几处、教摧毁。　　怅恨良朋悠邈，理舟车愿言难遂。雨窗翦烛，春盘荐韭，谈何容易。江水汤汤，此愁莫写，彀尝滋味。更何心、怀土悲秋，点点洒、无聊泪。

浣溪沙（四首）

几日云阴郁不开。远山愁锁黛江隈。乡关漫动庾郎哀。　　干叶飘零疑急雨，昏鸦翻乱似飞灰。入房出户只徘徊。

野菊芦花共瓦瓶。萧然秋意透疏棂。粉墙三两欲僵蝇。　　章句年年销壮思，音书日日望遥青。可堪暝色压眉棱。

尽日无人扣竹扉。家鸡邻犬偶穿篱。罗阶小雀欲忘机。　　观钓颇逾垂钓趣，种花何问看花谁。细推物理一凝思。

曳杖铿然独往还。小桥流水自潺潺。数枝红叶点秋山。　　渐看清霜欺短鬓，稍怜瘦骨怯新寒。中年情味未阑珊。

金缕曲

赠贺昌群

八表昏尘雾。又何期、青衣江畔，故人重遇。君近家乡吾益远，各受艰辛无数。幸未改、生平襟素。半翦淞波曦月共，更芳春、并辔兰亭路。情似昨，笑相顾。　　鸿光偕入深山住。喜登堂、成行儿女，翳如林树。展诵藏云盈尺稿，此是超超玄箸。枉见讽、无涯驰骛。名士经师犹尔尔，叹知人论世纷何据。君默默，守贞固。

（以上选自《文史杂志》1941 年第 1 卷第 9 期）

瞿源澂（1首）

瞿源澂（1894—?），字婉芳，江苏常熟人。同南社社友。

减字木兰花

晴窗生暖。和风吹入梧桐院。人静空阶。点点杨花逐影斜。　双蛾添蹙。等闲憔悴颜如玉。缓步庭前。燕未归来莫下帘。

（选自《同南》第三集，约民国三年排印本）

郑午昌（4首）

郑午昌（1894—1952），名昶，字午昌，以字行，号弱龛，别署丝鬓散人，浙江嵊县（今嵊州）人。国画家、美术史家，工山水，兼擅花果，善画杨柳。历任中华书局美术部主任、文史编辑，杭州艺专、上海美专及新华艺专等校国画系教授。曾与谢公展、张大千等组织蜜蜂画社，编印《蜜蜂画报》。后任中国画会常务理事。1932 年，在上海开办汉文正楷印书局，首创汉文正楷字模。著有《中国美术史》《中国画学全史》《中国壁画史》《画苑新语》《石涛画语释义》等。

霜叶飞

己卯重九，蛰居海隅，登高无从，秋怀似鹿，戏步之硕韵，并乞拍正。

雁边传羽。西风峭，骊歌吹遍南溆。醉慵花倦发飘萧，曾插茱萸处。想似昔、霜姿媚树。遥情云际看鸿去。叹戍角天涯，侧帽话、登临瘦添，断魂离绪。　　残照海国凄迷，新亭伤晚，楚些心事能谱。倚寒空笑语心长，但好山何许。可拭目成师有旅。江关漫理愁时句。秋去来、笻鞋健，待约明年，鹊华分雨。

垂丝钓

步梦窗韵，怀蘅倩

帐延瘦影，窈窕横月疏掩。缟袂压春，宫鬓生艳。迎笑靥。记圣湖回缆。风沙撼。远笛芳讯淡。　　旧时眉浅，昏黄愁照鸾鉴。隽怀不减。寒翦清溪滟。香暗云屏染。长对饮。耿素心点点。

雪梅香

除夕赠别蜀客，用柳屯田韵

酒初歇，琼楼百尺怅遥空。检衫痕新故，今宵岁与人同。行李关河黯金碧，相思潮日送愁红。锦程月，照梦天涯，何处春溶。　　因风。远情动，鹤是梅非，路失孤峰。几日峨眉，散发待见仙踪。杜宇休催西山夕，玉花还伫六军东。忧时意，漫问离群，残雁零鸿。

瑞鹤仙

挽半樱翁

冰壶人世换。翻玉旌，遥穹璇奎低转。清华损文苑。纵春秋稀古，有涯愁短。云泥未远。惹相思、梅边鹤畔。盼良宵，雁水蓬山，杖履梦游重面。　　须看。关河中醉，雨雪能归，旅魂凄断。西城锁恨，昙鞭处，露花乱。想凤吹，天上金衣新谱，也应烟斓月焕。心香寸炷长，傍斗牛细篆。

（以上选自《午社词》民国二十九年排印本）

陈闳慧（12首）

陈闳慧（1895—1953），字仲陶（与名并行），号剑庐。浙江永嘉人。瓯社、南社社友。曾就读于浙江高等学堂，从陈去病、张宗祥学。毕业后回到温州，创办吉士小学，兼任校长。冒广生来温州任瓯海关监督，聘其为秘书，公务之余，结社唱和，与夏承焘、李雁晴等人并称“永嘉七子”。其后，林鹍翔任瓯海道尹，倡导词学，与夏承焘、梅冷生等从学词律，组织慎社，出版刊物。著有《剑庐诗话》《仲陶诗草》《将车集》等。

风入松

雪澄以姜石帚像贻铁尊师，并题一词，梅伯、蕫门先有和作，余亦继声。

暗香疏影曲中人。词笔旧传神。红牙拍共箫声缓，韵最娇、雅称朱唇。慧业三生不昧，才名千载如新。　　遥遥旷代接音尘。斗室自成春。何须更效黄金铸，爇心香、好证前因。记取垂虹桥畔，一篷风雪吟身。

八声甘州

辛酉季春，孤屿文丞相祠祀事礼成，集慎社同人澄鲜阁禊饮。

拥孤鬟卷雪怒涛腥，遗祠屹长存。叹孤臣当日，攀髯望断，柴市尘昏。谁共西台恸哭，慷慨吊忠魂。酒绿如春水，合荐芳尊。　　不忍登高临远，慨战尘高涨，日落中原。且招寻吟侣，时事漫同论。正残春、鸟啼寺塔，促几多、花雨点苔痕。勾留处、有英风起，旗影翩翻。

高阳台

题《半樱簃填词图》

曲唱前溪，槎乘远海，风光雅称才人。一幅生绡，聊凭湘管传神。红兰黑蝶余音在，问当年、谁是前身。正檐花、飘堕瑶笺，和墨香匀。　　墙阴湿露闲苔绣，看新词琢雪，明月飞银。载酒江湖，蛮笺合纪前尘。旗亭付与珠喉啭，按秦筝、缓度娇云。更凉宵，梦似江郎，艳斗韶春。

虞美人（三首）

和彊村先生韵

绿杨风荡帘波起。寂寞笙歌地。小阑红药又抽簪。只是花前难觅、旧时心。　　关河丝鬓垂垂老。窥镜愁成恼。仙山楼阁画难真。一舸飘然待觅、五湖春。

海棠浓睡莺催起。香拂分携地。瑶枝拣取鬓边簪。只是才簪重卜、费深心。　　攀条人共垂杨老。顾影情增恼。云峦遮断梦难真。懒把蛾眉描就、远山春。

柳堤烟缕吹绵起。翠合笙歌地。旧游犹忆拾瑶簪。几度云窗疏雨、滴愁心。　　吴霜压鬓垂垂老。子夜闻歌恼。玉楼钗约已难真。何况衣香鬓影、旧时春。

虞美人（二首）

题《莼菜》《鲈鱼》《隐囊》《纱帽》画幅

湖波不动轻沤起。风日清嘉地。重重花影上华簪。忽看岫云林鸟系归心。　　青丝络马垂杨老。聒耳笙歌恼。梦中情味也如真。却被晓钟催去凤城春。

江湖兴逐秋风起。烟水鲈乡地。故园松菊待投簪。为问天涯羁旅是何心。　　风城云锁人将老。门外车声恼。楼台不抵画中真。何似疏篱茅舍占多春。

浪淘沙

和铁师咏杨梅之作

抉向紫霞天。边植何年。长安对寄擘瑶笺。碾碎红绡仍颗颗，闽荔同圆。　　风味话溪山。迢递乡关。晶盘濯影露含丹。微雨帘栊香梦觉，犀齿流酸。

三姝媚

题《风雨填词图》

漫天风又雨。却琼楼依然，玉客歌舞。笛瘦笙慵，问落花多少，乱愁如诉。西北浮云，回首望、神州何处。凤纸题残，一样伤心，庾郎词赋。　　还忆江南栖旅。听淅沥寒蒲，哑呷柔橹。一角湖天，叹凤无栖所，坏陵凄谱。断梦迷离，难记省、非烟非雾。漫倚危阑，遥空成暝，蟾华未吐。

琐窗寒

漉酒陶巾，登山谢屐，旧时情绪。浮云世事，百计不如归去。驻南亭、据鞍未行，四围暝合春将暮。听渭城唱彻，垂杨能识，此情凄苦。　　前度。开尊处。记剪烛留宾，分笺校谱。香南砚北，着意红箫分付。莽天涯、能几赏音，旧怀冷落谁与诉。彀销魂、画角声中，冷咽车前雨。

解语花

唐　花

妍逾入画，妙欲移春，春向华堂贮。翠娇红妩。冰台外、一例破苞香吐。群芳暗妒。正寒重、雪深园路。端正看、艳色天然，不数隋宫树。　　还忆灯期细雨。倚薰笼愁寂，宵漏催午。冷吟无绪。飘零感、待向个人低诉。韶华未暮。笑羯鼓、频催徒苦。何似伊、开落年年，傍玉人帘户。

（以上选自《瓯社词钞》民国十年排印本）

刘蘅（17首）

刘蘅（1895—1998），字蕙愔，号秀明（修明），福建福州人。“福州八才女”之一，先后师从陈衍、何振岱学诗词，精于绘事。著有《蕙愔阁集》。

长亭怨

酒醒见月，社集

甚吹湿、香边云髻。一枕寒光，月明如水。院静杯空，为谁前夕尽情醉。试扶残梦，人犹在、惺忪里。镜影压阑干，恨不照、罗衣双倚。　　独自。听啼鸦隔树，也被寺钟催起。凄清风露，都忘却、翠樽花底。问炖了、凤蜡轻红，剩多少、春醒情味。料此际天涯，端合凝愁无寐。

南乡子

新寒，社集

鸦背夕阳天。乍觉微寒到酒边。欲问梅花消息近，阶前。独鹤迎人耸瘦肩。　　出箧爱吴棉。认取衣香是旧年。犹有些儿离泪迹，堪怜。待试炉薰更惘然。

浣溪沙

病边秋遣

异县羁栖又一年。身孱小极苦绵绵。轻阴庭院早凉天。　　瘦骨不如篱菊影，世缘只结药炉烟。朝来多卧夕无眠。

水龙吟

遥天雁路深迷，云开只见斜阳度。栏杆似旧，花前倦倚，芳怀难语。脱粉桐枝，破襟蕉叶，自家吹雨。算秋声一片，为谁凄绝，愁著了、无消处。　　此日重拈诗句。怅残踪、黯然相遇。笺纹墨瀋，酒香镫味，背人细数。梦醒方知，世缘空幻，多生痴误。拜莲天悔晚，流光水样，送年华去。

御街行

梅溪客中寄浣桐

蜿蜒山路盘何许。青不断、连天处。羡他燕子尽南归，人被溪声留住。虚廊徙倚，夕晖红倦，不染烟中树。　　别来几日春光暮。料诗侣、仍欢聚。荒村孤我水云边，冷落芳时情趣。欲寻旧梦，蔷薇风里，翠箔愁飞絮。

浣溪沙

自写《溪桥暝色图》

野趣萧然见晚樵。闲挑暝色过溪桥。桥西风外酒帘飘。　　篱落青苔无履迹，林阴丸墨是鸦巢。夕阳红晕碧桃梢。

琐窗寒

镫魂社集

乍上光柔，初挑焰小，漾愁还未。白袷秋深，早带几分寒意。念依稀、黄昏那时，暗分倩影罗帏里。更苦吟闲炙，慵多无力，细风摇曳。　　凝睇。屏山外。似有约炉烟，共盘心字。欲旋又转，自护嫣红双蕊。待招回、憨蝶梦中，玉釭背影支倦翠。恁抛人、斜月残钟，冉冉离窗纸。

鹧鸪天

寄坚庐

漠漠轻寒一片融。梨花淡白照帘栊。残香犹解存宵火，远梦怎生误晓钟。　　吟未就，意先慵。闲书小句寄飞鸿。春光迟暮中年近，合有情怀与我同。

玉漏迟

忆梦，寄竹韵闽中

醉深偏睡浅。纱窗影悄，翠釭犹灿。好梦来时，那觉客程天远。仿佛花前偎倚，耿无语、不胜离怨。才一杵。钟声到枕，画帘遮断。　　绣被几许春寒，有解意炉香，尽情薰暖。绝好兰宵，苦被锦鸡啼短。这会琼辉对照，正千里、冰轮初满。更未转。婵娟损人愁眼。

庆春泽

读梅叟师诗集题后

寄驿南花，驱驴朔雪，撚须珠玉盈篇。归隐茅茨，希音自托琴弦。为怜弱植离披久，勉青莪、默养灵根。讨真源，尽恐穷参，犹落蹄筌。　　深恩欲说如何说，数书声镫影，宵月晨烟。廿载从游，追踪半在长安。春风长物都无倦，盼枝头、成实应难。费微叹，测海孤蠡，欲涉漫漫。

南乡子

重九节赋赠道之

往事记重阳。得遇词人意更长。为我横琴弹一曲，相望。语笑天真见肺肠。　　伏习惜驹光。艺垒程才尽擅场。明日又逢重九节，商量。肯共杯醪菊正黄。

八声甘州

记长安作客几经春，风光尽堪怜。甚归来未久，沉云雁影，冷落桃笺。望里琼瑶洞府，远讯断飞仙。干尽铜盘泪，梦也凄然。　　莫问蓬莱深浅，叹扬舲旧水，云气迷漫。写篇诗瀛岛，乱石湿蛟涎。到黄昏、萧疏烟景，念汉家、陵树夕阳边。销凝处、众芳消歇，惟有啼鹃。

浣溪沙

江夜酒思

林际轻阴是坠云。渡江小雨水微纹。无多夜色到柴门。　　俄顷衔山偏有月，何当命侣与携尊。村醪不薄可微醺。

诉衷情

春日下乡途次作

春阴沉野泛轻舆。秧小绿先腴。村庄忒好烟景，愿旱溢、莫伤渠。　　庚癸事，记曾呼。祝维鱼。橘花风里，肯许拈毫，补画豳图。

甘　州

沅秋、沅桐归里小聚，即别识感

念三年久别甫归来，那堪又伤离。想荒村孤驿，朱阑翠户，一样凄其。望里词人渐远，愁入暝天低。重觅盘桓处，旧迹依稀。　　最是黄花无赖，剩山边篱角，鸟怨蛩啼。叹轻抛秋去，甚处过佳时。这依依、为谁怅惘，总未曾、肯被等闲知。心中事、如山千叠，无限相期。

高阳台

螺江秋思，赋呈梅叟师城中

帆叶云边，渔歌暝际，闲愁涨满江干。望断瑶笺，雁声总隔芦湾。平生住惯临江宅，到秋来、只觉凄酸。倚青镫，暗消离绪，细理丛残。　　当年问道从师处，有花明讲幄，香绕蒲团。默揽真机，泠然尘虑都删。瑶华好撷灵苗静，仰崇高、也喜跻攀。试回看，月窟天根，早著心丹。

醉花阴

外子行后寄视

曙色入帘疑薄暝。目送征车迥。翠阁剩残寒，屏护镫花，犹是前宵影。　　临分言语君应省。漫倚疏慵性。今夜宿何村，落月鸡声，也合添诗境。

（以上选自《蕙愔阁词》，《寿香社词钞》民国三十一年刻本）

梅雨清（8首）

梅雨清（1895—1976），字冷生，以字行，浙江温州人。民国初年毕业于浙江法政专科学堂。1920年在温州创办《瓯海潮》周报，又与王毓英、夏承焘、陈仲陶（陈闳慧）等组织文学团体慎社。从林鹍翔学词，同时创立词学团体瓯社，先后刊出《瓯社词钞》两集。毕生主要从事图书馆与中学工作。有《劲风阁酬唱集》抄印本存世。

百字令

永嘉奇胜，更使君得似，六朝人物。一霎阑干千里目，灵境便非虚设。排壑松涛，飞泉梅雨，鹤去辽天阔。九狮醒未，炼云珍重山骨。　　因念南渡诸公，登临高咏，未信宗风歇。无恙清都山水窟，屐齿只今谁折。文节台荒，晦翁坊圮，容易音尘接。一袈裟地，老僧前事能说。

满江红

西湖白文公祠附祀樊谏议，敬赋。

鸾鹤天空，仙乐降、诗魂又醒。沧桑里、镜湖无恙，依约沤盟。长庆风流犹昨日，一龛香火伴今生。起容歌、满舞为迎神，山黛横。　　名园记，文献征。宗祠祀，霜露零。聚人间宾主，天上精灵。邻近水仙清气味，泉分六一冽芳馨。愿长留、高席位名公，千载情。

鹧鸪天

茶山桃花

十里晴霞人望齐。茶山争似武陵溪。含情应被春风笑，开落无人空鸟啼。　　怜旖旎，惜芳菲。重来心绪各凄迷。夕阳红在桃花外，一晌勾留不肯西。

琐窗寒

雪澄以姜石帚像贻铁尊师，并题一词，梅伯、薑门先有和作，余亦继声。

画舸荷疏，长亭柳匝，绮怀如水。黄昏细雨，几忍曲阑干倚。唱新词、曼声更娇，耐寒领略江湖味。枉绪风犹昔，飞红零乱，马塍花事。　　沉醉。今何世。问唤醒诗魂，瓣香爇儿。一亭富览，记省潮回山紫。换沧桑、布衣自春，洞天旧月曾似此。又移家、梦绕东山，共识登临地。

八声甘州

送斜阳无语背东流，风吹酒人醒。念飘萧天水，黄龙云跸，白雁江程。灰劫千年未冷，香火一龛青。飒飒英姿杳，烟语涛声。　　天上云车来也，乞残鹃唤起，柴市精灵。恨乘潮人去，碑碣奈中兴。是孤臣、行吟愁地，换一尊、风色让沤盟。沧桑感、又清流尽，何处新亭。

高阳台

沧海寻桑，神山问药，十年去国心期。西北神州，望中一发凄迷。天涯多少春城泪，怅觚稜、回首都非。付闲情，画里勾留，梦里徘徊。　　旗亭井水都无恙，费成尘麝墨，界限乌丝。开落樱花，新歌合付梅儿。海天大有扬尘感，莽秋心、凉入筝琵。送颓波，无语凭阑，照影深杯。

虞美人

和彊村先生韵

江南陌上车尘起。乱碧凄迷地。垂杨如缕草如簪。目极天涯澹尽夕阳心。　　东风暗换流年老。丝鬓添愁恼。也知哀乐意难真。约略花枝犹照酒杯春。

百字令

和灵峰摩崖

孤峰天半，是何人题句，数行劖壁。幸有兰成堪共语，仿佛韩陵之石。甲子何年，山灵不老，重向榛丛辟。登临难问，黯然天水沉碧。　　不信百字留传，仙岩遥峙，同著东山屐。江上飞云邻咫赤，时去时来连峄。飞云江介章安、横阳之间。猿鹤招邀，龙蛇珍护，多少沧桑迹。吟边风色，万松声振长笛。

（以上选自《瓯社词钞》民国十年排印本）

潘公展（14首）

潘公展（1895—1975），原名有猷，字幹卿，号公展，以号行，浙江吴兴（今湖州）人。早年师从庞檗子，入南社。1920年主编《商报》，1926年任《申报》编辑。1927年7月任上海工商局（后改为社会局）局长，1932年辞职，创办《晨报》《新夜报》等刊物，继任上海教育局局长等。抗战爆发后，任国民党中宣部副部长、正中书局董事长等。1949年后先后迁居香港、美国。能词。《潘公展先生诗词选集》所收其抗战时期的词作充斥着强烈的国仇家恨，老健凝重。

浣溪沙

十二夜半，车抵猴子石渡口阻风，翌晨始达长沙。

劫后潇湘梦里行。巨涛海浪撼江城。岳阳楼畔敌纵横。　　万叠愁怀抽不断，两行清泪咽无声。坐听风雨到天明。

踏莎行

十二月十二日赴长沙，写示刘行骥。

岭半飞云，溪前渡马。疏林乱石如图画。苍茫暝色使人愁，酒阑偏记前宵话。　　玉缄催成，柔荑轻把。浓情蜜意簪花写。为侬佳语报刘郎，愿随青鸟天台下。

忆王孙

二月五日由蓉飞渝

凌风安稳别蓉城。挥手犹闻珍重声。锦绣江山照眼明。不须惊。片片柔云随梦行。

踏莎行

秋水阁有感

四野浮云，一池纤雨。烟林寂寂寒鸦暮。中原鼙鼓又经年，国仇家恨从头数。　　试马郊原，栽花院宇。纵能排遣依然苦。凭栏相对欲无言，江湾何处垂杨舞。

诉衷情

二月十一日重庆

蜀云湘树各天涯。犹待柳花飞。吟边何处莺燕语，明月落寒溪。　　心底事，梦中辞。渺难期。别离滋味，惆怅情怀，付与新词。

千秋岁

戊寅阴夕二月十八日

小窗独处。寂寞凭谁诉。初怅望，将何伫。愿同松柏寿，相向烟云去。春禽啭，落红飞絮花如雨。　　如此江山暮。难挽年华住。梅圃畔，桐轩路。游园惊雁影，待宴联珠句。人散后，幽兰若为灯前语。

丁香结

将赴黄山探梅，寄去年同游者胡定安，一月廿七日。

晓雾蒸晴，晚霞流绮，正是酿花时候。念满园如绣。何日又、容我暗香盈袖。等闲误好景，清游梦、幸还依旧。去年倩影照眼，胜赏谁甘孤负。　　回首。忆独上西山，春意枝头酣透。遗爱祠前，潜龙井后，低徊左右。寸寸柔肠百结，许诉愁怀否。闻梅花解语，招友同来消受。

雪梅香

咏雪中梅花，廿九年一月七日重庆。

月千里，危楼外，不夜江山。向孤舟独钓，何时高士登坛。缟袂相逢留玉影，霓裳欲舞薄朱颜。一行鸿断楚天高，无限寒烟。　　众芳多摇落，只合瑶台，迴绝尘寰。云散风流，几疑飞絮重还。梦笔生花岂吾分，试妆点翠为谁看。琼林宴，几生修到，愁绝鬓潘。

千秋岁

乙卯除夕二月七日

今年除夜。团叙芳尊把。冰雪地，烽烟野。飘零游子梦，生命健儿舍。仇未报，管弦丝竹何为者。　　真觉年光乍。何有欢娱暇。群策力，支华夏。人生当若此，祖国原无价。祈胜利，扫除狐鼠新城社。

望梅花

二月四日探梅黄山

欲知春信访梅花。到此日、重来低问，一别经年无恙耶。吹笛入谁家。绿瘦红肥态各佳。幽赏慰天涯。

明月逐人来

元宵感怀，是日公达夫妇设宴，二月廿二日。

楼高悄倚。灯昏未试。何尝见、今宵花市。月华似水，遍照愁人泪。无限江山如此。　　仿佛他乡故里，笑声盈耳。更阑未、酒拼半醉。江南飞梦，正好踏青时。柳媚风柔天气。

献衷心

庚辰元旦，忆梅试笔，二月八日

数赏心乐事，逢美景良辰。游绮陌，草如茵。折一枝婀娜，惜满地缤纷。生花笔，眉未画，写清芬。　　小园花径，飞寺云门。几多诗料，何处香尘。纵灵峰梅补，只有销魂。山城外，霜雪里，度黄昏。

庆春泽

庚辰除日，汪山寻梅，用朱竹垞韵。

花气袭人，山灵约我，相逢三度思深。暗换流年，柔丝难系光阴。重来雪后诗盟在，况期听花外青禽。更谁禁。泪透霞绡，梦觉文衾。　　依稀疏影孤山路，奈亭荒鹤杳，春寄星沉。来岁今朝，游踪可到江浔。换巢莫负丁宁语，倩东君、飞递芳心。惜归吟。月明林下，惟有幽寻。

换巢鸾凤

读端木露西《秋行》篇寄示安平，时安平、露西方同游南泉。

愁笼梅庄。正秋禽唤梦，晓日窥妆。不言思往事，凝视恋流光。回头偷觑理行装。料他也够销魂断肠。分飞恨，这滋味、者番初享。　　相望。都怅惘。蜜语低声，愿郎勿相忘。紧握柔荑，饱含珠泪，挥手车行苍莽。烟霭霏微没风尘，换巢鸾凤成孤往。春归来，喜重逢、画眉新样。

（以上选自《潘公展先生诗词选集》，《近代中国史料丛刊二辑》影印稿抄本）

王弼卿（8首）

王弼卿（1895—1968），学名翼云，字才振，福建龙岩人。自幼聪颖，曾执教于永定中学。民国时期，历任岩永公路局局长、厦门大成建筑工程公司工程师、京赣铁路局宁芜段工程师和工务段长等职。1949年前夕移居香港，先后执教于珠海、香江两书院高等土木工程专科。

满庭芳

祝友人寿

竹叶浮卮，桂华飘席，一席凉月如烟。他乡今夜，且共醉芳筵。回首十年书剑，人间事、不尽悲欢。休惆怅，关山寸寸，何处是吴天。　　客中行乐处，朋簪胜会，文字因缘。正云萍影合，兰芍情坚。多少浓愁嫩想，分明在笔底行间。秋风里，怜侬羡汝，一样是中年。

踏莎行

怀　友

门掩黄昏，庭花弄影，怀人一夜春光暖。梦云飞不到吟边，轻烟淡淡溪山远。　　磊落襟怀，风尘倦眼。天涯结得随缘伴。一尊说尽古今愁，别来更恨相逢晚。

（以上选自《粤汉半月刊》1946 年第 10 期）

陌上花

赠　别

云萍两载，算来只是，一番分聚。斜日鞭丝，不尽别离情绪。萋萋芳草连天远，目断玉门春树。任东风、搅碎柔丝，马蹄难驻。　　记挥毫落纸，龙蛇乱目，异代钟王重睹。一幅屏山，珍重旧曾题句。才人去去江湖阔，莫谩伤心羁旅。待重来、料理棋枰茶灶，夜窗听雨。

（选自《粤汉半月刊》1946 年第 11 期）

喜迁莺

除　夕

春宽杯浅。骤雪尽南楼，余寒难遣。画阁围炉，西窗添烛，不放岁华流转。嫩想浓怀依旧，惊绿怜红相半。悄无那，正沉沉玉漏，暗催银箭。　　人倦。还自嗟，魂怯独吟，不尽江南怨。金缕词工，彩桃句好，翻觉意迷心远。新恨惯先芳草，羁梦犹萦归雁。更谁念，渐空王镜里，鬓丝如染。

（选自《粤汉半月刊》1947 年第 2 期）

百字令

暮春感赋

一般春暮，恨年年别是、一般情味。少日豪华狂似我，胜事悠悠堪记。马上花间，燕帘莺户，岁月闲中醉。东风依旧，鬓丝无奈憔悴。　　自分琴剑飘零，天涯此夜，且一枝聊寄。心事而今偏又在，倦笛残箫声里。红雨迷空，绿云遮梦，恼乱孤吟意。累累青子，悬枝犹带酸泪。

（选自《粤汉半月刊》1947 年第 10 期）

踏莎行

雁字粘云，江波荡月。故园望极愁千折。漫簪黄菊倚西风，一声横笛天涯阔。　　芳草无情，王孙有梦。等闲又近重阳节。不堪时序换匆匆，梧桐秋老飞残叶。

（选自《粤汉半月刊》1947 年第 21 期）

喜迁莺

除　夕

春生遥渚。正梅浪翻空，暗香如注。魂怯清吟，愁先芳草，几许天涯情绪。回首邯郸梦破，寂寞溪山谁主。身万里，叹物华冉冉，故园何处。　　楼外天欲曙。极目苍茫，俯仰悲今古。残雪楼台，饧箫巷陌，共入春风词赋。世事不离霜鬓，旧恨惯留眉妩。休回顾。怕朱颜易老，多愁多苦。

（选自《粤汉半月刊》1948 年第 6 期）

浣溪沙

秋　思

寂寞虚堂卧画屏。西风着意做秋声。断魂无据梦无凭。　　一穗佛镫消俗念，几番夜雨忆平生。忘情怎奈又多情。

（选自《粤汉半月刊》1948 年第 18 期）

冼玉清（1首）

冼玉清（1895—1965），别署碧琅玕馆主、西樵女士等，广东南海人。岭南大学毕业后，任教于岭南大学、中山大学，1949年后任广东省文史研究馆副馆长。工书画，擅诗词。有《流离百咏》《更生记》《琅玕馆诗钞》《广东女子艺文考》等。

高阳台

民国二十七年十一月二十一日广州沦陷，岭南大学迁校香港。余亦随来讲学。栖皇羁旅，自冬涉春。如画青山，啼红鹃血。忍泪构此，用写瘟忧。宁作寻常丹粉看耶。廿八年三月西樵冼玉清并识。

锦水魂飞，巴山泪冷，断肠愁绕珍丛。海角逢春，鹧鸪啼碎羁踪。故园花事凭谁主，怕尘香、都逐东风。望中原，一发依稀，烟雨冥濛。　　万方多难登临苦，揽沧江危涕，洒向长空。阅尽芳菲，幽情难诉归鸿。青山忍道非吾土，也凄然、一片啼红。更销凝，度劫文章，徒悔雕虫。

（选自《南风》康乐复版 1946 年第 1 期）

郑逸梅（2首）

郑逸梅（1895—1992），笔名郑际云、疏影、冷香等，江苏吴江（今苏州）人。散文家，剧作家，南社社友。先后为《时报》《申报》《新闻报》等撰稿，主办过《消闲月刊》《联益之友》等刊物，此后又主办《金刚钻报》。历任上海影戏公司编辑、上海音乐专修馆教授、新中国法商学院教授等职。勤奋多产，一生出版单行本三十余种，撰写了一百七十余篇人物传记，编辑了《罗星集》《心冢》《沧浪》等文史丛书，为中国文史掌故收集作出重要贡献。著有《南社丛谈》《郑逸梅文稿》等。

菩萨蛮

集韩冬郎句

愁肠殢酒人千里。中庭自摘青梅子。粉泪玉阑珊。幽窗自鲜欢。　　欢颜惟有梦。抬镜应嫌重。绣被拥娇寒。那知本未眠。

浣溪沙

集薛太拙句

床上氍蒲宿未收。七条丝动雨修修。未闻诗句解风流。　　记得玉人初病起，暖梳簪朵事登楼。见吹杨柳便遮羞。

（以上选自《同南》第十集，民国十年排印本）

郑之骏（12首）

郑之骏（1895—?），一说生于清末，卒于20世纪60年代，字北野，江苏常熟人。曾当选江苏省议员。民国初创立铁花吟社。为同南社成员、苔岑吟社员。有词作收入《纫秋轩词钞》（《苔岑丛书》本）及同南社社集《同南》。

九九消夏词

长日如年，村居多暇，杜门谢客，择词名与夏景相合者，略就其本意谱之，凡九阕，名曰《九九消夏词》。

新荷叶

风柳梳烟，依依翠渚凉生。众绿香飘，有人还约听莺。黄梅才过，尚分秧、未了歌声。评量暑景，料无绣线堪增。　气候分明。兰汤试浴初经。阴长阳消，诘朝第一逢庚。人间昼永，破无聊、好赌棋枰。篆烟消尽，夕阳缓下花汀。

芭蕉雨

漠漠湖田润溢。轻雷还送雨、分龙节。黄犊柳边闲适。更喜豆架添浓，蕉阴放尺。　小鱼花底漾碧。疑出听村笛。凭若个泼来、襄阳墨。倚水阁、发长吟，还有蚓笛声声，凫飞拍拍。

华清引

筠廊曲处置匡床。接近银塘。晚蝉高树清唱，孤吟引更长。　井华玉盏点旗枪。顿教心腑清凉。倚栏风叶动，闲看浴鸳鸯。

珠帘卷

雷乍歇，雨初收。飞萤乱点帘钩。轻把齐纨来扑，因风看飘流。　何处一声长笛，玉龙早自悲秋。如此路长天远，云漾碧，月萦愁。

风入松

凉飙穿树动风澜。长昼白云闲。银刀解破甘瓜碧，罢吟时、聊把霞餐。留得东陵佳味，故侯浮当云观。　　清凉仙境得来难。流火逐双丸。凭他梧叶参消息，怕林隈、炎未消残。听到蝉琴一曲，待邀明月婵娟。

惜红衣

鸥梦迷香，蕉阴浸碧。雨余看弈。懒斗诗牌，金乌半天赤。香筒赌酒，何处觅、冰心佳客。难得。蘋外风微，递秋江消息。
新莲乍擘。来戏鸳鸯，浓妆褪颜色。呼鬟打桨向晚，鼓蛙急。叶叶井梧相语，宛听小亭残笛。莫黯然遗佩，还倩绛霞重织。

鹊桥仙

罗云淡薄，银河迢递，玉露凉风吹早。今宵好梦慰离愁，怕铜箭、声声催晓。　　秋屏夜永，银光摇烛，情泪知抛多少。从来有别有相逢，便潮去、休添懊恼。

凤栖梧

昼色暝暝天似暮。梧叶萧萧，还逗芭蕉雨。依旧残蝉鸣古渡。西风摇飏烟和雾。　　除是寒虫谁与语。月落星沉，耐否闲吟苦。一片香花无供处。秋坟浅草饶风露。

虞美人

疏帘半卷凉风紧。楼外流萤定。两三点雨可怜秋。为问无眠思妇甚缘由。　　瑶阶蟋蟀啼烟雾。似把闲愁赋。墙根篱落易销魂。况是萧萧残叶战孤村。

（以上选自《纫秋轩词钞》，《苔岑丛书》民国十年排印本）

凤栖梧

题《啄梧老凤图》

满目荆榛飞那去。丹彩成时，莫睹朝阳露。便欲乘风云外翥。云深更隔高冈路。　　竹实无多饥曷补。不入箫楼，肯向鸡栖哺。庭院清虚堪息羽。空林有鹤时相与。

喝火令

巩瓯邮示记艳诗词曲，即题其上

相见休嫌晚，通词寓意深。彩笺锦墨写芳心。惆怅绿波人远，风里听清吟。　　蝶去春难觅，香销梦欲沉。料无情绪托秋琴。莫放愁添，莫放酒停斟。莫放飘零花絮，红瘦绿成阴。

菩萨蛮

六如居士画《罗浮春泛图》，为忍庵题

空山久断梅花曲。水云掩映人如玉。波暖白鸥天。垂杨系画船。　　眉峰青未断。鸟语花香乱。好梦续罗浮。孤舟載旧愁。

（以上选自《同南》第十集，民国十年排印本）

曾仲鸣（3首）

曾仲鸣（1896—1939），福建闽县（今福州）人。1912 年留学法国，获文学博士学位回国后，任汪精卫秘书、铁道部次长兼交通部次长等职。有《颉颃楼诗词稿》。

百字令

旧历七月十四日夜，与君璧泛舟丽芒湖上，四远无人，万籁沉寂。忽有奏中国乐者，音响凄咽，来自柳岸深处。停舟静听，不觉怆然，归而赋此。

满湖月色，渐风清露冷，一舟孤独。双桨打波山影碎，片片浮沉如玉。搅断鸥眠，惊残鱼梦，上下争飞逐。船停浪静，依然万顷凝绿。　　正念漂泊经年，垂杨阴里，忽起江南曲。渺渺家山何处是，各自无言极目。烟飐芦边，雪明峰际，云把遥天束。夜阑归去，潮声寒咽空谷。

浣溪沙

与君璧同归国，行至新加坡，君璧上岸，余以原船返港。独立栏边，遥望有感。

一发青山夕照斜。海风吹浪幻奇花。船楼独倚恋残霞。　　离别情怀惟有梦，飘零身世久无家。此时又已在天涯。

百字令

由日本门司附长城丸往天津，舟进渤海，望见朝鲜。入夜太白星悬天末，寒光一线，明灭波间，感而赋此。

扁舟千里，向海涯遥认，伤心之地。云雾浮沉萦乱岛，岛岛都生飞意。渺渺荒山，迢迢烟浪，尽在斜阳里。当年回首，依然风景如此。　　愁见历乱帆樯，晚风吹过，便又临天际。只剩残霞三两片，渲染晴空如醉。千古兴亡，半生漂泊，估计同憔悴。夜阑还对，孤星光映寒水。

（以上选自《词学季刊》第2卷第1期）

程龙骧（7首）

程龙骧（1896—?），字木安，江苏吴县（今苏州）人。如社社员，吴梅弟子。著有《明制举考》等。

倾　杯

铁笛吹寒，翠尊延景，西园镇日幽寂。万里梦觉，两夕泪落，独庾郎头白。春禽不解春愁味，也隔林声涩。凭高望远，应剩有、一抹遥山凝碧。　　暗惜。红桑阅尽，后庭花雨，零乱芳菲迹。指醉墨题襟，荒唐欢事老，琼楼霜急。槛曲藏鸳，梁空巢燕，脉脉情何极。漫禁得。招月下、子规将息。

换巢鸾凤

花落春城。向旗亭黄酒，上苑闻莺。琐窗灯未灺，细约梦难成。吴绡封泪寄离情。会应待月，楼头悄凭。人千里，共两地、燕昏鸦暝。　　宵永。星耿耿。憔悴庾郎，独自伤春病。倦翮慵飞，鬓华惊老，空负沧江渔艇。分付南鸿莫先还，旧时鸥鹭教重省。愁懵腾，甚哀笳、却唤愁醒。

绮寮怨

雨打梨花深院，小楼人未醒。障绮陌、絮舞尘狂，东风里、糁遍邮亭。年时河桥送别，伤春泪、点滴痕又青。漫怪他、败壁慵题，长安远、去国愁暗盈。　　怅望故乡片程。吴陵旧事，何曾醉傍仙琼。诉说凄清。问遥夜、有谁听。沧波瘦鸥盟在，只逝水、总无情。烟芜旧城。鹃声万里梦、伤露零。

惜红衣

柳咽新蝉，花迎坏蝶。茜窗残日。梦醒回波，银筝按犹涩。湘帘簸影，风淡淡、炉烟横碧。幽寂。苔砌藓阶，拂琅玕千尺。池塘草色。春去天涯，归期渺难必。罗衣再试泪积。旧痕湿。冷落暖香浓翠，客里冶怀非昔。算素鸾心事，除却玉梅知得。

高阳台

衰柳栖鸦，小门护犬，西风巷陌凄凉。傍水朱楼，当时翠幄藏香。总总三百年来事，笑南朝、钩党荒唐。最无端，几复名流，添个红妆。　　文人合是招魔蝎，但蛾眉知己，吟醉疏狂。古意闲情，支筇踏碎斜阳。桃花数点相思血，甚齐纨、偏系兴亡。到而今，葵麦高低，不见雕梁。

倚风娇近

春夜不寐，赋此志慨

啼鴂东风，夜阑歌缓金缕。漫天空有、杨花舞。哀曲动江城，小玉倚筼屏，脉脉婷婷，澹素恁般娇妩。　　因甚相思，西北高楼何处。南陌春归无据。半锁轻阴半深雾。沧桑谱。故园一去夕惊风露。

诉衷情

无语。停舞。良夜午。晓星微。春到枕。舒锦。掩孤帷。柳陌燕莺飞。何依。南来芳信稀。咒郎归。

（以上选自《如社词钞》民国二十五年排印本）

刘鹏年（6首）

刘鹏年（1896—1963），字雪耘，湖南醴陵人。1914 年时加入南社，1924 年加入南社湘集，一直在社中负责具体工作。社长傅熊湘辞世后，接任社长，主持《南社湘集》后八集的编辑发行工作。抗战期间转徙西南各地，抗战后供职于南京。1948 年回湘，晚年寓居于北京，后因肺炎辞世。著有《傅钝安先生年谱》《清凉吟稿》。

浣溪沙（六首）

便得重逢路恐迷。无情有恨独怜伊。天涯回首一沾衣。　谁遣惊鸿空照影，似闻飞絮已成泥。夕阳红到粉墙西。

信有三生未了缘。自将红泪报缠绵。指尖弹冷七条弦。　别酒乍醒杨柳岸，春魂犹殢海棠烟。一般憔悴可人怜。

一寸相思一寸灰。珍珠帘卷燕双飞。春风闲煞好楼台。　减到腰围还病酒，最难红粉解怜才。玉珰缄札几时来。

小小朱楼曲曲桥。横塘烟雨夜潇潇。倩魂端向此时销。　一水红添鲛泪涨，万山青送马蹄骄。闷寻鹦鹉话无聊。

偶落吟鞭偶驻车。红榴西畔是儿家。零欢断梦一些些。　任说君恩深到骨，争知依影瘦于花。频年芳草满天涯。

到此真销未死魂。天寒翠袖倚黄昏。凄迷影事那堪论。　一自玉骑嘶别路，枉教明月射啼痕。重重香雾锁朱门。

（以上选自《南社词选》，《南社丛选》民国二十五年国学社排印本）

罗庄（28首）

罗庄（1896—1941），字瘖生，一作婺琛，后字孟康，浙江上虞人。近代学者罗振常之女，罗振玉之侄女，版本目录学家周子美之继妻。雅好诗文，尤擅作词，先后得到王国维、况周颐、朱祖谋、郑孝胥等人赞誉。著有《初日楼稿》《初日楼续稿》《初日楼遗稿》等。

《初日楼正续稿》两卷，民国刻本，贞松老人（罗振玉）署题，有"罗振玉印"钤印，阴文。第一卷《初日楼稿》，初刻于辛酉年（1921），有其父罗振常辛酉秋所作的序及作者自己跋语。《初日楼续稿》刻于丁卯年（1927），有其母张承范序和作者自跋。罗庄诗词俱擅，而"于词尤好，所作亦工于诗，出语多惊耆宿"。（张承范《初日楼续稿序》）王国维见其所作，曾赞叹"闺秀安得如许笔力"，况周颐谓其"立意新颖，语多未经人道"。（见张承范《初日楼续稿序》）

满庭芳

避地至日本西京，山川信美而不能减故国之思。寻幽既倦，感成此阕。

云影铺罗，霞光散绮，缤纷彩彻遥天。登临四望，风物烂无边。玉宇琼楼处处，迷金碧、掩映山川。残照里，几行疏柳，挂住一轮圆。　　鲸波千万顷，更无人渡，疑有飞仙。是尘寰绝境，世外桃源。漫说终非吾土，消愁抱、且自流连。北窗下，清风召我，乘醉又高眠。

蝶恋花

万象澄清天宇廓。断续寒蝉，柳外声依约。瑟瑟西风吹绣幕。凭栏人怯罗衣薄。　　绕砌秋棠纤梗弱。独抱幽心，无语垂红萼。雁阵惊寒梧叶落。斜阳庭院秋萧索。

采桑子

甲子春，君鱼弟病甚，侍两亲日夜守之，旬余不寐。事后追忆当时，惨然有述。

轻寒恻恻生遥夜，短烛将融。浑不禁风。蜡泻金荷砌冷红。　　药炉袅尽参苓气，望断天空。那得曚眬。醒眼犹疑是梦中。

临江仙

晚检鱼弟遗稿，凄咽就睡。中夜梦醒，倚枕成吟。

理罢从残肠欲断，玉钩忘下帘旌。梦回小阁月笼明。春期犹未半，斗帐已寒轻。　　此后风光须换眼，那知人事凋零。池塘春草纵青青。当时吟断句，今日但吞声。

渔家傲

晓日朦胧光乍吐。山川溟漠开烟雾。昨夜轻雷催急雨。芳草渡。盈盈绿水生南浦。　　四面莺啼云外树。风铃摇曳花深处。绕遍回廊行更住。忙觅句。流连只恐韶光暮。

点绛唇

残暑初消，梧桐叶落惊秋早。气澄地表。万壑烟云扫。　　场圃当门，燕雀争遗稻。闲凭眺。半山残照，陌上行人少。

风入松

甲寅之春，由日本再返沪江。风景不殊，举目有江山之异，怃然赋此，用寄遐思。

风光还染旧山川。春色今年。上林莺燕应无恙，忍重过、玉砌雕栏。织柳未央宫外，衔泥太液池边。　　五陵佳气有无间。麦秀歌残。层楼高出浮云上，怎依然、不见长安。惟有一双白鸟，背人飞起晴滩。

唐多令

小院冷秋光。斜阳黯湛黄。渐西风、天外吹凉。飒飒萧萧声不定，摧败叶、响虚廊。　　贪拨水沉香。吟成句易忘。待晚来、点上银釭。坐到深宵须莫睡，挥淡墨，草斜行。

清平乐

啼莺破晓。似诉春光老。唤得人醒飞去了。且自起来吟眺。
一庭花雨缤纷。和泥碾作香尘。任是落残秀色，依然留得芳魂。

金缕曲

君楚从弟归自东瀛，病起摄影，为题此阕。

我与君同气。成句。忆儿时、受书一室，咿唔相继。未久分驰南北辙，十载暌违两地。忽尘海、沧桑变易。乱后天涯重聚首，已彬彬、各习成人礼。欣共话，幼年事。　　高才绝学谁能似。更淹通、译鞮象寄，旁行文字。病起丰神看略减，始信清如秋水。愿此后、益增福祉。异日壮游探远域，遂乘风、破浪宗生志。凭一语，祝吾弟。

满庭芳

季妹养疴淮上，尝登南城晚眺，归为述其景物寥落之状，恨未能诗以写之，因代填此阕。

四宇荆榛，十年荏苒，故园重到堪惊。渐荒三径，略认旧门庭。却访茅檐故老，歌薤露、尽已凋零。登高望，晴风吹野，乱草没郊坰。　　愁生。当此际，伤今怀古，幽愤难平。叹兴亡如梦，蛮触犹争。恨少凌云才思，追全盛、感赋芜城。沉吟处，夕阳西下，晚寺动钟声。

齐天乐

海藏楼东南偏，新筑盟鸥榭成，因瞻胜概，率倚新声。

谁移灵鹫双峰翠。当门巀然而峙。曲径通幽，环池湛碧，云影天光无际。轩窗洞启。有柳覆轻阴，松生凉思。坐对层楼，倚空睥睨傲余势。　　逃秦今日何地。蓬瀛疑在望，风景犹记。世外桃源，山中甲子，兹意闲鸥同会。年年岁岁。看满月凝辉，好花笼蕊。容我频来，置身图画里。

点绛唇

理书簏见君楚弟书札，墨迹犹新，墓草已宿。抚今追昔，黯然书此。

光霁销沉，空伤手迹留笺素。暮云春树。不尽殷勤语。　　念子平生，忍说聪明误。埋忧处。白杨黄土。幽怨凭谁诉。

临江仙

是晚座客皆醉，惟王季淑姊洒然独醒，但亦渴甚，终夜梦索橙橘，作此调之。

衣上征尘犹未浣，能禁痛饮忘形。归来三日困余酲。恹恹惟伏枕，瘦骨苦崚嶒。　　独擅豪情倾四座，服君雅量天成。闺中名士尽堪称。醉乡留韵事，梦里索吴橙。

金缕曲

鱼弟忌日

风雨摧荆树。叹浮生、水流花落，三迁岁序。空向天涯挥涕泪，杯酒难浇抔土。问今日、神游何处。江上战云迷斥堠，正千家、野哭声凄楚。应跨鹤，下凝伫。　　萧斋草草陈樽俎。怕高堂、愁添白发，伤怀触绪。昨梦魂归曾语我，休为悲歌薤露。已寸草、春晖莫补。愿祝庭闱怜弱弟，乐桑榆、看取斑衣舞。修短数，本天赋。

（以上选自《初日楼正续稿》民国十六年排印本）

金缕曲

得君楚弟书，知其病重，寄此宽之。

投我书盈幅。怎依然、幽忧憔悴，为君枨触。早自清才天赋与，因甚却悭浓福。转逊彼、纷纷庸碌。别有伤心怀抱在，那更堪、二竖相追逐。天遇子，一何酷。　　年来况谢杯中绿。尽牢骚、全无可解，只余歌哭。世事悠悠原似梦，何苦低回往复。但一志、寄情卷轴。品重珪璋休自弃，愿屏除、念虑调寒燠。慎莫负。女媭祝。

减　兰

庚申中秋步月

夜阑人静。一片寥寥清冷境。树色凄迷。远映红楼灯火微。　　病余强步。缓踏清光行更住。翠袖寒欺。不敢临风理鬓丝。

浪淘沙

养疴津门，形神渐复，写照寄两大人

病起意萧然。画里神传。眉痕虽重眉淡画工为加墨。颊痕圆。博得庭闱看一笑，三日加餐。　　豪兴比当年。强半阑珊。杞人从此漫忧天。草草浮生原似梦，好学痴顽。

卜算子

万象有余清，月落人声悄。屋角银河耿耿明，墙外秋虫闹。　　小阁一灯青，走笔临章草。为爱良宵不忍眠，添出新词料。

吴山深

花满前。月满前。云散凉空秋色鲜。幽阶虫语圆。　　风压肩。露压肩。立转花阴夜渐阑。心随万汇闲。

踏莎行

素未识牡丹，今始见之，惜已半残

数朵丛开，一枝斜倚。妆余半面犹含媚。花应见客讶生疏，客来却怪花憔悴。　　国色天香，姚黄魏紫。昔时风韵今余几。劝君莫漫为花嗟，朱颜镜里原如此。

减　兰

大人将莅浔溪，夫子命小舟偕诣河桥恭迓

轻舠摇漾。柔橹声中明月上。烟水迷离。夹岸人家半掩扉。　　迎来一棹。炬火通明光四照。瞻拜牵衣。喜极翻教泪欲垂。

浣溪沙

枕上闲翻片玉词。依然风味旧家时。春光晼晚入书帷。　　炉烬温余前夜火，瓶梅红胜去年枝。未须惆怅对芳菲。

采桑子（二首）

戊辰春暮，侍两大人赴杭游湖上。是役尽室偕行，留连数日，殊惬素心。因仿欧阳公“西湖好”词成短调十阕，地虽不同，景则无殊，故首句皆用原词。醉翁兼咏四时，兹亦仿之，效颦之讥，其曷敢避。

清明上巳西湖好，想见游人。绮陌嬉春。拾翠拈红闹十分。　　我来花信风都过，弦管无闻。目断香尘。不听苏堤响画轮。

画船载酒西湖好，却笑无能。薄醉难胜。玉碗盛来不敢倾。　　披襟赢得船头坐，指点遥青。认出南屏。醒眼看山分外明。

清平乐

游半淞园

斜阳古道。冉冉迷衰草。金谷园荒秋色老。何物能开襟抱。　　危亭矗立高寒。轩眉四望无边。赢得满衣清泪，始知悲满人间。

沁园春

题夫子小照

哀乐中年，意气全消，鬓毛渐疏。但勤攻铅椠，丹黄雠校，纵探林壑，山水清娱。少不如人，老当益壮，自喜生涯号蠹鱼。耽禅悦，怪养生有素，依旧清臞。　　漫嗟典尽琴书。料涸鲋、枯鳞有日舒。况园荒三径，未输彭泽，家徒四壁，犹胜相如。履尽冰霜，应瞻天日，好献凌云赋子虚。君知否，怕酸咸嗜好，与俗终殊。

南柯子

避去人间热，来追天外凉。不知行到最高冈。但觉回头来路、渐茫茫。　　小树如人立，惊禽避客忙。远山灯火正荧煌。扫地清风吹动、薄衣裳。

（以上选自《初日楼遗稿》民国三十一年石印本）

庞俊（2首）

庞俊（1895—1964），字少洲、石帚，四川成都人。历任国立成都师范大学、国立四川大学、华西大学等校教授。工诗词，著有《养晴室遗集》，收其词起于庚午（1930），止于己丑（1949）。

扫花游

清明用清真韵，和少滨。

好春过却，又谢了酴醾，绮怀酸楚。鬓丝换缕。照池塘涨绿，粉棉歇舞。酒醒天涯，倦枕高楼卧雨。唤人去。听格磔怨禽，声在何处。　　词赋空自许。对画扇青山，梦中归路。翠芹荐俎。倩烧春劝客，暂宽襟素。“自到成都烧酒熟，不思身更入长安”，雍陶之诗云尔。送日琴书，玉貌危城未苦。小留伫。看西征、竞催金鼓。

齐天乐

赠朱少滨，次仲仑韵。

酒人燕市相逢处，秋清俊游酣畅。蜡屐乘春，征衣浣雨，来认桤林弥望。鹃声度响。过卓女垆前，累君惆怅。草草莺花，梦粱莫作旧京想。　　空舲怨谣费泪，送猿啼两岸，峭帆西上。蜀纸裁书，巴弦按拍，为报行人无恙。凭栏意广。傍鼓角严城，夜占天象。月没参横，少微星最朗。

（以上选自《国立四川大学季刊》1935 年第 1 期）

彭醇士（3首）

彭醇士（1896—1976），谱名康祺，易名粹中，字醇士，以字行，号蕴思，江西高安人。沤社社员。早年就读于北平中国大学商科，后掌北平正志中学教席。历任哈尔滨畜牧局秘书、局长等职。后弃官返赣，任南昌通俗教育图书馆馆长，兼省立第二中学国学教师、心远大学教授、江西督军公署参议。后任广东省政府秘书，上海市淞沪警备司令部秘书、办公厅主任，江西省政府参事，国民政府军事委员会南昌行营秘书、党政委员会委员等职。1949 年去台湾后任“立法委员”，兼大专院校教授及中文系主任。擅诗、书、画。有《南浮集》《照影集》等诗词集。

三姝媚

调颐水同病树作

银屏围绣绮。正垂莲镫圆，喷猊香细。杏雨添寒，衬玉纤葱蒨，绛囊温腻。镜写春山，赢记得、亲描眉翠。别后云英，愁把金尊，暗浇红泪。　　杨柳雕鞍重重系。念旧曲桃根，有人曾似。梦袅陈宫，听绕梁琼树，弄嗅莺脆。象管鸾笺，空怅望、仙舟双美。待与清词低唱，筝丝自理。

汉宫春

乱红舞院，新绿低檐，感事伤春，怅然有作。

烟袅晴空，渐繁英拂榭，飞絮黏帘。东风绿杨巷陌，闲系游骖。天涯倦旅，又箫声、吹梦江南。尊酒畔、香唇秀靥，芳愁暗绾眉尖。　　阮客穷途掩泪，尽红裙索醉，消尽玄谈。凄凉卫娘旧曲，涩涴青衫。兰闺嫩约，剩丁宁、细写霜缣。沉恨处、屏山几叠，炉薰半缕慵添。

汉宫春

顾园池上作，忆往岁泛舟北海，水榭邀凉，影事依稀，尚如昨日，不觉及之。

晴润铜华，映珍丛翠羽，露采幽妍。井苔半淹画甃，细引香泉。新林涨绿，尚溅溅、暗泻红铅。风乍举、层蓝软皱，蒲根惊起双鸳。　　挥箑午阴亭沼，正璃屏对展，嘉树清圆。思量渚宫逭暑，并影雕阑。云窗薄雾，卷纱帷、呵镜花前。回面处、啼痕界粉，为谁瘦损婵娟。

（以上选自《沤社词钞》民国二十二年排印本）

溥儒（16首）

溥儒（1896—1963），初字仲衡，改字心畬，自号羲皇上人、西山逸士，北京人。满族，为清恭亲王奕䜣之孙。宣统三年（1911）入贵胄法政学堂，又留学德国柏林大学。后隐居北京西山戒台寺，读书作画十年，诗文、书画，皆有成就。画尤有名，与张大千号“南张北溥”。曾任北京师范大学、北平艺术专门学校教授。1949年去台湾，执教台湾师范大学。有词集《凝碧余音》一卷，多描写其在北平时期的生活，清丽雅致。

水龙吟

东风卷地花飞，可怜春尽谁家苑。高楼玉笛，边沙落日，碧云低远。破碎山河，莺花如旧，芳菲空恋。望茫茫宇宙，天回玉垒，争留待，江流转。　　此际愁人肠断。送残春、骊歌声变。浮云蔽日，黄昏时近，登临恨晚。古戍荒城，边烽危照，苍茫到眼。问春归何日，平居故国，消沉鱼雁。

玉楼春

春尽，高台晚眺

惊沙连海边关色。夕照横空云路隔。莺花一散不成春，草满天涯迷旧陌。　　苍茫愁望秦城北。携恨登临怀故国。玉门羌笛锁春风，处处青山行不得。

千秋岁

西涯寻春

玉门边塞。一片斜阳外。云影淡，波光碎。关河方异色，花柳还相待。都不管，卧龙跃马今安在。　　旧日西涯会。花落随芝盖。欢一晌，悲千载。眼中陵谷变，镜里湖山改。谁作主，杏花万点春如海。

玉楼春

己卯秋日，卧佛寺作

霓旌凤辇长河路。转眼浮云迷故处。离宫玉殿碧天秋，旧苑碑亭黄叶雨。　　湖光树色多清苦。照尽垂杨千万缕。当年阿监已无人，只有青山朝复暮。

八声甘州

秋日，怀西山草堂

望空林客路冷西风，丹枫映斜阳。正浑河远色，燕山暮景，郁郁苍苍。无复悲秋宋玉，谁共话潇湘。边鸿飞不度，古戍云黄。　　曾送采薇人去，念青岩晞发，濯足沧浪。问茫茫天地，何处坐藜床。已十年、尘生蕙帐，欲归来、猿鹤莫相忘。愿负戴、山中偕隐，旧日云房。

踏莎行

冷月池塘，碧云津渡。孤芳乱点愁无数。欲将攀折向西风，别离那管人归去。　　倚镜残妆，凌波微步。年年颜色娇如故。龙舟凤舸不重来，为谁开遍河西路。

（以上选自《凝碧余音》民国三十三年铅印本）

虞美人

送章一山左丞南归

城南旧是芙蓉苑。芦折惊秋雁。送君归去赠君诗。恰似离亭风笛叶飞时。　　斜阳古道迟行迹。留得伤心碧。故园从此见花残。莫向暮云天外倚阑干。

踏莎行

送章一山左丞南归

边塞秋深，蓬瀛海浅。新亭有恨无人见。已将南浦叶飞时，不堪风笛离亭晚。　　木叶横空，青山一线。孤帆挂雨尊前远。津门处处短长亭，柳条攀尽无人管。

御街行

怀刘腴深湘浦

芙蓉小苑凋芳树。曾送春归去。数行新雁过潇湘，不见衡门何处。屋梁落月，凉风天末，此意浑难住。　　片时枕上江南路。残梦将谁续。凭君莫问汉宫秋，满目销魂焦土。洞庭木叶，苍梧愁色，尽入黄昏雨。

（以上选自《词学季刊》第 2 卷第 2 期）

月下笛

极乐寺题壁

云掩禅房，林风吹断，乱山飞雨。流莺自语。怨东皇，送春去。危楼倾尽何能倚，旧有牡丹楼，今圮。剩门外、垂杨几缕。正夕阳鸦背，边城辽远，错认归路。　　重到谈经处，见栋宇依然，池平树古。荒亭蔓草，不堪摇落如许。新蒲一夜生寒绿，问兴废、伽蓝忆否。画桥畔，对残春孤艇，寂寞谁渡。

念奴娇

九月陶然亭题壁

梵王高阁，对青山一线，秋光斜景。三十年来陵谷变，极目苍葭千顷。大泽云飞，荒涂龙战，边塞西风迴。沧浪回首，夕阳何处孤艇。　　愁见背郭遥村，崩沙断语，无恨登临兴。旧苑凄凉来牧马，天地都成悲境。辽海鸦沉，榆关雁度，落叶樽前冷。横空衰草，满城残照烟暝。

八声甘州

望幽燕暮色对残秋，千峰送斜阳。正萧萧木叶，沉沉边塞，滚滚长江。已是登临恨晚，谁共赋沧浪。衰草连天碧，故垒云黄。　　尚有梁园修竹，剩青山愁外，云路悲凉。似猿啼三峡，烟棹下瞿塘。更何堪、江山异色，怨黍离、转眼变沧桑。伤心处、远天鸣雁，声断潇湘。

（以上选自《词学季刊》第 3 卷第 1 期）

唐多令

玉泉山下泛舟

杨柳绕芳洲。寒沙带月流。到江南、楚尾吴头。多少楼台明镜里，浑不似、汉宫秋。　　懒上木兰舟。烟花异旧游。对湖山、处处堪愁。满目新亭无限恨，东去水、几时休。

踏莎行

白玉楼台，碧云津渡。当年歌舞欢无数。江山一夜变沧桑，蓬瀛水浅烟波路。　　金阙依然，千门如故。鼎湖弓剑归何处。不堪东望望春宫，望春今日春光去。

（以上选自《同声月刊》第 1 卷第 5 期）

倦寻芳

范阳古道，一片青山，遥望天际。木落霜飞，收尽楼台王气。问郦亭、知何处，边沙雁色连秋霁。送斜晖，正登楼极目，碧云千里。　　凭吊燕台遗迹。拥帚无人，金散尘里。乐毅归来，燕惠书空寄。易水萧萧流未已。销沉不复歌声起。对新亭，念家山、西风吹泪。

雪梅香

斜阳外，余霞断续织晴空。望垂虹雨气，荷花只剩残红。玉殿梧桐散秋叶，镜湖葭菼舞西风。故宫寥落，水云寒、一片溶溶。　　疏林乱山际，塔影高寒，永镇西峰。鹤驾曾来，还留洞口仙踪。瓢笠何年过沧海，朝真手把玉芙蓉。叹陵谷、碧桃谢尽，几度征鸿。

（以上选自《同声月刊》第 1 卷第 6 期）

钱静观（2首）

钱静观（1896—?），字兰言，江苏吴江（今苏州）人。同南社社员。

豆叶黄

春　景

春风如剪柳如丝。桃红絮白飞时。有时双蝶堕帘迟。春上花枝。　　今日清明时节，韶光谱入新词。板桥流水印参差。逝者如斯。

柳梢青

落　花

莫恋枝头，且随风去，块块如云。一样情怀，离愁对取，惨色平分。　　落英满地纷纷。正不管、初春暮春。絮已沾泥，花终堕溷，叶尚牵人。

（以上选自《同南》第四集，民国四年排印本）

王陆一（22首）

王陆一（1896—1943），原名天士，陕西三原人。早年曾就读于西北大学法科，因贫辍学，任陕西图书馆管理员。民国初，曾参与讨袁，失败后，又任靖国军总司令部机要秘书。民国十一年（1922），任上海大学教授，兼任国民党执行委员会秘书长。民国十四年（1925），留学莫斯科中山大学，归国后任国民党中央党部秘书处书记长，后任安徽大学文学院院长、晋陕监察使等。民国三十二年（1943）卒，年四十七。著有《长毋相忘词集》。

《长毋相忘词集》有张庚由西安编印本（时间未详）及约1949重印本，皆与《长毋相忘诗集》合刊。重印本前有于右任题签、序，王陆一画像、国民政府令（1943）及王陆一遗墨等。后有张庚由《编校后记》，附录《王故监察使陆一墓志铭》、刘象山《王陆一先生遗墨书后》。收词以年代为序，起1922年左右，止1941年。张庚由《编校后记》称其词“尤温馨悱恻，一往情深。盖胚胎二主，欲以方驾周姜也”。

暗　香

芷江春忆

高红寒萼。散旧游俊赏，疏疏人月。水国春芜，渐远高城渐离别。曾是嶙峋照眼，岁岁数、东南踪迹。向木渎、邓尉孤山，词语响空碧。　　轻惜。乍辞国。倚一掌哀鸣，去时宫阙。与君须说。绵邈余情耿飞越。岂得长捐佩处，随意长、春湘蒲荻。忍缟袂、催万顷，玉华明彻。

疏　影

梅影入窗，有怀不寐，此楚分也。因诵《楚辞》，知得似旧时月色乎？

城孤宜月。听笛声远远，换了清郁。芷愿兰情，带与江南，应是好春音息。平生折节疏花际，有万古、才人心迹。更不只、清浅黄昏，长抱冷香如雪。　　记与填词旧侣，对红裳宛宛，相慰成泣。细雨空山，怅望停觞，转作一时哀冽。可能长爱倾危地。系一艇、胥江潮急。况澧浦、今日肠回，早在九阍层叠。

（以上选自《民族诗坛》1938 年第 2 期）

满庭芳

夏口公园与丹符、仲伟共话南京旧事，漫成。

碧柳移春，晴桡划梦，平堤十里波圆。上游形胜，弓外楚人天。眼底六王三户，悲歌断、横槊楼船。高城在，筹兵奥略，明月似何年。　　连翩。江左望，灰烟文物，蹄迹山川。定刍香谁荐，陵阙依然。苦费龙蟠旧垒，青溪水、凄淡湖烟。消多少，心情才地，芳草郢云边。

（选自《民族诗坛》1938年第3期）

百字令

去年玄武湖泛舟，张庚由弟属同白石韵，为此词。音节悲楚，若将去国，斯乃知为今日之事道也。

碧湖清涨，换今来心绪，旧游词侣。寻问水芝花际梦，少个凌波人数。箫鼓填山，风澜怀国，几队红桡雨。露凝香噎，此生都付愁句。　　曾记影月高城，采菱风重，凉笛催人去。惟是修娥留不怨，料近辞春南浦。雪藕千丝，沉心万柳，往事轻轻住。望中烟水，故情缥缈行路。

沁园春

二十六年，由杭县登天目山有作。

入越群山，苍翠连云，清衬此湖。尽五陵年少，悠扬春骑，良家六郡，弃掷关繻。江介年年，采茶歌去，此事难哀今士夫。湖滨路，逐如花儿女，苦拜南株。　　无殊。景物愁予。自天目钱塘差可居。甚花钿陌上，浓欢扶步，东南春水，沉梦无书。绕桨红蘅，摇灯白纻，曾是长兵行沼吴。湖山愿，在黄图旧月，多照储胥。

（以上选自《民族诗坛》1938 年第 4 期）

水龙吟

江　行

横流天地孤舟，洞庭青草随云挂。排山万弩，板矶黄鹄，灵旗风下。猎火惊川，夷歌转阵，竟何为者。痛书生挟策，修翎振羽，心魂在，江声写。　　原是波澜低亚。过孤山、布帆一把。风灯暝宿，荻花凄怨，甚时都罢。可近清秋，还堪摇落，月明偏讶。要金戈故垒，都成采石，壮楼船话。

好事近

宜昌晚泊

万壑赴荆沙，却上猿声三峡。故国那堪西去，换秋风晴色。　　旌旗行路属车音，孤竟绕千匝，不应蜀云碧断，旧河南北。

（以上选自《民族诗坛》1939 年第 2 卷第 6 期）

扬州慢

于役襄樊，闻武汉不守，历历犹记前游，惘怀有作。

落木兼山，繁霜匝岸，月华冷送军声。渐芳洲隐隐，断云树晴横。自东望、武昌千载，填波心泪，都当神京。对新栽行柳，南楼潮外荒城。　　秋风恣别，费长堤、营火宵明。尽寂寞壕泥，凄凉墙字，细草还生。户壁渲遮夷帜，愁颜掩、入夜行兵。念清除函夏，明年春水春旌。

陌上花

题董巽观君《春雨斋填词图》，君自禾中，避乱来西南天地间也。

传空夜火，颇曾留得，东南完土。废代荒碉，狂过白题夷舞。窥边早碎千城邑，乔木暝鸦啼苦。总故家长物，文人微命，惘然春雨。　　遍湖山羽檄，桔槔长草，闲却水田桑扈。深巷他乡，梦否杜陵花树。烟波一卷生苕霅，水调渐明筝柱。换多情细写，干戈满眼，是行人路。

（以上选自《民族诗坛》1939 年第 3 卷第 1 期）

减字木兰花（二首）

南京垂破矣。于和平门外遇避兵自苏州来者。夹毂惊欢，城闉凄黯。各不胜来日天地之痛。惘惘心情，酷去京邑，成此二词。

飘然别绪。万感幽单无一语。飞堕惊鸿。秋柳孤城画角风。
流离此际。轻惜红衣成苦慰。雪后吴门。恰费梅花去日心。

轻妆临水。心事白蘋吹不起。蜡泪深更。饮散传花劝远行。

山川谁惜。玄武湖波留去笛。月又昏黄。别后何人照断肠。

菩萨蛮

长沙遇文逸，云自京中辛险来湘，将去香港。因问讯吴中遭乱事，凄然于怀。悲哉流离之子也！

荻花一夜江帆急，飘湘人语多相识。知共白门来。孤城落日开。　　乡心随问讯。谁惜雏鸦鬓。何处晚峰青。君山在洞庭。

（以上选自《民族诗坛》1939 年第 3 卷第 2 期）

曲游春

忆采石行别

楚水吴风际，正浅约玲珑，一时惭别。柳重烟多，卖杏花过了，故家楼陌。杜宇辞深月。料十载、红心愁绝。望君门、立马踟蹰，恰是九重哀诀。　　采石。荒矶萦碧。对孤馆横江，潮卷寒雪，万戟磨沙，忆雄歌划水，狂胡灰灭。山黛曾知说。有玉佩、高楼凝立。怎一年、剪断波光，飞沉今昔。

（选自《民族诗坛》1939 年第 3 卷第 3 期）

瑞龙吟

去武汉将之蜀中

京华路。频忆歇指歌深，约眉山住。青春尽在狂夫，逸情付与，水痕花雾。　　倚金缕。无限柳绵芳草，轻尘千步。何辞绕梦池塘，为春请命，天涯夜雨。　　曾是草愁湖涨，碧波斜日，飘沉菰米。高阁唤回流莺，休去秋渚。将谁扫叶，似共才人数。总心上、年年爱好，蹉跎俱度。故国愁如堵。可怜去后，湖湘怅望。行又藤萝浦。瞿塘水，声声啼鹃相诉。起依北斗，是城孤处。

金缕曲

游三原东里半耕园。园唐时建，古木参天，玉兰、梅、桂，数百年物。花时散馥城野，风日芬丽。有读书堂、桂云楼、石舫、旋廊诸胜，尤为远近学人游息所乐至。其西北嵯峨山、清凉山，邑清麓书院在焉。

云木相招久。便重来、名园觅句，沧浪濯后。落日荆驼谁致此，付与高楼杯酒。数水碧、年华十九。竹马在床梅昨日，乍匆匆、已向天涯走。还展望，嵯峨首。　　清华水竹都依旧。自苍茫、故家文物，蔚然深秀。飞上千家啼战伐，何处燃萁煮豆。似这等、吟愁尽有。堂外玉兰清越意，岂成烟、柳色间叉手。可竟挹，浮邱袖。

金缕曲

侨居汉嘉，是郡国海棠独香地。归长安就学，去蜀中山川日以远。中经帝制之乱，故人慷慨，吟念增哀。填词寄所亲，已百端横集也。

长笛吹春久。甚春人春衣，慈母和春长守。往日溪湾抛梦里，来去月明清漏。定碧水、海棠新秀。三十六株亲约略，恨东风、不与双红豆。香有约，词初就。　　无端栈道穿烟岫。试中原、横戈草檄，少年身手。几辈拂云骄马死，生护汉南移柳。定絮影、波光邂逅。万里春晖生草色，写嘉陵、天上黄河吼。歌正好，花明后。

金缕曲

陕西靖国军苦战关中六年，最后由武功、岐山退凤翔，将佐多散去。余与诸友从总司令于右任先生越重围，走陇中，由此在山川行路间，苍凉吟望，情见乎词。民国十一年。

沉绝车辚矣。问频年、壁门狂寇，消除余几。收拾高原横一战，咤叱英雄竖子。便重把、义旗扶起。我马我车攻既猎，再登坛、已作全军气。骁骑校，轻车尉。　　人民生死相持地。最难忘、风高月黑，孤城垂圮。老去元戎挥泪尽，平弃周原迤逦。又行向、陇山无已。敌自奔携军自覆，事艰难、反在垂成际。呜咽水，流人意。

百字令

和永嘉夏承焘兄长安见赠韵，时天秋落木，西北兵气销矣。

江山摇落，似宋玉悲余，微辞容冶。不误孤军天下力，往事心头犹画。草檄研冰，移军没雪，笳鼓飘零乍。大风乡里，一时豪意非寡。　　便数成毁难期，风华自惜，寂寂君休讶。都送故人生死去，不到哀弦陶写。北梦如荒，东林何事，相与樽前话。西窗暗雨，数声清角吹下。

沁园春（二首）

元配于淑贤病殂申江，父死患难友朋之手，盖三年不敢以闻祖母。创心长别，为此哀辞。淑贤淳化县人，故甘泉宫地也。

一曲离鸾，命弱秋声，凄断素弦。共哀时心俭，商量他岁，随江家远，珍重留仙。少日夫妻，重围形影，强算成婚还四年。从颈记，有凉碪搅梦，孤剑啼烟。　　连翩。尽室飘然。还远泪通天台下边。向嵯峨山色，苍茫哭父，春申浦夜，宛转埋泉。雨湿孤磷，衣单下叶，滴滴填心秋漏天。君休念，只浮生苦恨，长傍君前。

生亦艰辛，对此匆匆，风雨水湄。忍除将妇服，情文尔许，悲余身世，冷暖谁知。剪倦春芜，裙收秋树，如此贫家烦主持。干戈里，望陇头呜咽，蜀道迷离。　　归时。有梦寻思。尚相对花阴雨满卮。乍支离瘦骨，珊珊还碎，单寒释手，隐隐无辞。玉宇飘摇，蓉衣散裂，数影高梧霜万枝。新秋夜，问月如无恨，端见峨眉。

庆春泽

俄京纪事

璧月闲荒，华灯晚剩，繁霜悄变人音。一样横波，微风吹出楼阴。斜阳旗色双鸥外，是从前、浅草停琴。试重临。双桨红栏，容与闲心。　　还伊宛在情无奈，奈几回明漪，葭荻深深。飞燕飞劳，怜他分到双禽。明窗望去知将睡，又芬凉长夜沉沉。托微吟。

吹雪梨花，域外寒衾。

金缕曲

莫斯科河泛舟，与李毓九、熊保颐、赵文炳、李秉中、梁仲明、张庚由、皮以书、黄文霞诸同学偕，秀清五妹亦在同舟。寒宵冷月，照人于荆榛绝域中，人语呜咽，与水声相凄涩也。

此际添凄楚。共一船、夜凉人静，月痕初吐。身世畸零今未了，忍住悲凉相语。料负尽、生死知己。痛哭佯狂都不是，愿寸心、化尽成灰土。归去也，归何处。　　深山大泽沉埋路。为从前、饥来驱我，遭逢时故。一曲短歌声泪下，百事今难自已。更莫问、此生愁苦。梦与秋花相对冷，到人间、总被痴肠误。拚委叶，随朝露。

（以上选自《草书月刊》1948 年第 1 卷第 5 期）

温倩华（10首）

温倩华（1896—1921），字佩萼，江苏无锡人。商业巨子温荣彪（字明远）孙女，温汝弼（字隽生）女，母亲胡氏，妹温梅清。1916年适同里过锡圈（畅侯）。著有《黛吟楼遗稿》。

点樱桃

咏　雪

压断梅梢，粉蛾吹堕知多少。玉楼寒峭。曙色先催到。　　试向瑶窗，呵冻闲凭眺。山河皎。月明风小。一片模糊了。

清平乐

雪窗偶作

阵云未懈。风紧生虚籁。十万天花如絮下。人在琼瑶世界。　　峭寒偷入窗纱。狐裘称体新加。尽日重帘不卷，小庭闲煞梅花。

清平乐

冬　夜

迟迟玉漏。又是黄昏候。料峭尖风帘幕逗。小朵灯花冻瘦。　　寒宵偏是深深。支颐独自沉吟。几度欲眠还怯，那堪如铁冰衾。

虞美人

为从兄企般题《烘云托月图》

广寒寂寞谁人省。如此清宵永。曝衣楼上看流云。底事眉山故故学长颦。　　怪他尘世痴儿女。偏有闲情绪。瓣香尽自祝团栾。不管嫦娥惆怅太无端。

浪淘沙

秋日惠山晚归

黄叶满空山。秋意阑珊。幽泉漱石自潺潺。林壑不知人世事，一味清闲。　　烟翠锁重峦。云树漫漫。夕阳萧寺暮钟寒。蜡屐行吟归去晚，不尽余欢。

卖花声

春　去

春已去天涯。绿上窗纱。昼长闲煞玉丫叉。卷起虾须帘半幅，细数飞花。　　庭院乱红赊。燕蹴莺拏。春愁一片没拦遮。尽日颦眉缘底事，惆怅年华。

江城梅花引

春夜听雨

春灯疏雨夜迢迢。润花梢。落红飘。隔着银帘，拥髻听潇潇。如水嫩寒禁不起，添香篆，下罗帷、掩画寮。　　画寮。画寮。锁岑寥。酒初消。书倦抛。听也听也，听不尽、窗外春潮。一枕惺忪，消受可怜宵。料得园畦新韭长，待晴了，倩双鬟、试剪刀。

虞美人

芳情欲诉无从诉。人远天涯路。鱼书欲寄更迟停。生怕乱伊心曲阻云程。　　闲愁一点眉间惹。又是黄昏也。凄馨绣被铟床寒。

可奈窥帘明月又团栾。

虞美人

归期误了还重误。鱼雁无凭据。昨宵盼过又今宵。如此无聊况味彀魂销。　　薄寒透幕灯花谢。无奈深深夜。离愁别恨两如潮。一寸芳心卷得似芭蕉。

高阳台

炉篆堆云，瓶花扶梦，翠楼人爱清眠。懒整明妆，轻尘惹满琼奁。茶经药谱商量遍，尽无聊、过了秋天。怯寒尖、深掩珠栊，密下湘帘。　　鱼书雁帛浮沉久，怕天涯有客，魂梦相牵。两字平安，殷勤付与蛮笺。相思不去拈红豆，怪相思、并在愁边。镇恹恹，减尽腰围，未尽缠绵。

（以上选自《黛吟楼遗稿》民国十年排印本）

杨济震（6首）

杨济震（1899—1959），字佩玉，号孤室，江苏吴江（今苏州）人。南社社友。

十六字令（二首）

钩。倒卷湘帘花影浮。凭窗眺，春色豁双眸。

钩。放下春风雨后愁。惊幽梦，荡漾在楼头。

捣练子

海上观《白牡丹》剧

情脉脉，意沉沉。宛转娇歌惬素心。艳说牡丹空富贵，羞将红紫觅知音。

捣练子

题福建金门王子老一《孤舟载月图》

声阒寂，影依稀。何处幽人逸兴飞。如叶中流帆一片，月明弄影载同归。

长相思（二首）

吴水头。越水头。终日悠悠东向流。看来多是愁。　烟一楼。雨一楼。懒起娇眠帘下钩。怕将红豆投。

会几时。别几时。时到春深情更痴。倚栏兜底思。　魂也驰。梦也驰。花瘦如人春日迟。问君知未知。

（以上选自《同南》第十集，民国十年排印本）

郁达夫（1首）

郁达夫（1896—1945），原名郁文，字达夫，浙江富阳（今属杭州）人。民国后留学日本名古屋第八高等学校、东京帝国大学等学校，1921年与郭沫若、成仿吾组织成立创造社。历任北京大学、中山大学教职，及福建省政府参议、新加坡文化界抗日联合会主席。1945年被日军杀害。著有《闲书》《达夫游记》《郁达夫诗词钞》。

满江红

福州于山戚武毅公祠新修落成，于社同人广征纪念文字，为填一阕，用岳武穆公原韵。

三百年来，我华夏、威风久歇。有几个、如公成就，丰功伟烈。拔剑光寒倭寇胆，拨云手指天心月。到于今、遗饼纪征东，民怀切。　　会稽耻，终须雪。楚三户，教秦灭。愿英灵，永保金瓯无缺。台畔班师酣醉石，亭边思子悲啼血。向长空、洒泪酹千杯，蓬莱阙。

（选自《星焰》1939 年第 7 期）

张墨林（4首）

张墨林（1896—?），字默公，江苏昆山人，著有《双星会杂剧》。

竹香子（三首）

和海门林君直艳体词

十五盈盈年纪。眼底芳情偷递。怜伊胆小怕娘醒，见了偏回避。　一笑展双眉，添得红云起。今番侥幸许凭肩，沁骨花香气。

曾记帘前初见。离合神光一片。脂香微喷暗呼兄，浅笑娇无限。　澹澹薄罗衫，楚楚轻云鬋。避人眼角怕抬头，手引红绒线。

云散天空明净。笑拈花枝相赠。春衫不耐夜深时，指冷芳心警。　未许说相思，生小聪明性。容光和月十分妍，侥幸留双影。

庆春泽

题《剑门探奇图》

古塔流虹，荒阶落叶，水天罩眼分明。绝险凌空，乱云足底环生。登高作赋飞新句，把秋情、并入诗情。倚斜阳、指点茅庵，遥瞩辛亭。　剑门深锁云中后，怅危崖断径，奇迹谁寻。佛寺敲钟，隔林应著声声。快哉天亦迟风雨，时值重九。料山灵、带笑相迎。豁吟眸，四顾苍茫，不数行程。

（以上选自《同南》第八集，民国八年排印本）

陈希豪（2首）

陈希豪（1897—1965），乳名宗金，字亦昂，浙江东阳人。北平私立中国大学政治经济科毕业。1922年加入中国国民党，为民国要员。1949年后任上海市人民政府参事室参事，中国国民党革命委员会上海市委委员。有《南疆词草》十四首，刊于民国三十七年（1948），是其任职国民党新疆省党部主任委员期间所作，多写山川与维吾尔族风情，以词纪游。

浣溪沙

戈壁夜宿

皓月当空一镜明。平沙无垠夜寒生。幕天席地梦新成。　　旷野风光成独赏，芳园雪色共谁评。征人何处寄闲情。

醉花阴

吊香妃

南来一展香妃墓。郁郁佳城固。玉匣暖如新，侠骨长眠，祈邀诸神护。　　间关万里京西路。纵得君王顾。难恕灭夫情，匪石芳心，终被皇家妒。

（以上选自《南疆词草》民国三十七年石印本）

顾随（24首）

顾随（1897—1960），本名顾宝随，字羡季，笔名苦水，别号驼庵，河北清河人。1920年毕业于北京大学英文系。毕生执教为业，从事于学术研究与文学创作。曾任燕京大学、辅仁大学、河北大学教授。著《稼轩词说》《东坡词说》等词学论述。自民国十六年（1927）起，陆续有《无病词》《味辛词》《荒原词》《留春词》《积木词》《霰集词》《濡露词》等词集刊行。

蓦山溪

述怀，戏效稼轩体

填词觅句，镇日装风雅。猛地梦醒来，是处堪、愁人潇洒。樱花路上，来往不逢人，红叶底，小池边，闲杀秋千架。　新愁不断，愁不教人怕。最怕是闲来，心如叶、西风吹下。古人堪笑，寻地好埋忧，问何似，唤愁来，却共愁厮打。

行香子

三十初度自寿

春日迟迟。怅怅何之。鬓星星、八字微髭。近来生活，力尽声嘶。问几人怜，几人恨，几人知。　少岁吟诗。中岁填词。把牢骚、徒做谈资。镇常自语，待得何时。可唤愁来，鞭愁死，葬愁尸。

御街行

春光九十成婪尾。且休洒、伤春泪。此间原不要春光，说甚留春无计。试看窗外，黄尘万丈，尽日风吹起。　楼台车马知何似。似穷塞、非人世。明驼迤逦渡平沙，衰草寒烟无际。黑山列帐，黄昏吹角，夕照苍茫里。

青玉案

阴晴寒暖无凭准。又午夜、风声紧。坐久思眠眠不稳。窗前有个，江南燕子，没个江南信。　　月来床上灯生晕。两样清光几多恨。月影灯光谁远近。闷无人理，愁无人管，病了无人问。

木兰花慢

正东风送雨，急檐溜、恨楼高。更万点繁声，藤萝架底，薜荔墙腰。深宵。隔窗听取者，凄清全不减芭蕉。何况长杨树上，平时已爱萧萧。　　迢迢。断梦到江皋。愁思正如潮。恁夜半危楼，一条残烛，争禁飘摇。山遥。更兼水远，想故人此际也魂销。两地一般听雨，不知谁最无聊。

浣溪沙

咏马缨花

一缕红丝一缕情。开时无力坠无声。如烟如梦不分明。　　雨雨风风嫌寂寞，丝丝缕缕怨飘零。向人终觉太盈盈。

（以上选自《无病词》民国十七年排印本）

木兰花慢

卜者午夜吹笛，怆然有触予怀也

是何人弄笛，惊旅客，使魂销。想身外茫茫，行来踽踽，深巷迢迢。尘嚣。渐随夜杳，但霏霏露湿敝缊袍。空际几声颤响，悲凉更甚饧箫。　　难消。清泪如潮。空令我，酒频浇。有谁将命运，双肩担起，一手全操。徒劳。暗中摸索，奈千家闭户卧凉宵。试问一枝笛子，甚时吹到明朝。

生查子

身如入定僧，心似随风草。心自甚时愁，身比年时老。　　空悲眼界高，敢怨人间小。越不爱人间，越觉人生好。

蝶恋花

独登北海白塔

不为登高心眼放。为惜苍茫，景物无人赏。立尽黄昏灯未上。苍茫辗转成惆怅。　　一霎眼前光乍亮。远市长街，都是愁模样。欲不想时能不想。休南望了还南望。

清平乐

白天黑夜。黄尘如雨下。这样春天真笑话。便没有他也罢。　　昨宵细雨如麻。醒来依旧风沙。总算清明过了，虽然没看桃花。

蝶恋花

飞絮随风蚁转磨。心向江南，身向床头卧。我梦君时君梦我。梦魂中道还相左。　　安石榴花开几朵。粉白朱红，一一娇无那。几日骄阳浑似火。可怜齐向阶前堕。

浣溪沙

赤日当头热不支。长空降火地流脂。人天鸡犬尽如痴。　　已没半星儿雨意，更无一点子风丝。这般耐到几何时。

（以上选自《味辛词》民国十七年排印本）

卜算子

荒草漫荒原，从没人经过。夜半谁将火种来，引起熊熊火。　　烟纵烈风吹，焰舐长天破。一个流星一点光，点点从空堕。

踏莎行

万屋堆银，孤灯比月。天公又下初冬雪。深宵独自倚危阑，荒城何处还吹角。　　底事空虚，甚时幻灭。天南地北心分裂。此身判却似冰凉，也教熨得阑干热。

采桑子

如今拈得新词句，不要无聊。不要牢骚。不要伤春泪似潮。　　心苗尚有根芽在，心血频浇。心火频烧。万朵红莲未是娇。

木兰花慢

赠煤黑子

策疲驴过市，貌黧黑、颜狰狞。倘月下相逢，真疑地狱，忽见幽灵。风生。黯尘扑面，者风尘不算太无情。白尽星星双鬓，旁人只道青青。　　豪英。百炼苦修行。死去任无名。有衷心一颗，何曾灿烂，只会怦怦。堪憎。破衫裹住，似暗纱笼罩夜深灯。我便为君倾倒，从今敢怨飘零。

临江仙

游圆明园

眼看重阳又过，难教风日晴和。晚蝉声咽抱凉柯。长天飞雁去，人世奈秋何。　　落落眼中吾土，漫漫脚下荒坡。登临还见旧山河。秋高溪水瘦，人少夕阳多。

临江仙

皓月光同水泄，银河澹与天长。眼前非复旧林塘。千陂荷叶露，四野藕花香。　　恍惚春宵幻梦，依稀翠羽明珰。见骑青鸟上穹苍。长眉山样碧，跣足白于霜。

贺新郎

秋来寄居西郊，时时散步圆明园废墟中。芦苇萧瑟，弥望皆是，傍晚有人持长矛立高冈上，意其逻者也。

多少萧闲意。废园中、苇塘萧瑟，鸟声细碎。微雨轻风都过了，头上青天如洗。这些事、闲人料理。见说南山曾射虎，算灞陵、未短英雄气。千载下，有谁继。　　我如引火烧枯苇。想霎时、飞烟万丈，烈红十里。众鸟纷纷飞散去，火舌直腾空际。制造得、无边欢喜。蓦地回头高冈上，烂红缨、正被风吹起。枪矗在，斜阳里。

好事近

灯火伴空斋，恰似故人亲切。无意开窗却见，好一天明月。　　欣然启户下阶行，满地古槐叶。脚底声声清脆，踏荒原积雪。

贺新郎

又是寒冬矣。也颇思、村醪取暖，市楼买醉。踽踽行来举头见，一队明驼迤逦。爱他有、些儿画意。曲项高峰肉蹄软，想来从、大漠风沙里。一步步，几千里。　　庬然卧息长街内。又木然、似眠似醒，非悲非喜。偶一摇头铎铃响，声落虚空无际。有谁识、此君心理。万里长城曾见否，问凋零、破败今余几。驼不语，蹶然起。

八声甘州

怕今宵无处解雕鞍，何须问吾庐。正月尖风紧，星高露重，人在征途。张目四围望去，身外总模胡。无奈青骢马，也自踟蹰。　　渐渐星沉月落，又青磷走火，野薮鸣狐。听白杨树上，宿鸟乱相呼。隔长林、夜灯一点，蓦向人、暂有暂还无。鞭摇动、马长嘶了，踏过平芜。

（以上选自《荒原词》民国十九年排印本）

木兰花慢

问长安甚处，人共指、夕阳边。甚上尽层楼，举头见日，不见长安。山川。自今自古，更何须重问是何年。漠漠长空去雁，悠悠自下遥滩。　　苍然。暮色上眉端。做弄晚来寒。看白日西沉，四围夜幕，逼近阑干。东南。素蟾弄影，早今宵不似昨宵圆。收尽双眸清泪，重寻月里河山。

（选自《留春词》民国二十三年排印本）

鹧鸪天

落日秋风蜀道难。举头西北望长安。已教雾锁江边树，那更云低剑外山。　　逃绊锁，耐饥寒。黄昏独自掩禅关。袈裟犹是京尘染，一卷华严带泪看。

（选自《霰集词》民国排印本）

何曦（20首）

何曦（1897—1982），又名何敦良，字健怡，福建福州人。古诗文家何振岱女，“福州八才女”之一。室名晴赏楼，著《晴赏楼词》。

点绛唇

翠幄吟风，庭柯坠叶声声数。晚蝉独语。听久浑疑雨。　　小梦才苏，薤簟凉如许。闲延伫。荔香忆侣。滋味翻宜暑。

壶中天

庚申冬至日，偕同学若洲、慧端随侍家严大人游乌山沈氏园，登清伶台。

高台向晚，望寒山远树，苍然同色。画出冬姿千种好，处处倪迂零墨。人语村深，鸡声屋小，流水荒湾隔。疏篱斜列，几家门对阡陌。　　休怪暖气微融，寒云渐敛，初见檐间日。片晌阴晴都变幻，谁道天机堪测。鲸屿清流，桃溪旧隐，还约闲游历。微茫尘事，付渠牛背长笛。

洞仙歌

辛酉冬日藤山道之楼上

楼高望迥，爱帘前空水。帆影参差落窗几。更晴峰流翠，古树凝丹，含画意，都在迷茫烟里。　　携樽商迟月，香潋新寒，秋老瓶中菊犹蕊。款语意无穷、深坐论诗，清妙处、便移佳晷。只隔着、城阛似天涯，负日日、看山曲栏同倚。

西子妆慢

癸亥二月十二日，杭州西湖泛舟

柳意烟初，花光潋外，迸写平湖春色。麹尘送暖泛兰舟，傍长堤、镜天摇碧。桥门咫尺。蘸涟漪、双峰凝立。占清闲，却羡沙鸥好，飞浮晨夕。　　重来客。数遍楼台，思与层云积。共看西子染新妆，纵橹枝、柔波轻划。流钟林隙。渐依岸、来寻游屐。更怜他，弦月东头乍觑。

水龙吟

双亲大人南归后，京寓写怀。

黯然惟别销魂，人间此苦怎生免。襟罗仍湿，窗纱易暝，泪珠难断。一样庭阶，寻常花草，景光都换。又梦回帘罅，灯痕依旧，疑犹听、爷娘唤。　　起视疏星河汉。月初斜、恰闻过雁。孱躯数病，慈容在眼，暂离怎惯。往岁京沽，今秋南朔，尤怜天远。祝明春、故里重依膝下，举家清健。

菩萨蛮（二首）

燕京客思

庭闱别后心相送。思亲惯作还家梦。昨又梦还家。新开手种花。　　髫年弹指过。佳日消清课。绿竹旧窗光。牵情情更长。

无关风雨都僝僽。离愁原怕黄昏后。漫自不思眠。瓣香消夜禅。　　小花偎宝镜。临睡还齐整。六曲旧屏山。帐纹镫影间。

齐天乐

秋夜寄憶斋唐山，时家父母方南归。

平生爱赏秋光好，而今顿消游兴。离绪千般，欢悰一缕，那似髫年情景。吟边耿耿。怪懒拨冰弦，倦调香鼎。小极连朝，暗惊消瘦怯临镜。　　西风夜来又冷，画廊初坠叶，尤讶幽听。我远庭闱，君依旅邸，此际繁愁谁整。难眠易醒。料羁客寒衾，也嫌宵永。数近归期，菊花同酩酊。

祝英台近

辛巳三月病中作

拥重衾，欹角枕，寒暖尽无据。瀁瀁昏昏，如泛夜江橹。自怜展转呻吟，非眠非醒，更谁管、骨酸肢楚。　　甚情绪。便当游历归来，千般任辛苦。此际思亲，有泪只无语。可堪百转回肠，难移更漏，怪残月、映窗疑曙。

减　兰

寄怀翼妹旧京

喧人儿女。才著诗心先忆汝。检韵操弦。意味何如十载前。　　江风海雨。伯仲天涯分住处。那更浑忘。当日团圞好景光。

扬州慢

南归依亲，竹韵同学时为我分劳，因其新轩初成，赋此赠之。

尘累成缨，世情疑疢，依亲乃爱乡关。叹宁家少暇，那顾及朋欢。谁分我、中心喜惧，兰堂晚景，共劝加餐。最难忘、煎药风廊，烟袅云鬟。　　年来何恨，恨邻坊、如隔江山。甚挈榼提壶，论文析义，小聚偏难。似尔葺居安处，多生福、自在萧闲。漫蹉跎轻过，都非镜里朱颜。

齐天乐

九月十七夜，申江雨中对菊。

殊乡得菊供吟赏，欣然如逢旧侣。向我枝疏，羞人影瘦，各有芳心难语。瓷瓶静贮。问胜否孤踪，伶俜荒圃。待荐寒泉，家山秋色渺何许。　　难听最是夜雨，隔窗频点滴，和愁堪数。堕句重寻，柔魂欲断，拚共兰缸凄楚。凉花不语。算何意今年，沪江看汝。写就银笺，付归鸿寄与。

烛影摇红

畴兄来书，谓旧京牡丹盛开，赋此寄意。

腻紫肥黄，名花却向图中见。一年最好牡丹时，惆怅天涯远。想像瑶宫玉殿。捣仙云、千枝露泫。朱檐翠瓦，薄日轻阴，燕飞莺啭。　　重海书来，为言曾赴寻芳宴。轻鞯画毂集名流，园苑经行遍。漫道离乡未惯。好东风、吹人不倦。总期来岁，有分同看，怎嫌春晚。

解语花

有以菲岛花后小景见视，属题，为赋此阕。

翻云丽月，华壁银釭，无计照幽隐。万花成阵。歌楼上、共赏一枝娇俊。莺喉燕吻。傍碧岛、衔来芳信。听些时、众喙同鸣，好语评邢尹。　　为想紫台泪揾。只画图小误，鹍弦沉怨。如今舞鬓。流娟影、弹指国中千本。扬辉远近。论妍酬、不分灵蠢。有至人、微笑忘言，匿采从无闷。

祝英台近

花　闲

绕深丛，迷曲甃，逸兴引闲步。转折西东，楼阁那能数。剧怜满地零英，黏苔未扫，浑懒逐、春驹来去。　　悄凝伫。真成尺五天低，缺处将花补。可得人生，长向此中住。爱他绿暗红明，围香千树。合阻断、芳春归路。

临江仙

剑　意

愿铲妖氛消众魅，至刚原属多情。人间悍怯苦相凌。好凭三尺，万恨为君平。　　记昔秋霜飞夜月，寒锋照胆晶莹。剑光人影两分明。云山千叠，来往一身轻。

蝶恋花

秋夜遣怀

九载京华忘作客。离却亲旁，始信乡关隔。遥念晨昏心悒悒。重帘偏放西风入。　　别绪吟魂分未得。睡既难成，起坐情还适。庭户无声人语寂。寒蛩斜月窗南北。

买陂塘

连日惊秋，亲朋远散，浣桐数见访，足慰岑寂。君将有连城之行，黯然难别，赋此奉赠。

是何声、飞来天际，顿教愁思难说。悲秋已判柔魂断，那更知交言别。争兀兀。只似醉、如痴忍看江船发。欢悰一瞥。记劝洗闻根，乱蛩絮语，无碍双荷叶。内典耳为双荷叶。　　垂杨路，此去寒溪荒县，依依儿女相挈。翦翎笑我雕笼里，仰望云霄辽绝。思归楫。知甚日、阶苔再印词人屧。肝肠谁侠。剩密镂深存，自珍悴影，共照离边月。

南乡子（二首）

新寒忆北

炉火乍相亲。白醉南窗意更新。坐拥图书消百感，佳辰。只此何须别羡人。　　锦幄夜香温。户外严冬户内春。绿酒红灯皆可忆，氤氲。座畔茶烟起片云。

栗实喜新尝。炒熟如闻桂子香。盆菊依人帘不卷，风光。最是新寒意味长。　　别去只回肠。筑室燕山愿未偿。总拟重来温旧梦，难忘。真把他乡作故乡。

（以上选自《晴赏楼词》，《寿香社词钞》民国三十一年刻本）

黄海章（7首）

黄海章（1897—1989），字挽波，号黄叶，广东梅县（今梅州）人。曾任教于中山大学。工诗词，著有《黄叶楼诗》。

虞美人（二阕）

别才数日人消瘦。相见黄昏后。灯边憔悴枕边娇。爱煞香云散乱臂间抛。　　双眸似线深深闭。娇喘丝般细。为因不忍搅伊醒。一任臂儿麻木到天明。

夜深几度偷相见。欲语声还颤。捧心病态最销魂。为怕人来扶喘起关门。　　凄凉身世从头诉。句句伤心语。枕边泣尽可怜宵。无可酬将也只泪双抛。

青玉案（二阕）

蓦然相见凄无语。此是人间何处。锦样年华花样侣。一回儿聚，一回儿散，已把青春误。　　背人悄问君安否。多谢殷勤未忘我。弹指十年离别苦。长安道上，关山梦里，都是相思路。

迷茫旧梦轻如雾。犹把心头裹住。汝未有家侬未遇。两般遭际，一般漂泊，相对伤迟暮。　　别来事事都无苦。只有长宵最难度。环顾苍茫无可语。愁来痛饮，狂来乱叫，算把牢骚吐。

（以上选自《民众文学》1926 年第 13 卷第 13 期）

金缕曲

落拓风尘倦。只归来、骚愁万斛，如何排遣。既不成名还不死，且把刚肠搓软。试找个、柔乡拗断。百劫余生心血冷，仗铸情、烈火来烘暖。魂一缕，向春颤。　　三生未卜今生见。数年华、何曾迟暮，怎生嗟怨。屈指将来双鬓白，尚有廿年依恋。也不算、姻缘短浅。倘得欢娱同到尽，任天倾、地陷何须管。侬和汝，两相眷。

浣溪沙

滕固赴日，敏亦在，作于东亚旅馆，步滕固韵。

风雨鸡鸣送子行。悲欢细数忒痴情。你侬自己不分明。　　刻骨缠绵春化蛹，销魂离别夜啼莺。夜莺指敏。忽惊双鬓露星星。

（以上选自《民众文学》1926年第13卷第17期）

浣溪沙

余挟一身忧患，远窜异国。难言之痛，有不足为外人道者。忽于友人处，得见《小说世界》刊载拙词《浣溪沙》一阕。回想彼时，恍似隔世矣。爰用前韵，以写近怀，适胡子寄尘书闻近状，即录以寄之，以代答书也。日本东京客邸。

异国风沙扑面惊。几经忧患死生轻。一生多恨为聪明。　　向有痴情容忏悔，更无余泪写酸辛。春来天气半阴晴。

（选自《民众文学》1926年第14卷第20期）

林庚白（4首）

林庚白（1897—1941），原名学衡，字凌南，号众难、愚公，福建闽侯（今福州）人。入民国后，历任非常国会秘书长、交通部参事、国民政府外交部顾问、立法委员。抗战时避居香港，为日军杀害。工于诗词，为南社成员，著有《丽白楼自选诗》《丽白楼遗集》。

高阳台

读吴文英词有“能几花前，顿老相如”，及“伤春不在高楼上，在灯边倚枕，雨外薰炉”之句，此殆梦窗之所以为梦窗也。因反其意，成此解。

叹老嗟卑，愁红怨绿，怜渠意浅词深。七宝楼台，妆成只付愁吟。人前学舌多鹦鹉，是旧时南渡声音。几兴亡、弹破琵琶，尚有瑶琴。　　伤春不在灯垆畔，在楼头远翠，楼外轻阴。绿遍天涯，教人荡尽春心。垂杨便有千千缕，奈柔条、不管栖禽。倚危阑，收拾东风，梅子成林。

（选自《民族诗坛》1938 年第 2 卷第 1 期）

暗　香

青年会楼居坐雨

小楼听雨。有古人意境，横生楼角。棐几纸窗，掩映瓶花一枝绿。天色将明却暝，渐电递、灯光如烛。共远近、唱澈无人，歌响出邻屋。　　弯曲。更簌簌。正雨打院深，晚饭初熟。雨声断续，人语儿啼杂佣仆。多少人家寝处，流转遍、江淮巴蜀。试倚剑、吾欲起，中兴此族。

（选自《民族诗坛》1938 年第 2 卷第 2 期）

浣溪沙（二首）

如水愁来不自由。心情冷峭易生秋。低徊忍遣爱成仇。　　貌纵相妨吾亦肯，肠无可断更难柔。最难忘却是珠喉。

脉脉依依袅袅身。万千哀怨总缘君。无端沾惹眼波恩。　　渐老柳花犹作絮，已灰炉火尚余温。人生何事不销魂。

（以上选自《文艺春秋》1933 年第 1 卷第 1 期）

屈向邦（1首）

屈向邦（1897—1975），字沛霖，号荫堂，广东番禺（今广州）人。以货殖起家，好金石书画。著有《广东诗话》《广东词话》《荫堂笔记》等。

金缕曲

大厂先生挽词

偃蹇无聊意。记年前、虹庐诗酒，相逢沉醉。朋辈二三谈笑后，闭户著书而已。问海内斯人有几。一代才华成绝特，尽韬光、不减嵚崎气。知我者，濠堂耳。　　养疴禅榻茶烟里。尚词心画理，精神满纸。兴到偶镵青田石，旁錾真堪自喜。公刻《诵清芬室印集》成，自谓篆亦犹人，旁錾“真堪自喜”。又谁料、文缘竟此。海岳飘然香国去，雨风天、失却鸣鸡似。音未沫，苦延伫。

（选自《同声月刊》第2卷第8期）

孙景谢（16首）

孙景谢（1897—1929），字秋白，江苏崇明（今属上海）人。同邑严志宏（洪江）室，著有《秋白遗稿》。

浣溪沙（三首）

金陵秋感

无限江南烽火情。萧疏云物自纵横。吴根越角两难平。　满眼尘沙吹北地，三秋风雨暗荒城。五更愁听马蹄声。

无复当年燕子飞。萧条门巷傍乌衣。沧桑劫后有余悲。　何处相思明月里，谁家笑语画楼西。行行客子几时归。

鸿爪无端印雪泥。天涯何处寄相思。蒹葭苍水暮云低。　枫冷吴江秋寂寂，花飘庾岭信迟迟。关心最是月明时。

浣溪沙

乙丑春归自金陵、道过申江，旅次有作寄志宏。

旅舍凄清梦不成。一回搔首黯愁生。夜深隔巷紫箫声。　记得朝来曾唤醒，不知此去几将迎。寸心难遣是离情。

瑞鹧鸪

客路匆匆去不留。天寒休倚最高楼。芦花萧瑟寒蛩咽，篱菊丛残故国秋。　细雨秦淮归梦促，斜阳古渡远征愁。隋堤剩有丝丝柳，空对烟江万里流。

满江红

冬夜偶成

倦绣挑灯，频握管、春葱僵了。须念我、几回呵冻，莫言潦草。短鬓鬖鬖双袖薄，残更寂寂香烟袅。况纸窗、冷月逼人寒，蟾魄皎。　消不尽，闲烦恼。检不尽，零星稿。看眼前光景，又添诗料。百岁光阴流水逝，廿年书剑闲愁绕。待檐前、冻雀唤春回，梅开早。

水调歌头

归　燕

花落静无语，荏苒惜流光。蹁来清梦缭乱，镇日傍雕梁。几度日斜风细，一样泥香雨润，深院锁昏黄。归去最无奈，凝睇绕池塘。　累香巢，拈小草，一春忙。旧家莫问王谢，花月也沧桑。惆怅天涯羁旅，同是凄凉怀抱，软语好商量。但愿春光好，依旧趁归航。

水调歌头

四月朔偕志宏渡江

吴峰郁苍翠，楚水碧连天。春江一棹横截，斜月斗娟娟。堪笑双鸥解意，约略烟波深处，来往舵楼前。相顾一何乐，风月自年年。　指瓜州，寻赤壁，隔云烟。沧桑几度变易，此意更缠绵。笑酌金樽斗酒，洗尽古今愁恨，沉醉水云边。慷慨长歌里，灯火过前川。

曲游春

游玄武湖，步草窗“禁烟湖上薄游”韵

曲径斜阳里，飏淡烟丛柳，纤云如织。燕侣莺俦，趁晴芳争入，青葱林隙。帘幕深深隔。听是处、凤笙琼笛。看几枝、似火红榴，妆点水光山色。　　紫陌。村帘飘碧。望城上高楼，湖畔金勒。歌管南朝，剩繁华旧梦，粉销罗幂。家国悲蚕食。奈眼底、关河岑寂。聊一樽、痛饮花前，醉将自得。

眉　妩

残　月

正微风摇竹，玉露侵枫，如水夜天碧。眉黛含愁意，凄凉影，更深犹伴孤客。又添恨别。料素娥、知也怜惜。黄昏后，小院帘栊静，数清漏空滴。　　赢得。闲愁山积。便玉梅如雪，谁倚琼笛。目极扬州路，销魂处，春风杨柳犹昔。莺消燕息。问何时、重诉岑寂。但烟水苍茫，雁一声、寥天白。

浣溪沙（二首）

金陵秋感

黄叶萧萧咽暮流。西风愁起曲江头。捣衣声里秣陵秋。　　细雨梦随孤雁远，小楼人坐一灯幽。故园消息正悠悠。

漫向萧梁苑里游。长斋古佛景清幽。断烟衰草汉宫秋。　　流水空悲今日逝，落花犹带昔年愁。那堪重上景阳楼。

浣溪沙

春　郊

草色青青罨画溪。小船斜系板桥西。绿杨枝上晓莺啼。　　蝶阵蜂衙迷远树，淡烟疏柳绕村堤。夕阳芳草玉骢嘶。

鹊桥仙

贺静孙陆君结婚之喜

芳梅吐艳，冻云散绮，依约彩屏深处。温郎玉女喜相逢，待重理、鸳鸯新谱。　　柔情似缕，佳期如水，几度商量软语。金阊路上证前因，又一棹、五湖归去。

长亭怨慢

雪美人，用草窗“怀旧”韵

看依约、冻梅深处。寂寂瑶台，霏霏庭宇。镇日帘栊，寒香碎玉散幽趣。这番抟聚。添柳絮、因风句。红粉几飘零，算锦瑟、年华如许。　　延伫。望长亭路杳，梦绕碧纱窗户。素琴悠咽，尽弹入、相如词赋。漫倚楼、暗数佳期，问脉脉、此情谁语。忍一片冰心，付与西风寒雨。

龙山会

莫愁湖观荷，步梦窗“载酒双清”原韵。

槛外晴云罅。潋滟湖光，六曲栏低亚。采香寻别浦，清歌起、斜日烟波城下。浓淡总相宜，问谁最、风流艳冶。更堪怜，湘帘乍动，如珠露洒。　　弥望十里江南，翠盖霓裳，绾五陵裘马。晚妆钗未堕，曾记取、箫鼓西湖遥夜。荏苒物华休，忆前事、闲情欲泻。醉花底、淡月一钩天上挂。

（以上选自《秋白遗稿》民国二十年排印本）

王德钟（3首）

王德钟（1897—1927），字大觉，号玄穆，江苏青浦（今属上海）人。少时，好诗文小品，能编新剧，并登台演出。民国初年入南社。袁世凯当国时，曾作《讨袁贼檄》。1916年初，在《民国日报》发表长篇小说《掌珠劫》。与胡朴安、王蕴章、潘飞声等诗酒酬唱，结鸥社。次年，又结正始社，提倡国学。1924年，江浙爆发军阀战争时，发起组织中国红十字会吴县周庄分会。1927年因肺病辞世。著有《风雨闭门斋诗稿》《乡居百绝》《留都游草》等。

点绛唇

题《拈花微笑图》

小立花丛，花光人面红相照。香风轻袅。纤手将花拗。　　一事问郎，花与侬颜较。为谁好。欲言羞了。只是拈花笑。

捣练子

题《踏雪寻梅图》

云幂幂，霰霏霏。偶忆琼姿映小溪。踏雪寻来翻不识，红梅头白白梅肥。

念奴娇

题十眉《瓜山忆梦图》

绮楼香散，月无声，剩有烟鬟鸦语。记得琼筵银烛下，唤酒寻春几度。翠袖封香，花钿斗媚，影事无凭据。沧桑花下，春衫红泪如许。　　待欲贳酒重来，拱宸桥下，金粉依然否。闻说西泠花月夜，已是月斜花腐。旧梦重提，新愁万叠，翦幅生绡寓。小帘虚阁，是君醉墨题处。

（以上选自《南社词选》，《南社丛选》民国二十五年国学社排印本）

顾佛影（18首）

顾佛影（1898—1955），原名宪融，号大漠诗人、红梵精舍主人，笔名佛影、佛郎，上海南汇（今上海浦东新区）人。为旧文学家陈栩园弟子，工诗词、散文、小说、戏曲。著作有《大漠诗人集》《红梵词》《横波曲》《填词百法》等。

蝶恋花

万树垂杨垂不得。若个红楼，燕子曾相识。月腻风纤无气力。有人楼上初将息。　　一道银河清且窄。天是男儿，也有怜花癖。我本情场无阅历。年来做了王安石。

浣溪沙

桂帐余阳热未残。横陈珠袜褪双弯。痴蚊纤掌避应难。　　半熟茶端唇上试，半蔫花卸鬓边看。生怜偷得几分闲。

三姝媚

锦囊驮细马。听饧箫声长，好教游冶。小柳迎人，便学他青眼，解窥帘罅。别后光阴，添了你、几分娴雅。千种离情，半盅茶时，怎生勾卸。　　惆怅芙蓉抛谢。感一片兰言，向侬温藉。水样浮名，漫累伊贬了，明珠声价。辗转思量，总不是、相逢未嫁。惟把无题词句，归来细写。

高阳台

庚申春莫，重过浒墅关作

剑泪弹空，琴心负尽，忏红又堕鬘天。瘦马残衫，劫来何处留连。璇宫卅六容人叩，盼银墙、险陡依然。只年年。窄绿双鸳，不到苔边。　　娇莺记共芳姿小，怎书声一串，触耳清圆。匿笑花阴，桃根袅袅堪怜。夕阳红惯渐零样，隔房山、螺髻犹偏。向人间，宿草春阡，可似蚕眠。

减字木兰花

有　寄

红妆季布。敢问别来无恙否。得婿休瞒。燕子来时我已谙。兰言在耳。那料心事成逝水。雪北香南。苦忆狂花十丈缣。

忆旧游

九月十八日，独游惠麓寄畅园。

正苔魂划碧，棠泪堆红，蝶病销黄。寂寞登临感，纵名园秋好，已过重阳。坐我知鱼槛畔，万绿静生凉。记作对篮舆，冷泉去日，似此风光。　　纱窗。试齐拓，镇槲叶无言，纷扑琴床。莫认分携处，怕野云古柳，还写明妆。剩把一襟愁思，收拾到词囊。更旅店今宵，孤衾醉觅痴梦长。

迈陂塘

送冰畦伯之吉林

酿离情、嫩寒如酒，替人又饯秋去。铜章一吏金河外，十载鬓丝吹絮。南满路。看雁底、关山信美谁之土。塔名宁古。问一集秋笳，黍禾唱彻，消得醉魂否。　　江乡事，付与故园沤侣。遂初且自休赋。车唇挈取双鹣影，添得膝前笑语。应惜取。只倦羽、天涯别有悲秋句。何时重聚。向蝤㚖溪头，缁尘浣了，商略豆篱雨。

（以上选自《亦社》1922年第5卷第1期）

解连环

用清真韵

锦缄遥托。怜荒波稚柳，冷春绵邈。卷网户、欲对清樽，恐江上杜鹃，怨情啼薄。旧院秋千，晚风打、夕阳绳索。记高楼瞑语，碎翦梦云，疗别无药。　　洲边怕生蕙若。况飞霜鬓底，飘雨眉角。肯忘了、萧局温香，把水样孤衾，待总推却。多少相思，拚寄与、故山红萼。猛天涯、找寻不得，去鸿下落。

阮郎归

茗花扶影散虚廊。蕈波流梦长。危栏烟柳堕昏黄。翠樽双泪凉。　　丛笛老，画叉荒。罗帷生玉霜。十年哀感向残唐。何人知断肠。

朝中措

蕙炉香袅曲屏边。闲梦绕秋千。粉管搁残芳讯，碧箫凄损华年。　　羊灯收尽，珠帘下了，一种恹恹。忽忆辛夷风底，玉纤弹瘦鹍弦。

（以上选自《亦社》1922 年第 5 卷第 2 期）

菩萨蛮（三首）

玉钩颤梦行云悄。麝烟不隔闻浓笑。宿雨牡丹肥。鸾衾语一丝。　　度墙珠漏细。未许乌龙嚏。偏是月胧明。眉痕宛转清。

夜莺啼绿双溪雾。钿蝉钗股凝香堕。斗帐熟红樱。娇眸腻欲饧。　　薄裀遮翡翠。替卸诃梨子。烛焰敛风才。镜屏无数山。

虫虫凉结钉花冥。胆娘生小闻秋病。枕角惜余欢。微馨护若兰。　　欢多销病骨。欲避还痴绝。千二百轻鸾。教他一例瞒。

浪淘沙令

端　阳

池柳倦拖黄。低护鱼仓。粉绵吹尽暗萍香。燕子多愁莺又病，没个商量。　　楼馆昼初长。蜂影敲窗。生涯忙煞小蚕娘。梅子太酸桑太薄，无奈端阳。

蝶恋花

惨绿春华如逝水。漠漠孤踪，尝遍辛酸味。酒国边陲腾鬼气。浇愁那觅灵均泪。　　自古侏儒能饱死。如此头颅，碌碌因人耳。斗大长沙何足齿。安能郁郁长居此。

（以上选自《辛酉学社月刊》1923 年第 4 期）

临江仙

春送送春人去后，苔痕绿上回廊。绕廊竹子近潇湘。窥人廊外月，犹盼雪夜娘。　　惆怅褪红窗六扇，为谁掩过昏黄。书签针匣耐思量。横波留一寸，不管断人肠。

钓船笛

媚脸曙凉侵，风咽语香如雾。坐近湘妃榻子，背小年词赋。

窥人月子未曾圆，替把流光数。闲过枇杷时节，又十三四五。

（以上选自《辛酉学社月刊》1923 年第 5 期）

少年游

杜鹃啼血渐成喑。白日去骎骎。暗水漂花，空梁坠羽，重觅少年心。　　层楼翻恨无风雨，蛮榼滞孤斟。狼藉丹铅，凄然一笑，莫色动遥岑。

（选自《民族诗坛》1939 年第 2 卷第 6 期）

刘尧民（8首）

刘尧民（1898—1968），又名治雍，以字行，笔名伯厚、林不肯，云南会泽人。博览群书，自学成才，通日、英、法等语言，翻译家、作家，著有《词与音乐》。1949年后任云南大学中文系教授。

有《废墟诗词》，刊于民国二十八年（1939），收词一百多首。自序云："所作旧诗与词之大部分皆为三年前病神经衰弱时所作。"

蝶恋花

白璧明珠溅碧血。一瞬流光，容易悲残缺。转眼星星成玉屑。飘零况是人间物。　　漫道鹃魂啼故国。偏是多情，更忍凄凉说。断井谁家遗别业。斜阳怅望伤心绝。

蝶恋花

曲曲瀛台烟月热。水榭风廊，人语荷花隔。万户千门来暝色。夜乌啼绕觚稜黑。　　故国神游清泪咽。白纻青衫，曾映燕台月。沧海横流凄未歇。铜仙泪洒金盘裂。

满江红

悄入南柯，迤逦过、莺程柳驿。蘼芜岸、一痕香露，沾衣犹湿。红豆低吟明月下，银屏细语春灯隙。正余寒、料峭夜冥冥，人天寂。　　同心瓣，柔可摘。同情梦，飘无迹。印斑斑山枕，睡纹狼籍。欲笑还啼频忍俊，疑云乍雨难将息。又背人、不语倚窗栏，愔愔泣。

菩萨蛮

有　赠

春来云物供憔悴。多情莫洒新亭泪。故国满榛芜。天南一雁孤。　　孤舟千里客。漂泊江南北。醉后月茫茫。狂歌入大荒。

西江月

银簝箓边心悸，紫丁香里魂浓。轻掀夜幕一重重。走入人间幽梦。　　梦断忽离瑶榭，晓寒怯倚薰笼。水晶帘外雨蒙茸。织得春愁无缝。

玲珑四犯

愁絮撩人，渐芟制红凋，蕙带香腐。鸾鹄心情，刻意摧残如许。零落十万春华，欲摘赠、天涯俊侣。又怎知缥缈芳踪，更隔千重云雨。　　凄凉怅望青城路。抱孤芳、低徊自语。岩扃归去深深掩，静理十年幽素。绮夜细按心簧，听取销魂律吕。算殷勤明月，还挂我，吟边树。

酷相思

又过西风黄叶路。更兼洒、帘纤雨。忍重把、柔肠寻断处。人在也，休回顾。人去也，休回顾。　　行隔侬家还几许。有恨谁能语。拥寒夜、依然愁里住。山影也，无重数。心影也，无重数。

西江月

一只王庭怪鸟，三年不动不鸣。不鸣则已鸣惊人，奋翅冲天无影。　　莫漫苍皇北顾，齐来奔赴东溟。四千万剑斩长鲸。试看神州狮醒。

（以上选自《废墟词》，《废墟诗词》民国二十八年排印本）

卢葆华（8首）

卢葆华（1898—1945），学名夔凤，字韵秋，葆华为其号，笔号湘江菊子、乐江女士、笑生、绯娜、茜华等，贵州遵义人。著有新诗集《血泪》、旧体诗《飘零集》、词集《相思词》等。

南乡子

登豁蒙楼

烟水望濛濛。羞掩云光一片红。好是清晨玄武态，惺松。恰似佳人起尚慵。　　歌啸一楼风。谁把斯楼唤豁蒙。没个人儿来倚眺，虚空。惟有香烟篆得浓。注：豁蒙楼在南京鸡鸣寺内。

蝶恋花

秋　问

雨断风飘秋老去。最怕多情，常作怜花赋。独自时将离恨数。伊谁屡把佳期误。　　孤影徘徊西子路。菊子心残，更比莲心苦。莫道香花留得住。惜花人去花无主。

蝶恋花

秋　花

路远梦魂飞不去。怕说闲愁，懒作相思赋。试把从头离恨数。几回风雨归期误。　　落叶共飘三竺路。瘦尽黄花，莫怨西风苦。半载钱塘凭小住。湖云江月谁为主。

青衫湿

秋　悔

秋风两地吹人老，同戴奈何天。卿卿我我，愁都有分，福却无缘。　　南朝剩粉，西泠残月，一样堪怜。聪明已误，多情应悔，莫再缠绵。

诉衷情

红　叶

自怜命蹇枉驱驰。血泪满征衣。几回肠断无语，离恨结、似蛛丝。　　思往事，惜芳姿。易成痴。莫忘分袂，红叶题诗，再诉君知。

浣溪沙

登泰山

千级云梯忆帝丘。天痕青影压眉头。万山低首踏云浮。　　天长无限心何极，多难登临又一秋。苍烟九点识神州。

望江南

哭　父

终天恨，怕诵蓼莪诗。罔极劬劳恩未报，百年风木不胜悲。血泪已成丝。

画堂春

寿　母

大萱千岁荫方长。恩情顾覆难忘。频年于役不遑将。依靡何尝。　　天锡纯釐叶颂，燕私介祉祢觞。升恒日月福穰穰。眉寿无疆。

（以上选自《相思词》民国二十二年排印本）

邵祖平（6首）

邵祖平（1898—1969），字潭秋，号钟陵老隐、培风老人，江西南昌人。师从章太炎。历任东南大学、浙江大学、四川大学、中国人民大学等校教职。著有《培风楼诗存》《词心笺评》《乐府诗选》等。

水龙吟

七夕宿京口甘露寺赋

晚烟平织江天，断崖落日成秋霁。鬟风醒绿，靴文傲采，明霞波际。暗檣轻棹，扬州灯火，昔游重记。过年华似水，琴悲筑怨，登临处、萧骚意。　　北固亭高堪倚。莽英雄、日滔天丽。寻常难问，佛狸鞭渡，寄奴农器。万古人天，女牛恩爱，凭谁怜此。剩清宵不寐，疏星淡冶，看惊凫起。

（选自《浙江大学工学院月刊》1929 年第 14 期）

水龙吟

客游处处销魂，闲愁无数危阑凭。蛮风蜒雨，凄凄鹃语，津桥同听。海上琴悲，袖间椎奋，荆轲传咏。问乱红何去，绿阴换了，深院寂、春酲醒。　　带雨溪烟难定。且高会、竹梢松顶。新亭依旧，山河破碎，痴云做暝。细擘蕉黄，闲斟红绿，饶君佳兴。剩归灯自诧，呼僮洗袜，报疏钟打。

之江诗社集书斋，瞿禅作主人，有词摅感，甚哀愤，倚此和答，并求同社诸君子继声。

（选自《学艺》1933 年第 12 卷第 5 期）

齐天乐

过华清池

冷红千树斜阳乱，丹枫蒨拥秋霁。玉座尘凝，金阶辇杳，羯鼓繁音难起。兰汤唤洗。记鸳逐流英，笑携妃子。月晕离宫，露花犹自挂冠珥。　　潼关飞报纵骑。舞霓裳未彻，羞进鸳被。锦袜沾泥，红裀葬艳，千古伤心无地。恩情漫理。剩铃阁闻霖，剑门回辔。怕浣征衫，梦侵灯穗里。

高阳台

乙酉上巳小集武侯祠水榭，聊当禊游，赋此解以纪踪迹，兼书近感。

翠柏森虬，雕梁并燕，妍春细数花须。羽扇谁挥，碧瓯芳榭相娱。家山久隔棠梨笑，渍酒痕，怕检裙裾。乍重三，临水难欢，揽蕙堪吁。　　春阴正黯芳菲节，听啼鹃万里，孤馆愁余。报拆秋千，后园草满金铺。罗衣著破前香在，盼东风、再携红氍。待殷勤，说与相思，锦水双鱼。

凤栖梧

手种雪山大豆作花，初开则轻红未消，已放则一白早露，孙花翁梅边语妙，可以同证矣，欣然赋此。

斩竹编篱龙子怒。蔓似青蛇，叶作青鸾舞。小萼微红唇巧注。鞋尖轻碾莲花步。　　仙种雪山移老圃。巧斫冰纹，一白还呈露。未落香萁容屡顾。闲吟如绕塘边树。

忆江南

往岁海宁城外月。正是中秋，夜潮时节。玉人相约看惊涛。粉娇琼怯指银鳌。　　潮来潮去山如故。泪满平江，心比汤灌苦。断无音信寄相思。天教见面总成痴。

（以上选自《东方文化》1945 年第 2 卷第 2—3 期）

沈轶刘（2首）

沈轶刘（1898—1993），名桢，以字行，上海浦东人。毕业于上海中国公学，曾任福州南平高级学校、福州格致中学等校教师，《东南日报》社、《南方日报》社编辑。工诗词，与富寿荪合编《清词菁华》，著有《小瓶水斋诗存》《繁霜榭诗词集》（包括《叶流词》《逸留词》）等。

莺啼序

贺朱君新婚

华堂喜开画锦，正风光旖旎。尽猜说、天上双星，做成人世亲昵。绮窗外、梅花开了，问君前度曾修未。看鸾笺题偏，催妆画眉初试。　　百队华灯，两部细乐，导偎红倚翠。写一幅、嫁娶图成，两情无限柔腻。自今番、安排艳福，尽消受、兰闺知己。趁良宵，金屋香温，早薰鸳被。　　宾朋谑笑，莫惹嗔娇，且酒阑退避。只应怪、玉楼花风，夜半啼起，一刻千金，者般容易。香衾厮恋，罗帏同倚，宵来情事分明记，算书痴、乍领消魂味。眉痕深浅，如何掩却春痕，只应笑问夫婿。　　风情竹垞，此后新词，料比前更细。但检取、香奁玉屑。粉盒脂绒，蜜月春风，著成情史。神仙眷属，教人歆羡，腰围怜我消瘦损，待从旁、加入遍无计。愿教化做宁馨，象枕檀床，许侬共睡。

（选自《辛酉学社月刊》1923 年第 3 期）

齐天乐

游颐和园，感赋

慈云散后繁华歇，飘零旧时台沼。二百年来，十三陵外，留此供人凭吊。前朝遗老。算只有宫花，丹心还抱。万寿山边，中流一柱已推到。　　联军当日曾到。便开放游人，何用恩诏。辇路苔深，楼船水涸，闲煞黄罗藤轿。雕梁荇藻。似供奉歌尘，依然萦绕。佛在西天，料应忘记了。

（选自《辛酉学社月刊》1923 年第 4 期）

田汉（9首）

田汉（1898—1968），字寿昌，湖南长沙人。长沙师范毕业，后留学日本东京高等师范，与郭沫若等组织创造社。归国后入中华书局，后加入中国共产党。1949 年后历任中国戏剧家协会主席、文联副主席等。其《义勇军进行曲》被定为中华人民共和国国歌。著有《田汉文集》《粤游词草》等。

忆秦娥

寄大琳

畴大琳旅寓厦门，邮船过其地不停，但见水天接处，云山一线。波头如白鸥奔腾而来，波光山影中，仿佛见她凄然而立也。

波光媚。波头翻白波心翠。波心翠。中间飞动，海鸥三四。　　云山一带横如蔚。凝眸忽堕离人泪。离人泪。化成文字。数行遥寄。

桂枝香

香　港

才停鼓吹。正晓雾渐收，泪眼犹醉。绝爱澄波碧透，众峰横翠。指点港龙形胜处，叹前朝、金瓯轻碎。罢工当日，繁都冷落，算舒民气。　　撒克逊、神明所寄。学岭畔闲云，登临凝睇。禹凿龙门，应似这般心细。一枪一犬流荒岛，整江山如此清丽。欲兴吾族，人人当读，鲁滨孙记。日文豪夏目漱石《文学论》谓：“英人以鲁滨孙治荒岛的精神治香港。”

御街行

香　港

淡烟一抹春街去。灯未灭、天初曙。上环道左耸梨园，道是周郎曾顾。畹华歌颂，大英皇帝，万岁千秋处。　　南来且作登高赋。过峻岭、穿重雾。琼楼玉宇不胜寒，只许黄须儿住。江山如此，安能海角，辛苦寻诗句。过香港仔一带时，戴不平君为我指点某处为民新公司拍海角诗人处。

桃源忆故人

寻康姊不见

十年梦里珠江水。今日居然眼里。南国风光如此。况又逢花市。　　荔枝湾畔芳村尾。两处断垣犹峙。何地可寻昭姊。直欲相思死。康姊为居东时旧友，此行适当旧正，拟往贺其家，藉叙辽阔，乃苦寻不得也。

调笑令

笑洪深先生

长堤一带船姬至夜间辄劝人到船上“过夜”。

堤下。堤下。有人冶姿如画。可怜憔悴多时，况复他乡怕谁。谁怕，谁怕。船上何妨过夜。

水龙吟

白鹅潭记游

肇香舫上凭栏，残阳影里苍波远。楼船矗立，布帆徐动，轻舟似箭。海舶遥来，浓烟拖墨，电光齐灿。想中山当日，白鹅潭上，为祖国、兴亡战。　　一带泛家浮院。伴红灯、歌声微颤。红衣蛋女，不穿罗袜，盈盈送盷。盛景当前，盛筵难再，酒痕飞溅。只伤心狱底，有人此际，泪痕洗面。此时始发现康姊以政治关系，呻吟公安局狱中。

苏幕遮

禅院逃席

广州尼姑有兼管不净之业者。友人开“尼姑庆”，勉与周旋即归。

帽箍圆，星眼惰。巧托朱盘，含笑低头过。细语娇声盈佛座。着个愁人，心担重重荷。　　手如冰，头欲破。便作欢面，坐也何能坐。绿酒只教红泪涴。独自归来，拥被和衣卧。

一斛珠

代康姊作

何劳相慰。铁窗以外天如醉。铁窗以内人如魅。已是多愁，况又心儿碎。　　狱底吞声惟两事。荒坟欲认碑无字。衰姑欲奉归无计。可赎侬身，鲛妇千行泪。

念奴娇

元宵与洪深先生泛舟遇雨

五羊城外，闹元宵，十里灯红酒美。寻到沙基桥畔路，姊妹相迟久矣。皓月不来，春风阵阵，吹皱珠江水。蛋家船里，有人绰约无比。　　待作长夜清游，乱愁和雨，波上纷纷起。双桨沙基桥下去，远远歌声未已。碧血川流，弹丸雷发，犹记当年耻。疑眸沙面，绿榕魆魆如鬼。

（以上选自《粤游词草》，《南国月刊》1930 第 2 期）

温匋（11首）

温匋（1898—1930），字彝罂，祖籍广东，随父官居浙江湖州，湖州长兴王修之妻。性娴静，喜吟咏，好文学艺术，曾从画家姚茫父、胡佩衡学山水画，所居曰拜李楼。著有《彝罂词》一卷、《杂稿》一卷（未刊）、《拜李楼画质》一卷（未刊），辑录《长兴词存》《湖州闺秀诗总》《湖录经籍考辑存》《长兴志乘》等。

醉花阴

题　画

寂寞暮云迷古道。碧水群山绕。秋雁正南归，举目荒凉，两岸经霜草。　　扁舟一叶中流棹。笑子陵渔钓。对月酒盈樽，醉宿前滩，一觉东方晓。

忆江南

春易老，帘外舞残红。分付翠藤春绾住，呢喃燕子骂东风。心事几人同。

南乡子

春睡海棠浓。等是无聊笑阿侬。燕子花间来去也，匆匆。镇日帘前舞碎红。　　无赖骂东风。偷入冰帘又几重。好梦初回真也否，疏慵。偎枕由他宝髻松。

虞美人

连天烽火频年扰。忧患何时了。偶来卜筑此山中。却喜远峦如画列屏风。　　松涛镇日虬龙吼。只为狂吟瘦。桃源那有避秦人。半是当年未死独孤臣。

点绛唇

莫凄凉道，人间无此清闲境。瘦松寒影。不管秋风冷。　　塔影钟声，月皎黄昏静。伤清磬。陡惊残梦。世事何时醒。

踏莎行

岩壑栖身，江湖放浪。许由巢父无多让。溪山管理本来忙，王侯不事非高尚。　　豁目岑楼，写忧小舫。尘缘俗虑都相忘。人生何必姓名传，襟怀原在羲皇上。

减字木兰花

玲珑窗户。怕听声声啼杜宇。独守香闺。愁煞三春只自知。
桃花依旧。往事空教呼负负。若道消魂。除却巫山不是云。

南歌子

曲槛怜残菊，疏窗问瘦梅。闲情玉枕翠床偎。好等檀郎如约，及时回。　　喜把灯花卜，痴望断梦回。邻家偏有远人归。恨煞今宵明月，独徘徊。

江南春

新绿暗，落红稀。楼高人独倚，帘卷燕双飞。侍儿但说香残早，莫问春于何日归。

浣溪沙

风定溪湾两岸高。闻歌渐到木兰桡。客归应趁晚来潮。　　清磬已沉山畔阁，夕阳尚恋柳边桥。一声牧笛岭云摇。

桃源忆故人

戊辰闰月七日，偕杨弇放棹孤山，于山阴采蕨盈握，归齏之，以佐酒而甘之。

商量一棹孤山路。道是梅花深处。花谢我来已误。凭吊小青墓。　　偶思浊酒无从酤。小径崎岖缓步。争采蕨拳无数。莫认夷齐慕。

（以上选自《彝罂词》民国排印本）

张伯驹（20首）

张伯驹（1898—1982），初名家骐，号丛碧，别号春游主人、好好先生，河南项城人，袁世凯表侄。擅书画、收藏，为“民国四公子”之一。1949年后，曾任中央文史馆馆员。张伯驹一生所填词逾千首，生前所定词稿有《丛碧词》《春游词》《秦游词》《雾中词》《无名词》《断续词》共六种。其词风格淡雅朴素，自然真率。

八声甘州

三十自寿

几兴亡无恙旧河山，残棋一枰收。负陌头柳色，秦关百二，悔觅封侯。前事都随逝水，明月怯登楼。甚五陵年少，骏马貂裘。　　玉管珠弦欢罢，春来人自瘦，未减风流。问当年张绪，绿鬓可长留。更江南、落花肠断，望连天、烽火遍中州。休惆怅、有华筵在，仗酒销愁。

踏莎行

送寒云宿霭兰室

银烛垂消，金钗欲醉。荒鸡数动还无睡。梦回珠幔漏初沉，夜寒定有人相忆。　　酒后情肠，眼前风味。将离别更嫌憔悴。玉街归去暗无人，飘摇密雪如花坠。

浪淘沙

香雾湿汍澜。乍试衣单。小楼消息雨珊珊。斜卷珠帘人病起，无奈春寒。　　愁思已无端，又减华颜。年年几见月团圞。燕子不来花落去，莫倚阑干。

浪淘沙

金陵怀古

春水远连天。潮去潮还。莫愁湖上雨如烟。燕子归来寻旧垒，王谢堂前。　　玉树已歌残。空说龙蟠。斜阳满地莫凭栏。往代繁华都已矣，只剩江山。

念奴娇

中秋寄内

无人庭院，坠夜霜、湿透闲阶堆叶。月是团圞今夜好，可奈个人离别。倚遍云阑，立残花径，触绪添凄咽。满身清露，更谁低问凉热。　　记得去年今日，分携双袖，满地明如雪。只影那堪重对此，美景良辰虚设。玉漏无声，银灯息焰，总是愁时节。谁家歌管，任他紫玉吹彻。

东风第一枝

春　雪

落地声微，沾衣力软，风欺弱絮无主。蓦催万树花开，旋湿一庭翠妩。熏炉重熨，问禁得、轻寒如许。待卷帘、双燕来时，应共落梅衔去。　　镫黯黯、小楼雨误。泥滑滑、玉街路阻。怕消剩粉江山，暗融糁银院宇。檐声凄断，怨身世、不胜高处。问谁怜、零霰残霙，借乞宿阴留护。

霓裳中序第一

西山赏雪

江山倏换色。万象无声都一白。桥下流冰瀰瀰。看亘野玉田，凌空银壁。荆关画笔。唳朔风飞雁迷迹。凭栏望，一天黯淡，更莫辨南北。　　清寂。埋愁三尺。玉街暗繁云冻逼。归车难识旧宅。又夜永如年，酒寒无力。烛盘红泪滴。梦里觉梅花扑鼻。铜瓶冷，竹窗萧瑟，月影映丛碧。

秋　霁

中秋同韵绮、鹤孙、西明泛舟昆明湖赏月，由迟景荣吹笛，王瑞芝操弦和之。

千里婵娟，与玉阙琼楼，共一颜色。寒似层冰，皎如圆镜，照来水天双澈。一叶剪碧。荇飘翠带鱼盈尺。隔树阴蛩语，长桥横卧少人迹。　　歌板暗诉，怨抑沉沉，夜阑秋声，都入瑶笛。倚兰桡、临流顾影，人间未应有今夕。疑是广寒天上客。素娥何处，恍桂殿同游，满身清露，去时还湿。

兰陵王

金陵客中，用清真韵

晚烟直。春草无人自碧。吴门外，官道夕阳，怕见青青柳丝色。红尘望故国。谁识。飘零旧客。来时路，天外片帆，不尽江流泪千尺。　　萍踪问前迹。又酒剩空尊，花落残席。小楼夜雨过寒食。忆十里迢递，几番寒暖，亭长亭短又一驿。念家在天北。悲恻。恨凝积。叹客意阑珊，归梦沉寂。芳春有尽愁无极。听卖杏深巷，唤饧长笛。寒宵孤枕，更漏断，似泪滴。

金缕曲

题《寒云词》后

一刹成尘土。忍回头、红氍白雪，同场歌舞。明月不堪思故国，满眼风花无主。听哀笛、声声凄楚。铜雀春深销霸气，算空余、入洛陈王赋。忆属酒，对眉妩。　　江山依旧无今古。看当日、王门厮养，尽成龙虎。歌哭王孙寻常事，芳草天涯歧路。漫托意、过船商贾。白头何逊飘零久，问韩陵、片石谁堪语。争禁得，泪如雨。

临江仙

帘影故家池馆，笛声旧日江城。一春深院少人行。微风花乱落，小雨草丛生。　　驿路千山千水，戍楼三点三更。繁华回忆不分明。离尊人自醉，残烛梦初醒。

惜红衣

番禺记游

雾海黏天，寒潮送日。断愁无力。万里图南，鹏抟扇沧碧。蛮歌妓舞，堪眷恋、当筵迁客。寥寂。鸿阵远音，说家山消息。
榕阴广陌。斜照苍茫，红棉半残藉。罗浮梦坠瘴国。岭南北。只惜酒醒花下，却负恁时仙历。更荔支霞晕，还忆一湾春色。

秋宵吟

辽东感怀

莽川原，冻雪皎。四野悲风尖悄。穷宵耿、向地冷天寒，夜窗难晓。谱伊凉，念翠葆。化鹤归来华表。怜生意、盼借乞春风，更吹枯草。　　过眼沧桑，叹胜国、遗民尽老。故宫何处，恨别惊心，黍秀暗魂绕。摇落天涯，恁旧日王孙，归梦又杳。但空悲、半垒残棋，长白钟毓尚未了。

角　招

故都侨寓，几换沧桑。岁月不留，中年倏过。残夕镫影，感慨万端，歌以遣之。

暗消瘦。何堪更感当年，汉殿人柳。倦看云峦岫。半着已输，休问棋手。王城梦久。早负却、锄云梅亩。一室秋镫缥缈，向残夕忆春华，几沧桑回首。　　还有。玉颜翠袖。人共唐花秀。泪辞明烛溜。易得悲欢，黄昏时候。风光似旧。念一往、情怀如酒。锦瑟凄凉自奏。劝哀乐，莫关心、中年后。

新雁过妆楼

七夕北海游宴，和梦窗韵

斗汉高寒。银湾渡、佳期再度今年。解歌长恨，箫风试奏连环。花倚交鸳桥影外，镜浮画鹢水光间。醉无眠。碎珠露湿，长夜阑干。　　兰舟珠灯宴乐，看晕脂秀靥，舞袖便娟。怨弦如诉，飞鸿不寄遥天。年时梦尘回首，怕容易秋风吹鬓鬟。铜琶响，唱念家山破，休怅飘鸾。

（以上选自《丛碧词》民国二十七年刻本）

浣溪沙

秋　意

黯淡云山展画叉。笛声楼外雁行斜。镜中容易换年华。　　庭际渐衰书带草，墙阴初放玉簪花。西风昨夜梦还家。

浣溪沙

秋　梦

砧杵声声万里思。西堂虫语沸如丝。轻随落叶只灯知。　　偏是乡遥嫌夜短，多因醒早恨眠迟。刀环盼寄总成痴。

浣溪沙

秋　色

乌桕江南数客程。白芦如雪乱烟汀。遥从木落见山青。　　老圃黄花高士醉，疏林红叶酒人行。碧空一展画图明。

六州歌头

偕慧素登峨眉山绝顶

分携翠袖，万里看山来。云鬟整，风鬟髗，两眉开。净如揩。独秀西南纪，镇梁益，通井络，齐瓦屋，嶓岷嶓，接邛崃。绝壁坪深，洞古神龙会，隐蓄风雷。听下方钟磬，烟雾起芒鞋。飞瀑喧豗。挂丹崖。　　又神镫灿，佛光幻，卿云烂，锦霞堆。开粉本，图鳞甲，砌琼瑰。绝尘埃。玉立千峰迴，银色界，雪皑皑。渺人海，笑万事，等飞灰。阴壑阳岩苍莽，看缥缈、双影徘徊。载将西阁笔，直上睹光台。一扫昏霾。

鹧鸪天

过厦门

枕上寒潮断梦残。客愁离绪一番番。语随地换知家远，花盼春留待主还。　　山叠叠，水弯弯。海乡风景近南天。小船逐队飞如鸟，细雨声中卖蜜柑。

（以上选自《丛碧词续》民国二十七年刻本）

赵尊岳（19首）

赵尊岳（1898—1965），原名汝乐，字叔雍，斋名高梧轩、珍重阁，江苏武进（今常州）人。毕业于上海南洋公学，历任《申报》经理秘书、行政院驻北平政务整理委员会参议。抗战期间投靠汪伪政府，后客居新加坡时逝世。作为况周颐的得意弟子，终生以阐扬况氏词学为己任，成就斐然。编著《明词汇刊》，有《珍重阁词集》《和小山词》《炎洲词》《填词丛话》等。

临江仙

凭遍曲阑十二，碧城犹记相逢。莲房坠粉又秋风。画嫞眉浅翠，醉薄靥轻红。　　澹月疏帘遥夜，清光乞与君同。谁知雁字解书空。云涯无限恨，依约梦魂中。

临江仙

楼外粉鳞云淡，尊前青眼花稀。难消平子四愁诗。绿波春草路，送别几经时。　　傍柳记曾骢系，怜花剩有莺知。海棠时节约来归。莫教分袂地，红雨泣空枝。

临江仙

院落重帘春悄，秋千燕子来时。倦怀无奈杜鹃啼。陌头杨柳色，雨后海棠枝。　　也拌东风沉醉，难消佳日芳菲。天涯唱彻阮郎归。仙源何处是，空有乱红飞。

鹧鸪天

醉倚花枝进一钟。绕枝蜂蝶见残红。春宵梦咽金壶漏，子夜歌翻玉笛风。　　愁易别，自初逢。碧云心事故人同。可能分付梁间燕，不尽回环锦字中。

鹧鸪天

梦雨西窗忆旧游。芰荷香里采菱舟。篷窗短笛青溪月，罗幕疏镫碧瓦楼。　　随岸转，抱村流。清尊闲引不知愁。鸳鸯总在花间宿，荻雪蘋风满浦秋。

生查子

春红咽杜鹃，晚翠迷骢马。说似不如归，璧月檀栾夜。　　燕子最多情，争忍辞王谢。应念倚阑人，望极斜阳下。

清平乐

行行且住。莫向天涯去。吹尽柳绵芳草路。总是旧经行处。　　望中水碧山青。长亭树色无情。珍重玉珰缄札，防它去雁难凭。

清平乐

愁春不尽。望断双鱼信。飞絮落花欺翠鬓。最是春酲初醒。　　浮云西北高楼。珠帘得似扬州。可奈黄昏细雨，峭寒都在琼钩。

玉楼春

帘波拂晓屏山莫。眉叶乍舒寒约住。总然寒尽不成欢，愁满落花芳草路。　　路歧毕竟曾相遇。相遇谁教轻别去。垂杨也为系斑骓，绿到天涯肠断处。

（以上选自《和小山词》，《惜阴堂丛书》民国十四年本）

齐天乐

蘅皋凄断斜阳下，西风暗催秋晚。黛浅山遥，篱疏岸曲，依约年时池馆。凝情望远。只一抹衰杨，误人青眼。过尽相思，寄书无路负归雁。　　幽悰谁最惜取，小屏花不落，犹斗秾艳。短发斜簪，沉熏漫爇，银押珠帘深掩。新词乍展。尚慵画乌丝，怕斟金盏。拼减腰围，梦余更漏短。

芳草渡

清真创此调，方、杨未见和章，《西麓继周》每乖韵律，兹作悉遵原唱，四声、阴阳平及阴阳平通用字不少假借，亦矫枉者过直也。

极望眼，黯画角残阳，素秋风起。更一天归雁，疏翎过尽寒沚。心绪零乱里。消阑干慵睇。绣帐掩，梦带苍烟，倏换山翠。　　蕉萃。古尘蠹管，未忍低徊拈细字。况怀远、双鱼信杳，江皋乍千里。渐销篆烬，顾断影、银罍重洗。伫寸碧，念省芳菲逝水。

石湖仙

曩者于役吴阊，过樵风别业，巢莺宿燕，故垒依然，而花木零落，泉石颓废，已非年时酬唱之盛，辄为怃然。归来拟作词寄意，牵率未果，昨映庵视以遗墨词卷，缅想旧游，益深怅往，为赋此解。

沧波吴苑。伫芳绪呢喃，梁燕双翦。高致石芝龛，数阑干、琼箫几唤。岩花幽草，早断井、不成春晚。凄惋。剩怨怀、徙倚何限。　　天涯绪风横去雨，指西崦、携筇去远。瘦碧音疏，梦怯一平帘葱茜。墨藻丝阑，璧桃妆面。素云清浅。消重展。依稀古尘栖简。

东坡引

细帘慵未卷，沉馥袅银蒜。花须柳眼东风颤。画栏春一半。画栏春一半。　　秾姿绰约，艳阳妍暖。切莫负、金尊满。梦魂底共天涯远。丝繁花又乱。丝繁花又乱。

瑞鹤仙

春雨

送春花未忍。怎玉悴红嫣，飘零芳讯。愁丝堕娇困。罨低迷蛾绿，暗侵斜鬓。残寒阵阵。料燕子、归来有恨。恨华年弦柱匆匆，消减者回金粉。　　无准。系骢巷陌，倚笛阑干，梦凭谁问。炉烟费尽。惜试酒，楚衣润。算悭晴泪眼，珍珠痕凝，人也如花瘦损。近垂杨、生怕啼莺，替人破闷。

渡江云

龙华桃花盛开，长卿游倦，几误芳期，风雨声中，每深怀想。

番风知剩几，无凭芳约，孤负一年春。画帘休卷尽，满目韶华，可奈倦吟身。明霞十里，料香泥、碾遍雕轮。阑槛曲、无多红雨，犹自点苔茵。　　斜门。东风依旧，纵有啼莺，说玄都能认。却总被、无情风雨，换了晨昏。有花便是天台路，倚玉骢、昨梦成尘。花知否，堪他特地销魂。

风入松

翠篣筛影覆莓墙。又送斜阳。绿窗倦绣纤眉敛，蕙炉烬、百和余香。天末锦书无据，眼中铅泪潜行。　　冰弦玉指拨伊凉。不尽衷肠。绿阴红雨寻常事，只花间、芳约难忘。误我情深款款，付他春去堂堂。

洞仙歌

寿切庵六十

南飞曲里，伫刘樊仙眷。岭峤蓬壶话葱蒨。劫余身、洗尽京洛缁尘，闲处好、随分天香满院。　　潮生琼海上，万里风雷，昨夜渟渊倬云汉。数我却来迟，撰杖题襟，应犹许、清光同看。且一笑、凭阑唤金卮，拚酩酊吟歌，绕花千转。余与公生同日，故词中及之。

思嘉客

曩年壬戌买棹杭州，遂泛西溪，倚舷揽胜，于焉终日。暍来十易寒暑，无复此乐。沤社社集，子有出畏翁斯卷属题，怅惘昔游，为赋此解。

逝水飞蓬忆旧游。素云黄鹤若为俦。十年断梦茭芦寺，荻雪蘋风故作秋。　　鸥旧侣，酒新刍。夕阳低处试凝眸。江湖满地催归去，写入丹青恨未休。

洞仙歌

层阴怅结，倚阑干秋遍。静里黄花伫青眼。任西风、一霎摇落秾姿，疏雨外，剩把残英检点。　　开尊愁岁晚。带眼频移，已分天涯付疏懒。惜起旧春人，梦里高城，便紫陌、玄都轻换。甚远岫、横云向人飞，又触拨无聊、望遥归雁。

（以上选自《沤社词钞》民国二十二年排印本）

李冰若（6首）

李冰若（1899—1939），原名李锡炯，号栩庄主人，湖南新宁人。1923年入东吴大学，师从吴梅、陈中凡。1925年随陈中凡入广州大学学习，1929年后任教于国立暨南大学。抗战后归乡，后任武冈黄埔军校上校教官，1939年落水后病卒。著有《绿梦庵词》（李庆苏《李冰若生平简介》，见《新宁文史资料》第三辑）。

《绿梦庵词》一卷，原稿已散佚，后由其女庆粤托人从北京大学所藏暨南大学国文系期刊《南音》等刊物中辑得。李庆苏《李冰若生平简介》中称共辑得三十八首，而李仲苏《李冰若的〈栩庄漫记〉和〈绿梦庵词〉》称辑得十五首，而刘梦芙称："冰若先生英年早逝，存词仅十六阕，而首首精妙。有哀艳绵邈者，有沉郁苍凉者，有悲壮骏迈者，风格刚柔相济，变化多姿，要皆不失为词人之词。"（《冷翠轩词话》）另，《中国语文学丛刊》载其六首词，题称《弥陀庵词》。

水龙吟

海波新浴凉蟾，光摇万户千门露。星河影里，危阑一角，悄然延伫。蜃市方兴，鲛宫洞启，软尘如雾。只黄垆旧侣，云飞水逝，身还在、天涯住。　　因念高寒玉宇。蹑长虹、甚时归去。金壶倾尽，几曾余瀋，化为霖雨。重到欢场，惊心犹是，承平歌舞。纵华胥梦好，清辉自惜，待东方曙。

鹧鸪天

半淞园茗坐

掉臂长街步当车。竭来池馆得清娱。深杯净写霞天影，旧壁闲寻主客图。　　人散后，酒醒余。水亭兀坐夕阳孤。晚蝉漫报秋消息，老柳江南剩几株。

木兰花慢

聚东南涕泪，酿春雨、送花朝。任蛛网频残，蕉心常卷，庭院清寥。飘萧。乱红万点，倩谁移锦幄护兰苕。消受东风几许，峭寒还困柔条。　　楼高。帘幕撼狂飙。寂坐思如潮。念燕垒初成，莺巢未稳，怎奈漂摇。鲛绡。漫题恨句，怕蛾眉多妒不相饶。那得琼箫唤起，金乌飞上林梢。

长亭怨慢

记连辔、秦川归路。跃马呼鹰，健儿豪举。事往音沉，别愁空托掣霄羽。沪滨欣晤，疑梦里、重相聚。荏苒十年心，耐几许、翻云覆雨。　　追数。鹓班俊彦，半化北邙尘土。戎衣换了，算赢得、旧衫如故。听檐际、万木号风，似宣写、一腔幽绪。对照眼瓶花，凝想春红千树。

蝶恋花

烟月迷茫何处去。欲觅香尘，露重空凝伫。不是孱身须爱护。翠禽枝上妨惊寤。　　经眼楼台飞碧雾。窈窕林园，付与谁为主。旁砌幽蛩愁自语。明朝知是晴还雨。

菩萨蛮

帘波初动东风冷。桃花染露娇红影。余梦耐重寻。温馨恋绣衾。　　牵帏低匿笑。黛晕春山小。香篆袅金猊。欹屏看画眉。

（以上选自《中国语文学丛刊》1933 年第 1 期）

陆维钊（1首）

陆维钊（1899—1980），原名子平，别署微昭，晚号劭翁，浙江平湖（今属嘉兴）人。书法教育家，曾任浙江美术学院书法教授，正、草、隶、篆皆精，晚年创陆维钊体。著有《中国书法》《书法述要》等。

木兰花慢

挽半樱翁

余生兵火际，十年恨、拜公迟。甚掩卷沧江，尘埋辽鹤，浪涌哀思。相依。夜台师弟，问东南坛坫孰支持。一瞑枯桐断响，九州沉陆成池。　　凄凄。孤月耿芳菲。万古寸心期。只酽梦还景，豪情横海，都付鹃啼。休提。餐樱醉笔，总白头容易日沉西。泪眼桑田再阅，家山直恁低迷。翁营生圹上彊山下，乱后作《雨中花慢》，有“便桑田，再阅人事如何”之句。

（选自《午社词》民国二十九年排印本）

谢觐虞（11首）

谢觐虞（1899—1935），初名子楠，字玉岑，中年丧偶后，别署孤鸾，江苏武进（今常州）人，谢稚柳兄。受教于钱振锽，并娶钱氏长女素蕖为妻，后执教于温州十中、上海南洋中学、上海商学院等院校。善书画，工辞赋，后又以词名，与朱祖谋、叶恭绰、夏承焘等均有交往。

醉花阴

赠许紫盦

湖海元龙楼百尺。寥落屠沽客。十载醉江南，拍碎铜琶，多少伤漂泊。　　送君风冷离亭笛。烟蓼秋江阔。沧海易沉沦，记取重逢，未必如今日。

满江红

题玉虬“忆昔”词

一管生花，写多少、相思艳语。是一例、蓬飘身世，藕牵情愫。碧玉难偿珠十斛，黄金空铸愁千句。算悲欢、离合古难全，生生注。　　红不了，桃花雨。飞不了，杨花絮。尽春来春去，是谁做主。沧海几曾能不变，聪明只此休重误。买吴钩、归去事猿公，君应悟。

洞仙歌

题《苎萝记韵词》，为玉虬赋

银墙一抹，对海棠朵朵。倚遍阑干月西堕。算空抛红豆、未展丁香，怪百计，总难贴妥。　　黄金争筑屋，我尚飘蓬，毕竟藏娇愿相左。若说订刀环、十载春风，守不嫁、汝南原可。但汝意、难呼怕重来，早燕子斜阳、桃花门锁。

迈陂塘

秋塘听雨，怀人渺然，寄玉虬燕北，用招南归。

者池塘、雨荷风蓼，匆匆又换时叙。洞庭木落多愁思，况恐美人迟暮。啼又住。尽瘦影、阑干絮断秋蛩语。潇潇何许。指艇子蒲丛，官蛙声里，隔在斜阳树。　　怀人意，却感蒹葭白露。天涯那客何处。分明宋玉江南侣，落拓新丰无主。君近作《成怀》，有“地老天荒一马间”句。君信否。道戎马、关河合擅登楼赋。梅花香度。记有约归来，山中杜若，盼切崇兰渡。

（以上选自《纫秋轩词钞》，《苔岑丛书》民国九年排印本）

高阳台

钱唐陆碧峰为绘《深巷卖花图》，用成此解

修禊人归，禁烟天老，江南雨又春城。如水流年，小楼一例关情。杏花本是灵山种，争而今、也逐饧声。算匆匆，疏影青帘，摇落前尘。　　小桃词笔年时懒，便持觞、我亦憔悴微醒。纵不天涯，薄纱世味愁人。新飞燕子何须羡，看如眉柳也青青。悔今生。多事吟诗，容易伤春。

南　浦

送玉虬重赴津门，时在寄园赋

狂歌未了，怪匆匆、樽酒又离亭。虫语乱和潮起，风笛咽愁心。同是青衫潦倒，只天涯、君去更飘零。算夜窗剪烛，河桥折柳，旧恨曾平。　　莽莽乾坤风雨，说重逢、几度此园林。聚便何如不聚，聚散只如萍。辛苦百年事业，大江涛、东去可能停。尽销魂前路啼鹃，凄绝莫教听。

满江红

赠碧峰西湖，即题其《痴云馆填词图》

福地洞天，看即在、六桥三竺。应羡煞、年华三绝，生涯万轴。醉里挥豪天亦笑，花间顾曲人如玉。算少年、翰墨占风流，人生足。　　回车路，云胡哭。绝交论，奚为续。说逃名有愿，傍君结屋。载酒春浇苏简墓，携筇夜访林逋鹤。把功名、富贵权抛将，词场逐。

（以上选自《纫秋轩词钞》，《苕岑丛书》民国十年排印本）

陌上花

别来几日，园林又见，春光如此。海样离愁，也被花枝勾起。花间况有如弓月，可似那人眉子。只多愁多病，料应不似，那般憔悴。　　算流光弹指，便都难记。竹马青梅情味。争得春风，吹转十年年纪。分明翠墨银钩手，换了寒灯盐米。问几时有愿，凌云赋就，吐闺中气。

（选自《萍缘集》民国十一至十二年铅印本）

小重山

遣悲怀

薄怒银灯一笑回。秋春门巷冷、梦先催。乍飞梁燕怯将归。临歧语、凄绝不重来。　　海市旧楼台。鱼龙歌吹沸、报花开。无端锦瑟动深悲。人间世、清浅换蓬莱。

长亭怨慢

过半淞园

窈离梦、车尘吹起。罨画园林，断肠眼底。镜槛春波，当时欲到恨还未。薰桃染柳，生换了、愁滋味。弹泪向流莺，问可有、花前铃佩。　　憔悴。叹娉婷眉影，断送五噫歌里。狂欢海市，任轻负、水边天气。剩此后、孤燕东风，怎提到、玳梁归计。枉酒眼灯唇，百事为他回避。

三姝媚

偕春渠、小梅、子健太湖看梅赋

镜浮云贴翠。趁春晴招邀，层楼同倚。万树寒香，背乱山吹角，东风何厉。未浣缁尘，谁解道、甲兵能洗。一梦鸥边，清游误了，十年才地。　　雪点夜潮初起。傍嫩柳夭桃，算他蕉萃。曲里相逢，早江城明日，堕情随水。不是沧桑，也抵得、湖波成泪。慢约渡头芳草，画舟重舣。

（以上选自《词学季刊》第 1 卷第 3 期）

许宝驹（11首）

许宝驹（1899—1960），字昂若，浙江杭州人。早年毕业于北京大学国文系，历任中华民国浙江省政府秘书长、国民政府行政院参议、全国各界民众抗日联合会秘书长。为中国民主革命同盟创始人之一。1949年后，任浙江省人民政府委员。著有《月明人倚楼词稿》。

菩萨蛮

情

游丝不系阳春在。空余苔径黏泥絮。罗带绾同心。桃花潭水深。　　萋萋芳草路。也解王孙去。莫唱懊侬歌。都应唤奈何。

菩萨蛮

意

秦箫湘瑟宁无意。相逢众里偏回避。密约待蟾圆。低徊托镜传。　　眉峰横黛浅。隔座天涯远。含愿未能申。春风徒乱人。

菩萨蛮

怨

凄凉故国哀弦托。紫檀拨重春葱弱。远道思绵绵。芳魂也化蝉。　　舞衫尘渍满。憔悴羞团扇。沟水定如何。空阶落叶多。

菩萨蛮

倦

睡余满眼春晴色。瞢腾一枕娇无力。早起怯梳头。开奁又却休。　　鸟声花外碎。殢酒恹恹醉。软玉倚东风。无心数落红。

菩萨蛮

魂

绿芜黯黯衡皋暮。还家梦断斜阳路。湘水碧迢迢。伊人何处招。　　枕函迷蛱蝶。别绪愁难说。霜月夜临池。珮环归未归。

菩萨蛮

愁

晴波千里长堤色。怨蛾羞见垂杨碧。锦瑟凤帏空。落花啼鸟中。　　绮罗残梦弱。闲罥秋千索。景色不关情。年年春草生。

（以上选自《民生》1936 年第 35 期）

浣溪沙

壬戌岁除，旅居京邸。夜永灯炧，空栊阒寂，浓欢不驻，忧难方长。俯仰之间，泫然不知涕之所从矣。

听雨听风廿四年。旧时花月总尘烟。朱颜一顾一凄然。　　剩有白衣游侠泪，已无红豆女儿怜。寒春消息托啼鹃。

临江仙

再到江南之日，草暗花深矣。

十里阴晴城郭，几重烟雨楼台。桃花随意向人开。绿杨深静处，两两燕归来。　　谁道相思抛别，还乡肠断千回。去年香径再徘徊。新愁浓似酒，欢梦倦成灰。

减字木兰花

燕昏莺晓。睡起惜春春已老。眉黛慵添。满院杨花不卷帘。　　翠阴交径。殢酒每逢三月病。见说还休。近日心情懒下楼。

木兰花慢

夏末泛舟西溪，风荷零乱

纳凉何处好，泛兰棹、舣横塘。正露洗铅绡，风欹翠盖，云拥瑶房。苍茫。静香十里，溯空明隔浦响鱼榔。波上凉烟未散，数花瘦倚斜阳。　　蓬窗。愁对啼妆。云岸远、水天长。剩至丝萦指、明珰步影，幽恨谁将。休忘。采芳路隔，伴仙姿皓月载归艎。三十六陂暝色，画屏尽夜思量。

祝英台近

凉月一襟，梦境凄楚，醒而赋此。

兔华明，虬箭咽，清簟净无暑。痴蝶多情，也识梦中路。分明扫榻兰薰，迎门桧楫，便问讯、别来情绪。　　恨无据。因甚寻也还难，孤枕泪如雨。憔悴潘郎，赢得相思句。不堪一叶西风，梧桐院落，又催起、露蛩凄苦。

（以上选自《民生》1936 年第 36 期）

包树棠（15首）

包树棠（1900—1981），字伯芾，号笠山，福建上杭人。曾任教于集美联合中学、福建省立音乐专科学校、国立海疆专科学校、福建师范学院。著有《笠山诗钞》《笠山诗话》等。

八声甘州

洛阳桥怀古，用柳耆卿韵

满西风残照洛阳桥，雁声早惊秋。有人家渔网，江天贾舶，纵目高楼。踏遍南州山水，形役几时休。问百川东走，谁挽狂流。　　断碣书留太守，郁江山灵气，笔阵能收。拜祠堂遗像，古郡最淹留。感苍茫、晴波翻碧，动天涯、归思一扁舟。匆匆去、眷然云物，总惹闲愁。

齐天乐

和沈西溪集美科学馆晚眺，用元韵

蜿蜿山势来天马，空濛翠摇诗句。蝶梦重寻，鸥盟几度，曾采芙蓉江渚。烟波四处。起渔笛蘋洲，胜游空负。又惹离声，流莺隔叶听如诉。　　吴钩赠君去日，异乡逢季布，然诺轻许。写怨纫兰，分携折柳，落照江山无语。题襟旧侣。任凭遍阑干，雁书还误。念乱哀时，有人心更苦。

声声慢

陈唯深以纸索书，爰用周草窗韵，兼依其体，即以为别。

葵花向日，梅子黄时，分携又是南州。一曲离筵，伤心五老峰头。滔滔鹭江无语，赚离人、眼泪还流。翻怅望、问茫茫天地，何处埋愁。　　此日归程暗计，有江乡荔子，正好淹留。趁得归潮，洛阳桥下停舟。思君海天愁碧，赋停云、怕上高楼。好记取，访君谟碑记，待我深秋。

（以上选自《集美周刊》1930 年第 249 期）

渡江云

王寿山，用清真韵

晴空凝远碧，撑天巨掌，汉阙数恒沙。暗禽啼峭壁，韵度山青，眷属有仙家。微风响佩，礼玉女、香瓣莲华。秋色近、老藤枯树，点点坠昏鸦。　　长嗟。奇峰碍月，绝壑流云，听惊涛直下。归暮江、烟遮白练，霞映红纱。琼杯引满延年酌，石不烂、人溯蒹葭。招隐处、何时补种梅花。

华胥引

归杭，用清真韵

飞鸢堞毁，化鹤人归，渡横舟叶。矮屋临江，修芦傍水争鲤唼。怕听吹角严城，送午风悲轧。寥落河山，几经离乱心怯。
访旧翻惊，数鬼箓、鬓华慵摄。酒痕和泪，青衫休轻检阅。自笑飘零湖海，剩诗笺行箧。乡关何处，愁云惆怅千叠。

（以上选自《集美周刊》1933 年第 14 卷第 1 期）

杨柳枝词

借《花间集》韵二十二首（选七）

春光昨夜转柔条。怪底宫妆效细腰。一曲霓裳声入破，东风吹恨洛阳桥。

狼藉春魂大道傍。征鞍空系月昏黄。楚声一夕添乡思，撩乱离人九曲肠。

春痕婀娜万千条。分得新阴覆板桥。不道东君情思薄，雨丝风片妒纤腰。

纤条十里夹隋沟。帝子龙舟接莫愁。金粉山河感兴废，绿云还与护朱楼。

龙池南畔画桥西。破晓新莺啭短堤。地气不关春至早，南中芳草已萋萋。

影拂寒波万缕金。凄凄南浦怅离音。封侯夫婿长征苦，又动闺中少妇心。

殿阁春深隔几重。玉京天外插芙蓉。关情最是灵和树，不减轻狂舞晓风。

（以上选自《集美周刊》1935 年第 18 卷第 1 期）

杨柳枝词

借《尊前集》韵五十首（选三）

轮囷老树数东宫。谁信为妖拔木风。西陆鼓鞞声动地，霓裳惊破梦魂中。

搓绿犹堪系客船。湖堤弄日与笼烟。何人更乞熊山种，栽出蔚蓝一片天。

蒲台八尺树垂旒。如海春愁思妇楼。一阵罡风吹弱絮，小青今日嫁杭州。

（以上选自《集美周刊》1935 年第 18 卷第 6 期）

陈寂（18首）

陈寂（1900—1976），字寂园、又字寂爰，自号枕秋生，广东广州人。历任广东省立女子中学、知用中学等校教员。后任中山大学文学院副教授、法商学院教授、中文系教授。著有《枕秋阁诗词》《寂园诗词钞》《鱼尾集》《鱼尾集·二集》等。

南乡子

咏　柳

微雨湿长堤。瘦影临江日暮时。料峭薄寒侵酒袂，难支。弄袖和风折一枝。　　残雪扑征衣。别苑相逢梦已非。愁听故园消息断，空悲。付与高楼短笛吹。

（选自《学衡》民国十二年总第 17 期）

虞美人

灯前独坐成幽弄。暗把春愁送。药炉薰破晚香浓。寂寂帘钩吹瘦海棠风。　　半床画锦堆残梦。细雨罗衾重。四弦弹罢去匆匆。可惜韶光闲过十年中。

（选自《学衡》民国十二年总第 18 期）

虞美人

晓来明镜添憔悴。无计消残泪。画堂人静独凭阑。昨夜银屏微雨湿春寒。　　一襟幽恨无人省。立遍黄昏冷。海棠开后玉鳞稀。暗想伊人应不似当时。

浣溪沙

罨画楼台倚暮空。山桃微白小茶红。单衫归去太匆匆。　　燕子未迷前度路，垂杨偏接夜来风。不禁肠断去年中。

（以上选自《学衡》民国十二年总第24期）

踏莎行

得二兄书却寄

酒畔寒多，笛边花悴。乱怀散尽斜阳里。笳声吹起海云横，暮愁犹绕漳江水。　　射虎功名，悲秋豪气。不堪重洒西风泪。江湖情味又今年，烛花迸出相思字。

（选自《学衡》民国十三年总第36期）

鹧鸪天

夜泊漳州

拂面西风挂眼秋。独扶残醉上江舟。寻常湖海经行处，更把黄花插满头。　　魂杳杳，意悠悠。短篷疏雨诉离愁。可怜一晌还乡梦，回首滩头有白鸥。

（选自《学衡》民国十四年总第37期）

浣溪沙

夜夜流光冷碧丛。谢堂春梦半朦胧。自将幽恨画屏中。　　楼迴忽惊双燕去，路长难得一尊同。思量前事太匆匆。

虞美人

十月十六日晚眺作

平生已分凄凉过。且伴寒山坐。断笳声咽送残秋。又是夕阳烟柳向人愁。　　几年漂泊还依旧。无奈空消瘦。可怜心绪不堪论。拟把一尊沉醉遣黄昏。

采桑子

十月十八日经昙居作

日斜经过回塘曲，小苑谁家。高阁明霞。几树空香著晚花。　　梦来未识江南路，鸾信还赊。凤约堪嗟。一点愁心上鬓华。

（以上选自《学衡》民国十四年总第 39 期）

减　兰

余将南行，邓翊、希颖饯于松华馆，各为长句见赠，倚此作答。

相逢何处。楼外斜阳楼下路。樽酒频空。哀乐应须愧谢公。　　十年芳信。往事悠悠君莫问。明日天涯。又向江湖老岁华。

（选自《学衡》民国十四年总第 42 期）

踏莎行

三月八日由安铺至雷州车中作

野雾沉山，乱烟迷树。荒墟败驿无重数。无端漂泊更今朝，思量未是平生误。　　鹿鹿车轮，翻翻客路。等闲又向天涯住。拟将离恨寄斜阳，斜阳暗逐东流去。

临江仙

五月十日，与三兄出西门至小西湖苏公亭小坐，时客雷州。

叶叶藕花临浅水，绿阴芳草闲游。暂持幽意托浮鸥。薄凉人乍倦，微雨更宜秋。　　几树木棉红欲尽，小亭斜接汀洲。客愁休更说杭州。故乡千里路，残梦五更头。浙人查某悬一联于亭上，其下句云："一般风景忆杭州。"又湖旁即车路，故末语及之。

（以上选自《学衡》民国十四年总第 44 期）

浣溪沙

六月二十一日重至苏公亭作

寂寂荒亭傍野隈。山茶才落水荭开。绿波晴漾白鸥来。　　闲倚碧桐思往事，独寻芳草与徘徊。任留残梦落苍苔。

浣溪沙

六月二十一日小饮作

独把深杯对浅丛。葡萄压架绿阴浓。数株杨柳短墙东。　　春水生时人乍去，繁香坠处梦还空。思量应自悔匆匆。

（以上选自《学衡》民国十四年总第45期）

谒金门

旅居九龙作

人独立。楼外断烟寒白。波底斜阳天漾碧。暮愁惆怅极。千里天涯行客。双鬓侵寻非昔。往事悠悠君莫忆。只余清泪湿。

临江仙

旅居赤坎作

楼外乱山人独凭，沙堤遥起秋烟。舳帆零落暮江边。一镫迷旅梦，双鬓误流年。　　千里香芜消减尽，幽居九月堪怜。短篱尘榻自萧然。风光浑似客，惆怅李家园。

采桑子

刺桐阴里清溪畔，独坐扶头。北望重楼。几树红棉老更愁。　　千山日送斜阳远，去马来牛。踏遍松楸。寂寞归来意自幽。

生查子

立春日，偕邓翊登海珠水亭

烟暝縠纹平，艇子江头渡。处处有阑干，莫近阑干去。　　春入水西亭，人在亭西伫。残柳共残阳，相对浑无语。

（以上选自《学衡》民国十五年总第56期）

黄孝纾（18首）

黄孝纾（1900—1966），字公渚、頵士，号匑庵，别号霜腴、辅唐山民，福建闽侯（今福州）人。与其弟黄君坦、黄公孟合称“江夏三黄”。少治经学，天赋过人。喜考据，精训诂，曾为著名藏书家刘承翰主持嘉业堂藏书楼，长达十年。同时在中国公学、暨南大学兼任教职。1934 年到青岛山东大学任教。抗日战争期间在北京以教书为生。1946 年又返青岛山东大学任教，直至去世。与陈三立、李宣龚、郑孝胥、朱祖谋、夏敬观等名流交往，工诗、古文辞，尤擅骈文，书画亦雅逸。词得况周颐指点，为沤社成员。有《碧虑商歌》（又名《匑厂词乙稿》）一卷、《墨谑庼词》一卷、《崂山集》（词之部）、《东海劳歌》一卷，词话有《碧虑簃词话》一册。其词风格清逸。

小重山

壬申岁朝

残夜支寒待启明。未灰商陆火，曙鸦鸣。大书诗历纪王正。千门晓，枥马杂军声。　　劫外有涯生。当筵拼一醉，更愁醒。千年倚杵到天倾。明河没，不洗隔年兵。

霓裳中序第一

寄病山箦厨丈

天涯雨似织。却背宾鸿归塞北。牢愁渐消酒力。正孤馆昼阴，虚檐烟涩。平芜自碧。渺去程春伴残客。家何在，瑶京梦浅，又被乱山隔。　　无极。翠瀛荒汐。恼望眼阎扶片翼。灵修禁断信息。羌笛关山，虚舟踪迹。伥伥催去国。漫惜取投人短策。空回首，沉沉暮霭，潮落海天黑。

过秦楼

忉庵归自华山，相遇沪壖，以填词图属题，并送其北上

散圣安禅，逋仙全傲，十笏画中山馆。微云慧境，皱水吟情，落日乱山无限。江表十载浮家，一舸鸱夷，姓名都变。问啼鹃何世，炉香蜡泪，梦和天远。　　曾几日、五岳归来，云鬟玉女倦眼。井莲千瓣。吞声海曲，晞发阳阿，北望斗杓低转。哀乐无端，为伊减字偷声，莹情兰畹。但丹铅、遣老功业，名山未晚。

虞美人

半山亭秋望

挟黥策蹇行吟路。往事孤鸿去。坐来无语对江枫。相见一回憔悴一回红。　　高处登临多费泪。作计难成醉。江山满目又残秋。只有一轮明月似金瓯。

六幺令

以素楮乞映厂为作《碧虑商歌图》，并媵一词

十年江介，卜肆无人识。沉吟茧丝千绪，心力浪抛掷。老去金风亭畔，长物惟词笔。尊前帽侧。裁红刻翠，未信偷声是无益。
结束闲鸥社酒，梦断寒江汐。买剑欲事猿公，归路千山隔。乞写逃空心事，容我商歌急。窗灯摇寂。颓蟾流影，应为扬云照秋室。

浣溪沙慢

梦熨凤尾拨，心冷龙涎炷。峭寒翠箔，一桁梨花雨。私语断续，紫燕伤春暮。新绿看桐乳。又是别伊时，却何堪、双眉瘦妩。　　漫愁觑。有断绣天吴，怕香缨嫩约，锦瑟绮年，一掷成孤注。问讯故园，红萼付谁主。十载江南路。尽道不如归，听楼头、声声杜宇。

风入松

苍虬书来，慨然增久别之感，书此代柬

枯桑覆瓦易黄昏。眉月动微颦。倚楼心事天难问，悲秋句、散

落江蘋。吟望渐低北斗，徘徊盼断南云。　　独居深念惜逡巡。同是梦中身。怒涛又趁西风起，幽兰怨、凄诉灵氛。满眼横流谁省，新亭风景愁人。

（以上选自《碧虑商歌》民国排印本）

齐天乐

海滨尊俎符天意，羁怀又逢重九。别恨经年，心期千劫，往事朦胧中酒。虚堂坐久。镇梧竹萧萧，轻阴延昼。醉把茱萸，风前秃鬓怕搔首。　　云萍身世谩省，焦岩诗卷在，乐事难久。兰若行歌，松寥信宿，暗惜逋光波骤。山盟记否。奈天末相望，枉依南斗。断梦温寻，夜凉疏玉漏。

芳草渡

堇弟自济南寄示明湖秋泛词，怅触前尘，因倚此解寄怀。

夕漏永，又梦落齐烟，翠微深处。念鹊华秋老，相逢尽是愁侣。衰柳千万缕。和斜阳终古。任打桨，露下莲塘，独自寻句。　　迟暮。酒人散尽，二九光阴如过羽。古祠畔、沿流画舫，笙歌更谁主。听风听水，怎奈向、天涯羁旅。暗泪滴、闷卧虚堂疏雨。

芳草渡

倦知翁下世已数月，旧馆经过，追忆昔游，不觉泫然。赋此以代《大招》，并邀映庵、蘉庵同作。

宿雾暝，酿几日阴寒，雨昏天醉。念月泉人去，钟声自换残世。光景随逝水。空绸缪吟事。叹载酒，旧馆经过，腹痛难理。　　谁记。拜鹃隐恨，帝所魂游凄翦纸。奈回首、湘江路断，埋忧更无地。素弦罢轸，问底是、天涯知己。听怨笛，漫向黄昏徙倚。

石湖仙

映庵以所藏大鹤山人遗墨属题

腾腾愁思。抚青简凝尘，凄黯残世。几许冷红词，想樵风、行吟侘傺。埋名湖海，怎省识、旧家兰锜。伤逝。问石芝、社事谁继。　　劳生梦迷藕孔，渺人天、荒镫隐几。辽海沉沉，我亦江南孤寄。故国鹃啼，寒宵鹤唳。瘥愁无地。何限意。州门更洒清泪。

东坡引

除夕寄怀刘潜楼丈

榿盆迟玉漏。夜静帘波皱。幢幢镫影抛红豆。愁心如中酒。愁心如中酒。　　沧江卧病，梦痕波骤。旧京事、空回首。深情一往成僝僽。倚楼看北斗。倚楼看北斗。

瑞鹤仙

为袁巽初题五十四小影，即送其游日本。

渺湘云恨积。吟望久，共作江南倦客。参天意何极。托心期、苍雪空山堪忆。多生片石。伴素禽、凄话故国。叹萧萧秃鬓，漫展画图，坠绪凌籍。　　莫怨西泠久旅，锦队钳奴，自歌谁识。蓬山咫尺。乘风愿，趁潮汐。念扁舟，此去樱花如梦，东风重与岸帻。任千年水浅，闲里试探海室。

三姝媚

二月十五日梵王渡公园作

青莎明十里。飏游丝晴空，试衫天气。雾姹烟娇，有早莺争树，水滨多丽。缱绻东风，人意共、垂杨憨醉。乱眼明妆，积李崇桃，打围红紫。　　侧帽花前何似。向短约寻诗，旧狂慵理。百劫心期，怕薰香易褪，讨春无地。费泪园林，斜日伴、危阑孤倚。瘦雪酴醾开否，年芳漫系。

汉宫春

真茹张氏蘧园，杜鹃花事绝盛。辛未春暮，榆生招同彊村、讱庵、映庵诸公往观，会更风雨，零落殆尽。彊丈有词，余亦继声，兼邀讱庵、映庵二公同赋。

浅醉楼台，又寻芳无处，啼老鹃声。猩红渐疏倦眼，愁草花铭。飘烟坠萼，数番风、梦窄春程。归去也、仙姝阆苑，残妆初洗蛮腥。　　津桥旧恨谁记，向江南憔悴，阅尽阴晴。东风暗吹泪雨，绿破池萍。黄昏帘幕，惜心期、且忍伶俜。闲酹酒、温寻阑角，恁禁一往深情。

渡江云

和映庵秦淮秋感，用清真韵

鲤鱼风乍起，冶城黯黯，终古浪淘沙。红楼何处是，拗月湾头，犹记泰娘家。溪夌照影，菡萏老、初洗铅华。暗断肠、兴亡阅尽，惟有瓦官鸦。　　堪嗟。女墙度月，故垒邻烟，总江河日下。惯梦迷、燕笺翻曲，蠹壁笼纱。宫词懒纪清扬事，又追凉、别馆鸣葭。天似醉、人间万事空花。

安公子

和吷厂感事之作

江介成孤寄。白蘋袅袅秋风起。万里关山惟片月，解伤心人世。顿幻影、红桑凄诉蓬莱水。翻日车、未必回天意。对斗杓吟望，万恨推排无计。　　轻命危阑倚。剪鹁梦断犹沉醉。金弹不收林外掷，奈少年心事。算廿载、空糊赪壤无人理。到陆沉、但洒新亭泪。听叫群创雁，又是声声刺耳。

被花恼

暮秋同众异及鬘弟驱车会泉山中作

岩屏拭雨整岩妆，螺墨淡眉初扫。海国诗愁赴秋杪。涛声四起，沉冥远火，暝色添归鸟。千万缕，旧垂杨，那堪更向西风老。　　霞彩幻龙鸾，人语虚空和风筱。林霏乍敛，岛屿参差，静极钟鱼悄。对萧萧落木下如潮，剩留影、荒寒乱鸦矫。踯躅久，冷入徂年秋士抱。

（以上选自《沤社词钞》民国二十二年排印本）

刘衡如（10首）

刘衡如（1900—1987），又名定权，四川邛崃人。曾执教于成都师范大学、四川大学。1949年后，任中央文史研究馆馆员。除文史哲外，对佛学、医学颇有研究，后半生致力于医学书籍校勘事业，校注及审定《本草纲目》《灵枢经》《针灸大成》等二十余部作品。

贺新凉

温泉浴月，用东坡韵

北关外八里许二道桥以温泉著。三五之夕，裙屐粉错，争往试汤。沿溪筑路如砥，水声花影，麝馥钗光，一时蔚为净域。泉上新成楼屋数楹，可坐可倚，诚客子慰情胜地也。时金陵方为倭寇所陷，辄兴哀乐靡常之感，为赋一阕。

谁筑黄金屋。伴阿娇、夜阑人静，鸳鸯同浴。皓月绮窗窥人影，妒煞有人如玉。微倦渴、青梅未熟。无赖风搴裙角起，趁新凉、倚遍阑干曲。陶写我，非丝竹。　　东南半壁江山蹙。想秣陵、汤山胜处，顿成凄独。往事华清堪肠断，一例兵娇难束。何时看、江南草绿。千古兴亡浑难据，听胡笳塞上空枨触。家国泪，坠扑簌。《康定十咏》之一

（选自《康导月刊》1938年第1卷第2期）

水龙吟

仙海澄波

北关外头道桥东南有一池，在郭达山下，俗名仙海子。西番妇女时于池畔嬉游，寄其无涯之思焉。

山戎未睹沧溟，一池已觉无涯涘。蘋风乍动，冰绡渐绉，干卿底事。结伴东邻，踏歌芳岸，共来嬉戏。映山花照脸，胭脂红绝，天然艳丽难比。　　试遣东海观水。望洪涛、浮天无际。奔雷澈

湍，连山骇浪，荡云沃日。回首乡关，自惭渺小，太仓稊米。且逍遥，万物应齐大小，悟南华旨。《康定十咏》之五

浪淘沙漫

四桥雪浪

康定城中自东而南，下、中、上三桥及将军桥依序纵列，折多山水横贯其下，浪翻作雪，令临观者亲听洒然。子夜枕上闻之，乃恍若卧于松间石上矣。

折多山、孤城贯破，两市分裂。千壑奔腾沸沫，三江倒泻泼雪。想地势难平天意设。鱼龙惨、杳无舟楫。看四道长虹盘横压，难禁浪飞越。　　呜咽。水声似诉如说。此逢浪淘沙，征夫泪、更杂胡虏血。望镇空中流，砥柱奇兀。涨潮不汨。莫向空臆断、秦无人物。早置怀中平戎策。强欲把、狂澜倒拽。洗兵马、更教烽燧灭。浑不羡、万里封侯，只为是，苍天不枉生豪杰。《康定十咏》之九

（以上选自《康导月刊》1938 年第 1 卷第 3 期）

齐天乐

柳　林

番俗，暮春相率张幕柳林子，举家偕往，竟日踏歌，闻者流连不忍遽去。

春风偷度边关外，新声送来天半。曲换梁州，腔翻子夜，歌彻

关山凄怨。飞蓬乱卷。看萦鬓黄深，系腰红浅。倦解罗襦，路人微觉乳香散。　　江南当日少小，玉楼曾惯听，吴曲娇软。守土无人，吾家帝子，空把风歌唱遍。年时嫵婉。算一片温柔，怎经离乱。望断神州，夕阳天外远。

西平乐

郭达山

郭达山，俗传诸葛南征，遣将军郭达造箭于此，停云辄雨，土人以占气候焉。

万仞巉岩壁立，一片云停住。天末残阳欲尽，鸦背西风渐紧，林际霜红乱舞。番歌四起，回首乡关何处。认归路。　　心一点，秋万缕。辜负黄花素约，凝盼红窗倩影，梦逐行云去。可念我、穷边吊古。英雄事往，云车风马，魂未返，恨难赋。寂寞天涯倦旅。那堪更忍，疏落黄昏细雨。

琐窗寒

雅加埂

雅家埂位于康定之南，群峰积雪，终岁皑皑，居人偶一瞻望，凉意已悠然生于几席间，故康城无盛暑。

万里晴空，千山积雪，半天横素。天荒地老，冻结已从元古。日光寒，酸风射眸，乱鸦不敢轻飞度。想永埋雪里，唐时征骨，汉时金鼓。　　哀楚。魂归处。正月下凄迷，乱山歧路。从来战久，壮士何人归去。漫思量，筹边代谋，倚天利剑今在否。更何时，请得长缨，直系天骄虏。

摸鱼儿

四　桥

折多溪水，横贯康城，两岸居人，驾桥相过。桥凡四，曰将军桥及上、中、下三桥。霜天凉夜，款步桥边，风景依稀，悄然怀旧。

贯山城、四桥流雪，溪中无限清泪。浪淘沙尽秋无尽，凄绝夜潮还起。蟾欲坠。流影荡、金波明灭寒光碎。凉砧韵里。听何处吹来，无情羌管，摇荡客心醉。　　桥西畔，曾即当时拾翠。佳人堤上遗珮。留仙不住凌波去，惟有月华如洗。霜满地。空叹息、蓝桥梦醒人千里。秋花照水。正独立桥头，西风满袖，人影共憔悴。

霜叶飞

双　寺

康定故多林木，百年内樵采略尽，今仅存者，南关外南无寺、多吉扎寺各有数百株而已。

虏天秋早。凉欺客，霜林黄叶多少。晚钟双寺近相闻，送断烟残照。听妙法，灵山路杳。朱颜愁向穷边老。对落木萧萧，独立久、山河满目，寂寥怀抱。　　门外偶遇番僧，人间因果，料他应是知道。甚缘沧海竟扬尘，谓境由心造。问永夜何时再晓。情根犹在终烦恼。暮色寒、浓云合，一片清愁，渐生林表。

法曲献仙音

乐顶山

乐顶山俗名跑马山，高不百寻，下临城市。大刚法师聚汉番僧修法其上，梵呗之声，隐约可闻。

如是我闻，法音仙曲，缥渺云中吹度。响逐霞飞，韵随风折，飘来翠楼珠户。看阵阵、飞红舞，天风散花雨。　　果何语。似西方、树禽池鸟，都演法齐唱，无常空苦。甚处著尘埃，道菩提、原本无树。万世知音，喜相逢、犹似朝暮。看顽石点首，信受奉行而去。

塞垣春

子耳坡

番妇每日采樵子耳坡，夕阳西下，结队归来，引吭高歌，闻者愁绝。

塞燕南飞候。落木满、荒山岫。丹枫半醉，白杨新浴，来采番妇。正夕阳满地人归后。结巧伴、新腔斗。听边声、塞天地，出关人尽回首。　　何事滞荒城，将腰折、羞为升斗。直为是男儿，漫思显身手。正胸中、万里勋业，人间已、白衣成苍狗。怅望故山远，客愁浓似酒。

（以上选自《康导月刊》1944 年第 6 卷第 1 期）

缪金源（2首）

缪金源（1898—1942），字渊如，江苏东台人。1919 年就读北京大学期间，思想活跃，参加学生运动，又与在京江苏籍大学生结江苏清议社。1923 年留校任教，1937 年任教于辅仁大学，1942 年因坚拒日本人奴化教育服务而含恨饿殇。编有《宋元明诗三百首》。有《缪金源诗词集》，存词十八首。以白话入词，风格浅易。

忆江南

梨儿捧，央告到他前。故意几回推不削，削成亲送到唇边。分外觉香甜。

（选自《鸡肋集》民国十七年排印本）

丑奴儿

相逢拥抱惊兼喜，千里迢迢。千里迢迢。累汝艰难走一遭。　　鸡鸣月落三更后，梦醒香消。梦醒香消。只剩寒窗风怒号。

（选自《灾梨集》民国十七年排印本）

夏承焘（28首）

夏承焘（1900—1986），字腥禅，改字瞿禅，晚年改字瞿髯，别号梦栩生。浙江永嘉人。1949年后任浙江师范学院中文系主任、杭州大学教授等职，又为浙江省作协分会理事。著名词学家，毕生致力于词学研究和教学。著有《唐宋词人年谱》《唐宋词论丛》等。

百字令

和梅伯仙岩纪游

短筇孤笠，问白沤知否，幽人踪迹。壶峤苍茫天尺五，倘有旧时仙客。梅雨泉清，莲香池净，不放纤尘入。江山如此，乞灵还仗词笔。　　凭尔唤起吟魂，旧游如梦，佳处重寻觅。残照乱峰云外暝，钟语暮寒消息。鹤梦偎烟，笛声邀月，染袂松橊碧。山灵珍重，会当料理双屐。

壶中天

西湖白文公祠附祀樊谏议，敬赋。

长堤如昔，有新祠屹立，湖山佳处。风月长留名宦在，旧雨又成今雨。著作南阳，诗篇长庆，文字精灵护。心香同爇，抗怀遥想今古。　　安得呼起诗魂，容歌满舞，携手花前侣。五夜天风闻鹤唳，倘有吟声飞度。千载神来，一龛春共，高谊分宾主。草堂依约，夙缘重证香火。

鹧鸪天

茶山桃花

寒食山村烟雨疏。浅深春色晚晴初。隔江一片红云影，看到斜阳明处无。　　翻锦浪，趁轻凫。小桥流水长菰蒲。此中乡味还堪忆，二月花时二寸鱼。

石湖仙

雪澄以姜石帚像贻铁尊师，并题一词，梅伯、薑门先有和作，余亦继声。

门藏烟浦。是羁旅年时，双桨停处。曾记石湖游，锁春寒、深愁几许。江湖投老，只韵事、不随春去。容与。看数峰、似旧清苦。　　红箫暂时伴侣，问琴尊、谁堪寄付。瘦笛飞声，好觅梅边新谱。一桁炉香，一襟花雨。暮天情绪。凭领取。诗龛对影无语。

八声甘州

辛酉季春，孤屿文丞相祠祀事礼成，集慎社同人澄鲜阁禊饮。

大江横、依旧水流东，难消古今愁。乘片帆飞渡，自高巾帻，弄影中流。正气自存江表，风雨护危楼。天水苍茫碧，遣恨悠悠。　　剩有中川拳石，记谢公双屐，佳句曾留。看河山无恙，老泪酒杯收。任横空、楼船如许，只劫灰、不到旧沙沤。重挥涕、旧登临地，残日荒丘。

高阳台

题《半樱簃填词图》

禅榻烟销，鬓丝雪点，客怀无限凄清。海国春来，瑶笺凭寄吟情。阑珊花事东风换，怕酒尊、早共愁生。倚新声，谱入红牙，写上吴绫。　　斜阳催送归帆紧，莫醉揩泪眼，重过新亭。投老江湖，十年赢得狂名。阑干拍遍无人会，只烟波、鹭送沤迎。自消凝，分付双鬟，低按银筝。

虞美人

和彊村先生韵

画堂记得相逢地。银烛人微醉。尊前珍重别离心。争剪微波愁似酒杯深。　　绿杨隔断天涯道。望眼音书杳。江南芳草未归人。只觉斜阳催暝不逢春。

齐天乐

《风雨填词图》，仲陶属题

飘摇身世春如梦，春归更添凄楚。暝坐层楼，寒侵薄幕，花落朝来何许。离怀怨绪。记清事年年，笛边新谱。杖策谁来，故人情重久延伫。　　天涯何事老我，晓风残月里，同觅佳句。竹屋情痴，蘋洲韵雅，遥想江天幽趣。君应记取。待缚个茅亭，约君同住。尚有红箫，好怀容付与。

百字令

和灵峰摩崖词，寄刘厚庄前辈

巨灵高跖，问何人豪兴，来此题壁。劫火烧残山骨冷，空际犹悬危石。云护精灵，天开图画，奇气江山辟。琳琅百字，墨花还绣苔碧。　　却羡老去刘晨，痴耽丘壑，爱理寻幽屐。满目榛芜文字贱，魂梦长依邹峄。故我愁今，新词吊古，胜赏成陈迹。何时鸾背，共君云外吹笛。

齐天乐

西安元夜

踏歌帝里闲游倦，丝杨苦将人绾。殢酒年光，分柑情绪，付与药炉诗卷。镫昏旧馆。纵不是天涯，也应销魂断。漫按冰弦，夜凉孤影寄清怨。　　六街箫鼓乍静，散珠尘几点，清漏声转。槛怨春移，盘愁露坠，惆怅翠屏天远。韶华未晚。莫忘劫梅边，那人娇面。只恐东风，倒吹偏又懒。

（以上选自《瓯社词钞》民国十年铅印本）

金缕曲

顾梁汾寄吴汉槎词笺，今藏胡汀鹭画师许，玉岑属为汀鹭题。

展卷寒芒立。有当年、河梁凄泪，扪之犹湿。比赎蛾眉寻常事，多此几行斜墨。便万古、神暗鬼泣。何物人间情一点，长相望、旷劫通呼吸。携酒问、贯华石。　　生还忍数秋笳拍。念苏卿、雁书不寄，乌头难白。朔漠头颅知多少，放汝玉关重入。天要与、词坛生色。忽忆故人京洛死，唱黄河、似听山阳笛。愁欲黯，塞云黑。友人李杲明今夏客死燕京。北行时，书梁汾“薄命长辞知己别”二语寄予，每诵此曲，为之腹痛。

徵　招

彊村先生挽词，用草窗吊紫霞翁词

乍闻辽鹤惊寒语，骑鲸遽传仙杳。楚些漫相招，正昏昏八表。

半生垂钓手，应不恋、棘驼残照。一瞑同忘，九州幽愤，五湖高操。　　愁眺海东云，幽坊宅、唐衣几陪谈笑。佛火数沧桑，看扬尘垂老。鄮山青未了。问谁续、四明孤调。听鹃恨、怕有来生，奈暮年哀抱。

（以上选自《词学季刊》第1卷第2期）

十二郎

客杭州之二年，方得尽夜湖之胜。二鼓，舣舟苏堤待月，曳至三潭，游人已尽。湖天万籁，惟闻一箫。四鼓，入里湖，高荷疏处，俯见秋河。晓风吹香，生人醉意。及吴山日出，外湖绛云荡射，一镜皆赪，里湖犹晓星荧然，残月方中。一堤画分昼夜，尤为奇观。归用梦窗《垂虹桥》韵赋此。时癸酉七月也。同游陈竺同有怀归之曲，并以和之。

华梦去水，剩一鉴、冷光未凝。换语鹤湖山，听萤灯火，过我翩然一艇。水佩风裳无人赋，问旧谱、凌波谁定。容独占沧波，一竿丝外，万千尘境。　　归兴。浮家旧约，待描奁镜。挽百丈银潢，白莲花底，能写高寒双影。寄讯南鸿，江楼今夜，风露单衣应冷。属晓角，莫误城乌，隔水数峰犹暝。

水龙吟

秦望山席上

乱莺换了春声，客愁渐怕危阑凭。垂杨西北，千红一瞬，啼鹃怎听。渡海哀笳，过江吟卷，还同高咏。念玲珊自忍，看天泪眼，年年向、尊前醒。　　下界浮云无定。当张筵、昆仑绝顶。沧洲回望，莽尘乍敛，颓阳易暝。烟艇呼沤，水楼传盏，且迟清兴。恐江城、日暮鱼龙风恶，又寒潮打。

浪淘沙

桐　庐

万象挂空明。风露难晴。短篷摇梦过江城。可惜层楼无铁笛，负我诗成。　　杯酒劝长星。高咏谁听。此间无地著浮名。一雁不飞钟未动，只有滩声。

（以上选自《词学季刊》第 2 卷第 2 期）

江城子

榆生掌教春申，不得行其志，贻书招游岭海，共厉岁寒之操。阻病不行，寄此为赠。

十年晞发远游心。抚孤琴。几沉吟。黯黯关山、鸿阵不成音。谁识成连浮海操，余片月，照孤襟。　　江潭柳换旧时阴。未春深。已难禁。一夜鹃声、无处觅幽禽。拚舞长条风雨里，千万絮，任飞沉。

临江仙

丁亥秋半，与室人俱婴危疾。重阳初起，作此为更生庆。

出世扁舟拼共载，挂帆商略何人。神仙回首忽迷津。归魂疑化鹤，留命看扬尘。　　未死相逢余一笑，不须梦语酸辛。多生难了此生因。五车身后事，百辈眼前恩。

减　兰

病亟时闻姊氏诵《高王经》

万灵环榻。凄雁哀蛩愁和答。泻水千声。黄口灯前似隔生。　　楞严堆案。身世怜君悲满眼。豆粥同修。倘有来生百愿休。

减　兰

玉岑亡后，尝欲写其遗词行世，病中恨此愿未偿。伤逝自念，词不胜情。

荒山剑气。一诺犹孤人换世。拚断朱绳。谁与终弹煞衮声。　　有涯无益。已了名心头未白。楚老重逢。身后龚生此恨同。

虞美人

病起，闻海西战讯

嵇生论帖虚千纸。哀乐消无计。高楼初日有妍红。翻忆昨宵风雨在孤松。　　亡凡存楚同灰劫。哀郢歌先咽。病魂弱似药炉烟。犹有洗兵双泪欲经天。

小重山

九月望夕

玉臂云鬟一笑姗。万缘秋病后、有无间。不须临镜叹朱颜。浮云色、几度变河山。　　筋力上楼难。十洲兵火里、望长安。待搴清梦到高寒。匡床月、鸾背耐相看。

（以上选自《词学季刊》第3卷第1期）

虞美人

奉答孟劬先生燕京

百书一面重回首。归计吴鸿后。铜驼陌上约相逢。闲了严滩千古钓丝风。　　孤亭野史今何世。鹃语堪垂涕。幽州日与陆俱沉。谁识围城玉貌暮年心。

（选自《词学季刊》第3卷第2期）

木兰花慢

丙子重上巳，禊集玄圃，潭秋为拈得“陈”字，久无以报。暮春送孙孟晋还温州，即用其韵。

枌榆回首意，几人物、似乾淳。只连夜高楼，梦中历历，玉海星辰。孟晋乃籀庼乡前辈嗣君。销魂。谩谈天水，便过江还念永嘉人。珍重南都灯火，鹃边杯酒临分。　　湖云。虽好亦边。尘堤柳、几新陈。笑心事年年，校书马队，听雨鸥群。阳春。待赓高唱，奈五噫已倦望京身。为报谢池芳草，明年归约比邻。孟晋近寓永嘉谢池巷，予亦新卜居傍池上楼。

（选自《青鹤》第 4 卷第 16 期）

归国谣

鹤望、欣夫各属题《饯春图》，时吴门沦陷逾年矣。

哀曲。听水听风愁断续。为君倾尽醽醁。去轮无四角。　　望中曲池高阁。梦归春似昨。断红休怨漂泊。半林云渐绿。

荷叶杯

贺映翁新居并谢招饮

卷叶劝倾家醖。休问。门外又斜阳。人间无此北窗凉。魏晋倦思量。　　寂寞十年心迹。消得。一榻鬓丝风。西江只在画屏中。挥手几归鸿。

卜算子

何处冷香多，愁忆凌波路。千舸围灯梦里湖，有泪如盘露。　　待问几时莲，惊散双飞羽。夜夜秋塘听雨心，商略阴晴苦。

木兰花慢

半樱师遗稿题辞

紫霞凄调杳，辽鹤语、共沾裳。换草草承平，幔亭酒醒，谢客池荒。沧桑。等闲惯阅，奈吟商容易满头霜。一梦孤槎横海，九州平陆成江。　　排阊。呵壁总回肠。临睨更何乡。约穿冢依刘，浮家还霅，此意茫茫。相望。夜台心眼，剩江南一片鄮山苍。辛苦水楼残笔，鹃边无限斜阳。师宦永嘉日，建永嘉词人祠，举瓯社于春草池上，卜居昆山，有《吊刘龙洲墓》词。

（以上选自《午社词》民国二十九年排印本）

鹧鸪天

辛巳冬，送仲联返虞山，即题其《梦苕盦图》。

莫叹埋头屈壮图。只应携手就归途。娉婷不嫁名原赘，糠籺能肥道未孤。　　三亩宅，五车书。前身泗水一潜夫。龙湫雁宕君休问，各有家山画不如。

（选自《同声月刊》第3卷第4期）

姚楚英（7首）

姚楚英（1900—1982），江苏南汇（今属上海）人。姚茂才女，卒业文治大学，曾在新加坡办南华女校，民国二十二年（1933）回国，后供职于国民政府侨务委员会。有《楚英诗存》。

菩萨蛮

元旦，在南岛

云山万里遥相隔。家书不至殊难测。爆竹响连声。方知岁序更。　　身穿罗锦薄。脚着东山屐。何处乐天伦。春来不似春。

长相思

盼花时。到花时。惹得离人动远思。临风绿柳枝。　　雨如丝。泪如丝。湿透罗巾却未知。梁空归燕迟。

卖花声

冬至忆家

古道夕阳斜。旅邸思家。园林摇落集归鸦。一似重逢长别后，欢语喧哗。　　独客在天涯。新柳欲芽。春光渐泄到梅花。却又深闺添弱线，暗度年华。

玉蝴蝶

题《眠云楼诗钞》

醉来只写乌丝。彩笔何淋漓。幽恨诉谁知。牢愁化作诗。　　云华悲早逝。终古苦相思。那得有良医，疗人一种痴。

破阵子

哀国难——二十年秋

故国奇灾洪水，哀鸿遍地嗷嗷。死则尸浮生离散，浊浪排空没处逃。鬼哭又神嚎。　　阋墙祸起戈操，宵人潜越临洮。黑夜行凶无抵抗，侵城夺野衅频挑。蚕食难同遭。

诉衷情

代　作

春晓。闻鸟。惊醒了。拥孤衾。书里意。犹记。似情深。争奈到而今。沉沉。辽阳无信音。梦难寻。

浪淘沙

太湖饭店月夜

独自对湖山。倚遍栏干。宵深翠袖不知寒。客里清风明月夜，无限悲欢。　　世路本艰难。孤调休弹。功名得失总无关。正欲扁舟五里去，波上云间。

（以上选自《楚英诗存》民国二十五年排印本）

俞平伯（13首）

俞平伯（1900—1990），原名俞铭衡，字平伯，浙江德清人，出生于江苏苏州。清代朴学大师俞樾曾孙。散文家、红学家，新文学运动初期的诗人。1919年毕业于北京大学，后在燕京大学、北京大学、清华大学任教。活跃于民国文坛，是新潮社、文学研究会、语丝社的成员，精研中国古典文学，提倡“诗的平民化”，主张“词的鉴赏之学”。民国时期有《读词偶得》《清真词释》等词学著述，有《古槐书屋词》一卷，以学唐五代、北宋一路清新秀丽的小令为主，其中不少是和李后主的词，可见其填词喜好。

南柯子

和清真

小扇团团雪，轻罗剪剪冰。偶循阑曲听蛩声。恰讶一枝凄艳、付闲庭。　　索笑脂饧泫，低眸粉泪清。幽姿何意媚宵行。宛转因风屧响、逗流萤。

蝶恋花

和稼轩

红烛樗蒱争赌胜。明岁明朝，春上吴盐鬓。云水闲悰聊一省。卅年京国桑田恨。　　去日苦多其可问。稚子喧喧，便觉中年近。风雨艳阳初不定。花间燕子来何准。

齐天乐

残　灯

沉沉寒雨如年夜，西窗只余凄哽。渐减清晖，频移永漏，自惜伶俜孤影。瞢腾梦醒。已金粟垂花，玉荷生暝。几许兰膏，为谁辛苦镇长炯。　　华堂欢宴乍歇，背人深拥髻，娇倩曾凭。未驻春嬉，唯怜岁晚，咫尺天涯愁凝。凭伊管领。点无际昏茫，一星犹迥。伫立遥天，晓风帘外冷。

苏幕遮

新　月

碧天沉，红日丽。银样镰弯，时样眉弯翠。终古问谁猜此谜。

才卷帘衣，一剪西方媚。　　未辉光，先旖旎。青娣迟来，我侑长星醉。秋永尘寰添一例。约袖盈盈，下拜团圆你。

红罗袄

闻　析

暝雀寻巢后，荒野动更时。纵暮雨来初，伊谁同听，夜天明处，催迫知悲。　　也难语、心事寒饥。空枝伴得乌啼。一霎在前溪。唤断梦、又去苑墙西。

浣溪沙

夜久谁来款绮寮。空庭渐有屐声高。黑貂裘上雪鹅毛。　　乍握丰荑欢意浅，重逢樱颗旅情骄。倾残银蜡泪花飘。

（以上选自《古槐书屋词》民国间刻本）

风入松

高城不见暮天长。风景爱归航。芳春几许隋堤柳，问何年、踠地成行。水驿丛芦含暝，渔村灯火昏黄。　　重移纤玉劝檀郎。何惜是离觞。临流撩乱烟鬟影，纵攀条、难赠红妆。别有沧洲丸月，占他沤鹭悠扬。

（选自《同声月刊》第3卷第6期）

菩萨蛮（两首）

好天良夜秋如水。明灯一觉黄昏睡。睡醒见伊么。更深梦也多。　　夜天都是雪。零乱成双蝶。闲院午阴迟。衾寒许枕知。

凭肩几处同油壁。闲循荒沼低鬟立。风起又花残。空怜玉臂寒。　　开年花事好。驼陌游骢早。谁见复来时。绿阴红满枝。

菩萨蛮

清华园早春

桥头尽日经行地。桥前便是东流水。初日翠连漪。溶溶去不回。　　春来依旧矣。春去知何似。花草总芳菲。空枝闻鸟啼。

双调望江南（三首）

西湖忆，第一忆湖堧。孤屿晴开楼阁艳，南屏翠合磬钟寒。红上玉阑船。　　清镜里，何地着从前。春水不知秋鬓薄，家山且傍故人看。如梦也原难。

西湖忆，二忆忆山家。泉水新沾柴火气，毳尘初上味还差。开盏看春芽。　　明前细，可比雨前佳。龙井狮峰名色好，不如来啜本山茶。几碗夕阳斜。

西湖忆，三忆酒边鸥。楼上酒招堤上柳，柳丝风约水明楼。风紧柳花稠。　　鱼羹美，佳话昔年留。泼醋烹鲜全带柄，乳莼新翠不须油。芳指动纤柔。

（以上选自《同声月刊》第4卷第1期）

张汝钊（18首）

张汝钊（1900—1969），字曙蕉，浙江慈溪人。曾任宁波图书馆馆长，1950年皈依佛门，法名圣慧、本空，字又如，号弘量，任武昌菩提精舍和女佛学院教授。著有《绿天簃诗词集》《海沤集》《发心学佛》《现代思潮与人间佛教》等。

临江仙

清明忆家

一夜芭蕉窗外雨，声声滴碎愁肠。晓来无计慰凄凉。栏杆斜倚处，风度落花香。　　杜宇声声啼不住，清明时节怀乡。离愁萦绕柳丝长。银塘春水漫，何日泛归航。

满江红

落　花

几阵东风，吹醒了、三生旧梦。飘堕到、墙阴帘角，朱门画栋。坠粉残红生足惜，莺啼燕语休嘲哢。最无聊、疏雨曲阑边，春寒重。　　芳事过，年华送。空怅惘，闲吟咏。比朱颜憔悴，更堪深痛。狼藉胭脂春太狠，凄凉风雨情偏动。拟晓来、为作瘗花铭，埋香冢。

长相思

路迢迢。梦迢迢。梦断扬州廿四桥。月明谁弄箫。　　醒无聊。醉无聊。销尽离魂是此宵。泪珠盈绛绡。

大江东去

五卅之役，同学多死节。予虽免于难，归家后茫茫若有所失。痛国亡之无日，同胞仍未觉悟，自恨回天无力，虽苟全生命，而莫补艰危，翻觉惭对故人，因率成此解，聊以寄慨。

半生心绪，叹茫茫尘海，更谁知己。遁迹深山闲岁月，销尽英雄豪气。和月锄梅，裁云补砚，岂是平生意。放歌高唱，莫嫌狂态如此。　　今日血洗神州，故人仗义，为国从容死。雾惨云愁孤月白，恸哭倾城名士。死难者多有志好学之士。朝鲜丧邦，波兰亡国，千古伤心事。铜驼荆棘，同胞应也醒矣。

浪淘沙

雪夜感乱忆姊

残雪恋梅梢。冷透金貂。最无聊赖是今宵。盼断音书千里外，烽火连朝。　　旗旌满荒郊。怒马萧萧。枪林弹雨客魂消。战鼓声声催腊尽，愁逐江潮。

满江红

离　情

无限离情，魂梦里、声声低诉。恨只恨、晓来莺语，被伊惊寤。此后有愁何处说，夜来望月空回诉。最难堪、陌上柳青青，归期误。　　思往事，春台雾。怀旧恨，天涯路。叹海棠风信，与谁同数。燕子不来疏雨晚，梨花落尽斜阳暮。镇无聊、拈墨弄香笺，填新谱。

昭君怨

明　妃

匹马西风残雪。永别汉家宫阙。幽怨诉琵琶。度黄沙。　　一去紫台音绝。飞梦关山难越。莫爱妾颜红。幸和戎。

虞美人

暮春忆姊

新愁旧恨知多少。花事将残了。春光九十已匆匆。却被雨丝风片尽消融。　　梦回不觉纱窗晓。宛转闻啼鸟。桃花憔悴堕残红。一片凄凉都在不言中。

虞美人

天涯海角相思地。消息凭谁寄。清明寒食自年年。最是断肠时节落花天。　　伤春怨别年来惯。难把春愁忏。前情回首总如烟。况复离怀消尽夕阳前。

醉太平

他乡故乡。销魂断肠。离愁十斛难量。写相思一张。　　洞庭岳阳。山遥水长。一帆归去潇湘。愿他年莫忘。

踏莎行

题《晚红轩诗集》

晚翠当轩，落红如雨。斜阳芳草春无主。诗人底事太多情，湘笺十幅吟愁句。　　细数风番，闲抄琴谱。醉来倦卧花阴处。清才百斛总难量，高吟且把华年度。

忆王孙

沪江大学月夜远眺

黄昏无事数明星。倒影楼台宿雁惊。竹叶都成个字形。水如晶。月点波心碧海晴。

金缕曲

吊先师姚松岩，用汪剑潭韵

乙丑元月望日，同表妹菊影谒先师姚松岩崇勳墓，见孤坟三尺，屹立田间，四围蔓草，已堪没膝间。其子孙皆弃儒服贾，斯文不复传矣。回忆先生在时，能诗文、工书法，为清季名儒。晚年悖恺落拓，馆予家数载，郁郁不得志而卒。其平生著述，除吾弟咀英为刊《商家训蒙浅说》外，是书于师没五六年后，得之于其子之商店中。无幸存者。盖师至予家时，吾侪方髫龄，不知文章为何物，宜保守之。言念及此，悲愤填膺，聊识数语以代痛哭。

瞻墓悲歌放。吊先生、荒烟蔓草，死生遥望。百结柔肠千点泪，此恨悠悠难量。都付与、风云惆怅。三尺孤碑残照里，和高文、妙墨同埋葬。余鬼火，夜飘荡。　　凄凉念子尘寰上。饱尝来、酸咸世味，炎凉情况。恨满愁多兼骨傲，赢得年年清恙。先生病咳数年。况托足、乌衣门巷。百斛龙文今难断，枉当年、受业马融帐。吟断简，发悲响。

醉太平

七　夕

炉香乍烧。烟横绮寮。柳梢眉月新描。把穿针伴邀。　　银河寂寥。鸳鸯懒描。感他灵鹊填桥。诉离情碧霄。

水调歌头

初夏即景

时序清和候，莺燕语无聊。正值花开，紫楝细细逐风飘。最恨鸣鸠多事，暂喜新晴初放，呼雨又连朝。水漫野田上，新绿见秧苗。　　垂杨岸，渔舟系，傍红桥。晚来罢钓，归去一片弄清箫。人羡黄花石首，我爱桃花肥鳜，风味自超超。转瞬黄梅熟，沽酒乐逍遥。

蝶恋花

送姊至北京

燕语声中年事度。点点杨花，飞尽江头树。落日旗亭荒草路。何堪更作离愁赋。　　昔日清明拈草处。南浦春风，携手踏青步。今日诗题红叶句，西流愁送君归去。

水调歌头

书　愿

击碎唾壶缺，慷慨发高歌。长缨有路，堪请生欲缚摩诃。且把东南形势，以及中西成败，一一腹中罗。吴越等闲耳，平地起风波。　　平生志，天付与，莫蹉跎。几时云雨，会合鼓浪渡银河。焚弃诗书万卷，携取金枪一柄，入水斩灵鼍。明月来相照，肝胆壮如何。

鹊桥仙

七　夕

银河影淡，珮环声远，一度相思又了。天公既许缔良缘，忍使我离多会少。　　愁怀万种，佳期一霎，转眼鹊飞天晓。良宵苦短不成欢，那得有工夫送巧。

（以上选自《绿天簃诗词集》民国十四年排印本）

郑水心（2首）

郑水心（1900—1975），原名郑天健，广东中山人。毕业于广东高等师范，民国二十七年（1938）曾任湖南省政府主任秘书，1948年任中山县县长，1949年后赴香港，曾任香港中文大学教授。工词，著有《水心楼诗话》《水心楼词话》《东珠集》等。

满庭芳

复兴关月夜

明月临关，繁灯耀水，长江百折还流。纤云卷尽，一雁写清秋。指点当年禹迹，涂山会、万国诸侯。今何有，复兴新垒，形胜压西州。　　高楼。经百劫，魔雷声杳，铁雨痕留。伊谁肯、饶他血海深仇。四载庙堂薪胆，神且武，胜了方休。期来岁，吾侪战侣，并气复神洲。

（选自《中央训练团团刊》1941 年第 94 期）

拜星月慢

斜日飞花，微风薰草，一陌香尘暗卷。流水红墙，绕人深院。正回马，忽地、清琴隐隐如诉，掩抑三分幽怨。堕了吟鞭，起闲愁天半。　　几何时、又遇芙蓉面。惊相问、已作离巢燕。晼晚翠羽丹翘，被江烽照遍。莫伤春、春在无人管。西湖外、梦也随山远。且任他、寸寸游丝，隔重帘自转。

（选自《沪卫月刊》1946 年第 2 期）

曾今可（2首）

曾今可（1901—1971），名国珍，笔名君荷、金凯荷，江西泰和人。读中学时，因参加“五四”运动而被开除学籍。留学日本，归国后参加北伐战争，做过记者、军中文书。20世纪30年代，在上海从事文学活动，创办新时代书局，主编《新时代》月刊，刊出“词的解放运动专号”，提倡“解放词”。抗战后往台湾，从事出版与文化工作。与于右任创设中国文艺界联谊会，任副会长。

有《落花词》三十首，刊于民国二十二年（1933）。皆小令，风格浅俗，口语化，词题置于词牌之前，一如新诗分行，可见其大力提倡的“解放词”面貌。

菩萨蛮

为　君

为君始识愁滋味。从此多愁愁未已。思君欲白头。试问君知不。　　漫说寻春早。如今春又老。何时践我约。携手花园角。

摊破浣溪沙

莫遣愁怀，步虞岫云女士原韵

莫遣愁怀怅晚秋。风来窗外响飕飕。国难年荒无限感，沸心头。　　新月窥帘无限意，虫声唧唧到西楼。赚得泪珠抛永夜，没来由。

（以上选自《落花词》民国二十二年排印本）

胡士莹（13首）

胡士莹（1901—1979），字宛春，室名霜红簃，浙江平湖人。善书法、围棋。毕生从事古典文学研究，先后任职上海暨南大学、圣约翰大学、之江大学。1949年后为杭州大学中文系教授。师事吴梅、刘毓盘，曾入午社。著《词话考释》，有《霜红词》一卷，皆二十九岁之前作品。王焕镳论其词云："脆而不腻，涩而愈腴，虽未知于古人奚若，盖亦浸淫于片玉、梦窗两家为最深。"

霜叶飞

谒明陵用梦窗韵，继声越作

暮天游绪。车尘外，荒陵鸦绕昏树。四山花冷杜鹃春，谁吊清明雨。叹一霎、风流逝羽。神碑竖卧莓苔古。念杏绿桃绯，草际拾、遗宫废瓦，薄烟横素。　　还记故国衣冠，韩陵片石，过客千载愁赋。禁门铜辇想承平，指点行人语。挽落日、垂杨万缕。年年潮打空城去。待酒醒、休回望，殿角觚棱，怪鸱啼处。

忆旧游

题吴瞿安师《藕舲忆曲图》

记红莲坠粉，翠柳扶烟，双桨明湖。水袜风裳外，沁诗痕一缕，梦淡香疏。故园几番尘世，花月复何如。怅笛里歌情，尊边酒味，难问当初。　　披图。笑词客，恐认取丹青，也觉模糊。料理清狂态，有沧桑闲泪，弹上菰蒲。白头鹭鸥无恙，风景十年殊。更倚遍霓裳，江山旧日飞鹧鸪。

木兰花慢

声越寄示此调，词旨哀婉，似蒋鹿潭。微昭和之，余亦继声。

倚危楼一角，看落日、大旗遮。指一发中原，百年乔木，草草京华。昏鸦。衰杨自恋，叹飘零王谢燕无家。谁信风流老子，犹歌铁板铜琶。　　空嗟。往事委尘沙。客思乱如麻。奈野店鸡声，霜桥马影，岁月无涯。兵车。辚辚几度，怕江山开遍杜鹃花。多少蘼芜巷陌，伤心付与秋笳。

采桑子

烛花惯傍愁鸾泣，月底箫声。霜外笳声。一样秋声两样听。　　惊乌绕树啼偏急，镫火微明。帘影空明。最不分明梦里情。

菩萨蛮（二首）

瑶华玉匣空相忆。锦鳞宛转春波力。筝雁不能飞。休歌金缕衣。　　闲愁慵拾翠。洗面胭脂泪。微雨杏花残。朱门燕子寒。

绿窗今已花如雪。去年曾记花间别。楼阁几斜阳。可怜销旧香。　　青鸾消息断。流水垂杨岸。啼宇正关情。故园无此声。

大　酺

又一番风，一番雨，匆匆春已归去。伤春除是醉，认残红枝上，那堪重数。野树无莺，闲门有燕，人在天涯何处。无多丁宁意，视旧时颜色，旧时言语。念短驿书回，小窗花谢，此情应苦。　　芳心千万绪。画栏畔、谁见两眉聚。怎奈对、青山憔悴，白首低徊，庾郎愁病经年赋。相思了无据。还梦绕、一天飞絮。看芳草、成南浦。岁华空老，别有伤情朝暮。更堪冷吟醉舞。

夜飞鹊

红栏印江水，肠断回波。排日倦领笙歌。霜笳一夜迸秋起，荻花枫叶愁多。昏烟荡无霁，黯斜阳楼阁，涕泪关河。经年赋笔，尽消他、铁马金戈。　　怜我醉襟尘帽，江上易西风，惊见驾鹅。憔悴莺花旧客，承平年少，回首如何。笑桃门巷，惯凄凉、尚有人过。但红桑如拱，空尊自酹，冷月荒萝。

八声甘州

九月避兵海上感赋，用梦窗韵

怪天涯漂泊似杨花，离怀恁零星。正旌旗四出，群山无语，笳鼓连城。剑气刀光不断，草木亦膻腥。忍听哀鸿唳，满地秋声。　　回首铜街车马，倘歌休舞倦，月冷花醒。漫穷途雪涕，相向眼谁青。念家山、鹤愁猿病，问甚时、归梦落烟汀。披襟望、又危樯外，风卷云平。

鹧鸪天

读彊村先生和元裕之宫词，书后寄示斐云

早是心灰一点丹。仙娥珍重笑啼难。玉楼环佩声初断，铜辇秋衾梦不还。　　将进酒，劝加餐。那堪憔悴镜中鸾。恩情恰似中庭树，一日西风一日寒。

临江仙

又是樱桃天气也，年年花落江南。绿窗人更懒于蚕。和愁攲玉枕，将梦逐春帆。　　长记碧油帘底语，小桃一树红酣。送君行处柳毵毵。莫将新旧泪，认取短长衫。

点绛唇

薄雾冥濛，远山也学愁眉锁。百无一可。自起推窗坐。　　如此江天，高唱无人和。潮声大。残星欲堕。一雁冲云过。

蝶恋花

花近高楼人又别，芳草无言，江柳垂垂发。一舸离愁无处说。沧波自冷斜阳热。　　波上去帆看渐灭。絮乱丝牵，那不缠绵绝。梦里恩情殊未歇。不辞瘦尽香桃骨。

（以上选自《霜红词》民国二十年刻本）